W0356666

LE DERNIER TORERO

CAMILLE DE VILLENEUVE

LE DERNIER TORERO

roman

nrf

GALLIMARD

Pour Thomas Dufau
Pour Donatien Lastelle

À la fin de l'ouvrage, le lecteur trouvera un glossaire expliquant les principaux termes techniques de la tauromachie.

SAINT-VINCENT

Chapitre 1

Au moment où Sandra a été prise, je la photographiais. Elle s'était préparée pour donner la mort, penchée en avant, écrasant la demi-pointe de son pied droit, la tempe blottie dans l'arc du bras. Ses pieds ont glissé face à la bête, elle a tendu le coude. Le ciel a déchargé son premier coup de tonnerre. Les yeux se sont levés vers les grumeaux noirs qui rasaient l'arène.

Mon appareil photo est descendu en même temps que les têtes alors que Sandra reculait vers les planches, la main sur la cuisse. L'arène s'est assombrie d'un coup. Personne n'avait vu l'accident. Stéphane et Marc, les banderilleros de Sandra, ont couru vers le taureau. Elle a crié : « Laissez. » Sa plainte, d'abord rauque, s'est achevée dans un gémissement. L'arène s'est mise à bruisser.

Le colosse brun longeait la palissade en tendant la tête, il cherchait à voir par-dessus. Sandra ne l'a pas quitté des yeux. Elle s'est glissée par la fente du *burladero*, a ouvert la main. Le sang a giclé, son visage est devenu de la glace noire. Les spectateurs se penchaient, les mains crispées sur les épaules de leurs voisins. Certains ont crié. Il s'est mis à pleuvoir.

« Manolete », a dit l'homme à mes côtés en laissant tomber la cendre de son cigare. Il s'est rassis et a croisé les jambes, balançant un mocassin verni. Au sol, les cendres se mêlaient aux cosses déchirées de cacahuètes et aux graines de tournesol. Son visage avait durci, creusant la trace d'une cicatrice sur le front. « Ici à Séville, nous n'aimons pas la blessure », m'a-t-il dit comme si j'étais une sanguinaire venue dans l'espérance que les choses tourneraient mal. Les Sévillans n'aiment pas les publics dont l'exigence est sans tendresse comme dans certaines arènes du Sud français. Mon voisin avait deviné à mon accent que je venais de là. « Manolete est mort comme ça, au moment de tuer. Quelle tragédie. » L'homme se penchait parfois dans la direction du drame, observait puis se calait de nouveau en arrière.

Stéphane et Marc, les deux garçons de sa cuadrilla, ont soulevé Sandra et l'ont emportée en courant vers l'infirmerie. Ils trottaient, moulés dans leurs habits pastel et or. De loin on aurait dit des acteurs travestis de comédie ancienne. J'ai aussitôt pensé aux moqueries qu'ils susciteraient sur les réseaux sociaux, certaines seraient comme souvent prosaïquement homophobes. J'ai vu le bras de Sandra pendre soudain entre les cuisses des garçons, sa main rouge.

Le règlement voulait que le taureau soit tué par le chef de la *lidia*, le plus âgé des trois toreros de l'après-midi. Il s'agissait de l'Andalou Sánchez. Son premier banderillero est entré en piste pour divertir le taureau. La cape jaune et rose a frôlé l'animal qui l'a fait voler d'un coup de reins.

Elle est retombée comme un mouchoir quelques mètres plus loin. Le taureau a rué et couru à travers l'arène comme poursuivi par un essaim de mouches.

Il était rare qu'un animal se montre si vif à la fin d'une faena dont la fonction était de préparer à la mort. Sandra avait coupé court au *tercio* car l'animal levait la tête à chaque passe, il l'avait devinée derrière l'étoffe et devenait dangereux. « Il n'est pas prêt à mourir, le pauvre », avait soupiré une dame derrière moi. Díaz, le plus jeune torero, s'est avancé sur le sable au secours du garçon qui fuyait. Il a tendu sa cape, le taureau a hésité. Díaz était un gars trapu de Mexico, aux yeux fendus et au nez à pic, d'environ vingt ans. Le taureau l'a chargé. Le gamin se donnait du courage en bondissant devant lui. On entendait le sable crisser de peur sous ses ballerines. Le taureau a refusé la cape, il est passé tête baissée contre l'homme. Il y a eu un choc, Díaz a sautillé à reculons sans quitter l'animal des yeux, s'est retourné pour prendre appui sur les planches et les enjamber. Une fois dans le *callejón*, il a craché dans le sable puis s'est tourné vers Sánchez en secouant la tête.

Le vieux torero andalou se tenait à l'écart, les bras jetés sur les planches, les fesses joliment saillantes, le regard perdu vers le centre de l'arène. Il s'est redressé, s'est pincé le nez et a levé le menton en clignant des yeux. Les boucles brunes gominées qui lui tombaient presque aux épaules dans sa jeunesse avaient blanchi et cachaient mal à présent le haut dégarni de son crâne. Par coquetterie, il ne les coupait pas.

« Sánchez ne veut pas », ont murmuré les gradins. Le

torero s'était bien fait comprendre en restant planté à l'abri du *callejón*. Il n'irait pas. Habituellement, si un torero ne parvient pas à tuer, le taureau rentre au toril et c'est la honte pour l'homme. Les choses étaient plus indécises dans cette situation. Sánchez était un torero excentrique qui pouvait refuser les tâches auxquelles il était tenu dans l'arène. Il en sortait alors sous les huées et les coussins pleuvaient sur lui. La bête, telle une lune folle, courait en cercles de plus en plus petits autour du moyeu de l'arène. Elle s'arrêtait parfois, semblant demander quelle était la fin de tout cela.

Sánchez hochait la tête vers Carlos Díaz qui s'était accroupi contre les planches. Un homme de piste serrait un bandage interminable autour du poignet de Díaz bien que personne ne l'eût vu se blesser. De l'autre main le torero faisait de grands gestes démonstratifs vers Sánchez. « Hé. Vous voyez bien que ce taureau est dangereux », semblait rétorquer le torero vétéran. Une longue sonnerie a sonné la fin du temps imparti pour la mise à mort et les vaches sont entrées. Sánchez s'est replacé, les bras par-dessus les planches, la cambrure provocante. C'était la cavalcade des *cabestros*, les mâles castrés aux robes blanches tachées de moutarde, babillant comme des collégiens après la classe. Les cloches aiguës se mêlaient aux meuglements dans une joyeuse ambiance de foire. Le fauve avait d'abord observé les bêtes avant de défiler à leurs côtés.

Les conversations et les éclats de voix ont repris. Il était question de la petite. La fémorale semblait touchée sinon la blessure n'aurait pas arrosé ainsi, la gamine n'aurait pas perdu connaissance. Il était aussi question de Sánchez. Personne n'avait jamais vu un torero refuser de tuer un animal qui avait blessé l'un des siens. C'était une question d'honneur tauromachique. « Il fait son Sánchez », murmurait-on, le matador était impardonnable mais connu pour son caractère imprévisible et ses mouvements d'humeur, il avait fini par être aimé pour cela. On pensait que c'était la contrepartie de son génie tauromachique, la logique d'une maladie maniaco-dépressive. Il était dans un mauvais jour, exécrable même. Il opposait deux lèvres serrées à ceux qui l'approchaient, repoussait les caméras et les micros qui se tendaient vers lui. Díaz, le bras bandé, s'était relevé et restait à l'abri du sein protecteur de sa cuadrilla. Au contraire de Sánchez qui dardait maintenant des yeux provocants sur la foule, il évitait de croiser le regard d'un spectateur.

Un haut-parleur a grésillé, le président des arènes a annoncé la suspension de la course. La maestro était grièvement atteinte, il fallait la transférer à l'hôpital. Les gradins étaient priés de rester calmes le temps que la blessée se stabilise, qu'on l'opère rapidement et que son déplacement soit rendu possible. On entendait au loin la sirène de l'ambulance.

Mes doigts s'étaient figés sur mon appareil photo comme ceux d'un mort. Je n'avais pas envisagé un instant de quitter ma place. Le cœur me battait d'une manière insupportable. La fumée du cigare aggravait ma nausée. De sa main libre mon voisin caressait son genou, la chevalière en or de son auriculaire brillait par intermittence. Il était hors de question que je me précipite à l'infirmerie. Je ne voulais pas constater que Sandra se vidait de son sang dans un endroit indigent. Je venais de la voir mourir comme elle y avait consenti, dans l'arène, en toréant dans son bel habit de campo. Tout était terminé pour moi, même si elle survivait. Je ne pouvais laisser à nouveau ma sœur de lait mourir sous mon appareil photo. Le Canon me brûlait les mains comme une arme blanche. Fallait-il que j'aie tué ? Encore ?

Sandra a survécu mais ne m'a pas payée pour cette course. J'ai effacé toutes les images que j'en avais faites. J'ai même jeté l'appareil photo sous les roues des voitures dans une artère bordelaise à une heure de circulation pour qu'il soit détruit. Deux conducteurs m'ont traitée de folle dangereuse, je me suis enfuie.

Chapitre 2

Après l'accident de Sandra j'ai regardé la mort d'Ivan Fandiño et de Victor Barrio sur internet. L'un a été encorné dans les arènes d'Aire-sur-l'Adour, l'autre à Teruel en Aragon. J'ai tapé leurs noms sur Google, les vidéos se sont affichées dans une colonne sur la gauche à côté de publicités pour des démaquillants. Je les ai vus telles des marionnettes dans un spectacle d'enfant, en petit format, dans des films muets assortis d'avertissements : « Attention ! Ces images peuvent choquer » ou de slogans : « Un petit con finit en jambon ».

J'ai regardé d'autres vidéos, d'autres accidents. Sergio Pérez fait passer le taureau dans la cape, il disparaît puis surgit, ballotté sur la corne comme une poupée. Ascension tauromachique. Le taureau en sang traverse l'arène avec son jouet. Un torero fait au maximum soixante-dix kilos, un taureau peut soulever deux tonnes.

Sandra n'aimait pas que les vidéos de ses corridas circulent. Elle n'avait jamais voulu que je la filme, même pour revoir ses courses. Elle préférait que José, son valet d'épée, lui fasse un retour détaillé le lendemain à l'entraînement. Elle se rappelait parfaitement ce qu'elle avait bien ou mal exécuté, elle était en mesure de reproduire une faena ratée. Dans les grandes arènes, il arrivait que la corrida soit filmée pour la télévision. Alors elle exigeait qu'on ne diffuse pas la mort du taureau. Bien entendu on rejetait sa demande jugée capricieuse : « Elle se prend pour qui celle-là ? José Tomás ? » L'immense star de Galapagar refusait toutes les captations vidéo. Peu importe, au moment de négocier son contrat elle réitérait ses conditions, pas de vidéo, et cédait tout en faisant valoir sa désapprobation. On ne filme pas la mort.

L'accident de Christian Montcouquiol, le torero nîmois qui se faisait appeler Nimeño II dans les arènes, tient en quinze clichés qu'a saisis Lucien Clergue. Assis sur l'*estribo*, le rebord étroit qui fait le tour des planches, le torero tend le bras vers la bouche noire d'où va sortir la bête. Sur les clichés suivants le taureau passe et repasse. Cette fois Nimeño est sur un genou. Le taureau lève la tête, soulève l'homme, le fait passer par-dessus son dos. Nimeño est retombé sur la nuque. Sur cinq images il reste à terre, le taureau le renifle et le pousse du mufle et des cornes. Elles durent, ces images. Puis un homme arrive, suivi d'autres. Ils éloignent le taureau et se penchent sur le torero. Sur chaque prise on aperçoit Nimeño entre les jambes et les capes, son dos bleu ciel immobile, sa main retournée sur la taille, parfois le pli d'une fesse.

Il existe un film de l'accident de Sandra. La vidéo circule aussi sur internet, mais je ne l'ai pas vue. Je sais qu'elle est aussi assortie de commentaires : « Dommage qu'une fille jolie fasse un métier débile. » Parfois je me dis que j'aurais dû mitrailler Sandra jusqu'au bout pour qu'il n'y ait pas que ces images dérisoires. Je n'ai pas eu le courage, à ce moment j'ai su que je ne l'aurais jamais. Que je craindrais toujours, au moment de la photographier, d'accélérer sa mort. Je ne touche plus un appareil pour ne pas pétrifier le monde.

Les premières semaines, quand elle n'était encore pas loin de la tombe, les gens se sont penchés sur Sandra en secouant sous son nez entubé l'attirail qui la suit partout, ses médailles, ses grigris, ses images de Vierges qui pleurent du sang. Ma sœur Lily l'arrosait d'eau de Lourdes et son mari, cet athée de Jeff, avait apporté une statue du Christ dans une malle tatouée d'autocollants pieux et de graffitis ésotériques. La valise appartenait à Sandra, souvenir des déplacements en Amérique du Sud. Le christ faisait deux mètres. Il fallait voir Jeff tout en muscles sous le polo bleu de l'armée, en rangers, le crâne rasé et la démarche martiale, tenant son christ en bois doré à bout de bras sans savoir où le mettre. Sandra protestait sous le masque à oxygène : « Dégagez-moi ça. » Elle a ricané lorsque l'aumônier l'a bénie. Quand elle a été mieux, elle ne s'est pas rappelé avoir maudit le Christ ni ri comme Satan, surtout elle ne voulait rien en savoir. Elle a réclamé ses porte-bonheur, ses boîtes vernies à double fond et une image de la Macarena fardée au visage humide. Elle s'est remise à parler de taureaux. Lily et moi, chacune assise d'un côté du lit, ne disions rien.

Nous avions été élevées ensemble toutes les trois. Une fois maman morte, ses breloques religieuses autour du cou et une aiguille d'héroïne dans les veines (elle dealait dans les rues mal fréquentées autour de la gare de Bordeaux, ses deux filles bébés à l'arrière de la voiture), notre père à l'hôpital avec les nerfs qui desquamaient, quelqu'un a décidé : la campagne fera du bien aux filles. Lily dix ans, moi huit, nous avons quitté notre père ombrageux et exquis, l'avons laissé aux mains d'infirmières et d'aides-soignantes dans un appartement en rez-de-chaussée dans le quartier nord de Bordeaux. La campagne, c'était Maujesque, à cinq kilomètres de Saint-Vincent, chez Simone la mère de la junkie, c'étaient des barreaux et des barreaux de pins, des steppes de maïs, les Landes toxiques et entêtantes. Avec Lily nous n'avions pour ainsi dire plus de parents. Régine et Michel travaillaient pour notre grand-mère Simone, l'une à la cuisine, l'autre au bricolage et au jardin. Comme parents, ils faisaient très bien l'affaire. Ils dormaient dans des piaules minuscules sous les combles où Régine exposait dans une vitrine ses photos de mariage, ses poupées en robe folklorique de régions inconnues et ses souvenirs de jeunesse. Elle avait accroché au mur un père Noël en pain d'épices alléchant que je regardais se décomposer dans son sachet, consternée. Sandra, leur fille, est devenue notre deuxième sœur.

Elle a retrouvé les taureaux sans attendre l'autorisation des médecins. Elle avait voulu se rendre en Espagne, là où tout se passe vraiment. Elle pensait que si elle restait dans les Landes, ce serait la fin. Elle avait raison. Elle s'est entraînée chaque jour de six heures à midi puis de cinq à sept dans les arènes de Sanlúcar de Barrameda en Andalousie, d'avril à septembre. Des épis de HLM cernent les arènes brûlantes en cette saison, à quelques mètres de la plage qu'elle ne fréquentait jamais. La nuit d'hôtel coûtait trente euros réglés par les aficionados de sa *peña* pour elle et Hadrien. Il veillait aux repas de Sandra, à sa santé, à son moral, à son envie d'y retourner. Hadrien, gouailleur et colérique, l'accompagnait depuis ses débuts. Mais ils avaient dû rentrer plus tôt que prévu faute d'argent et de contrat.

L'accident avait été trop grave. Les connaisseurs disaient que Sandra était fichue. Elle n'avait pas toréé depuis un an et demi, le circuit était impitoyable. Certains relevaient que tout s'était arrêté pour elle avec Modesto, le taureau qu'elle avait gracié à Málaga. C'était la première fois qu'elle toréait un animal d'Isabel Cortés et qu'elle graciait un taureau à la demande du public. Modesto lui avait ouvert les portes de Séville, celles d'une carrière internationale mais aussi de l'accident. « Il y a des toreros qui ne supportent pas le succès. C'est encore plus le cas avec les filles. Ça leur monte à la tête », disaient les directeurs d'arènes en mâchant des pastilles de nicotine. Ils se justifiaient de la laisser tomber. Les mauvaises nouvelles se succédaient, Sandra se murait dans la volonté et l'amertume. À ceux qui leur disaient qu'elle devait prendre sa retraite, ses parents répondaient fièrement : « Eh ! Elle fait ce qu'elle veut. » Depuis qu'elle avait frôlé la mort, Régine et Michel la soutenaient entièrement, amoureusement.

C'est à son retour d'Espagne que j'ai annoncé à Sandra

ma décision. Je ne travaillerais plus pour elle, ni pour prendre des photos ni pour assurer sa communication. Je ne pouvais pas la suivre où elle allait. « Je n'en peux plus. Je n'ai pas le courage. » Elle ne m'a pas laissée lui donner davantage d'explications, lui ouvrir mon cœur, lui dire que je l'aimais trop pour être témoin de sa mort. Je préférais encore la tuer moi-même. « Tu n'as jamais vraiment compris ce que je fais, ce que je veux. Tu es une intellectuelle », a-t-elle dit avant de se retrancher dans le silence. Elle voulait des témoins de son art, pas des amis. Une émotivité douloureuse fuyait de son âme et m'inquiétait. Elle avait ses raisons. Tout le monde la lâchait. Je la lâchais. Je n'ai pas tenté de me trouver des excuses puisque moi aussi, je fuyais.

Cela fait huit mois que nous ne nous parlons plus, ne nous voyons plus, que nous ne prenons pas de nouvelles l'une de l'autre. Je ne sors plus. Je végète entre les murs de mon appartement, dans les trois mètres carrés de mon lit. Ma voisine de palier est une jolie couturière qui se passionne chaque mois pour une nouvelle science : le dialogue avec les anges, les briques captatrices de failles telluriques, les ondes énergétiques, les pendules, les huiles essentielles, les pierres. Elle possède peu de meubles mais beaucoup de robes en soie et de combinaisons argentées suspendues un peu partout dans une odeur prononcée de papier d'Arménie. En ce moment elle pratique avec des amis un spiritisme vintage qui commence vers vingt et une heures. J'entends les invocations vigoureuses des spirites à travers la cloison. Ma voisine m'a dit qu'ils avaient parlé un soir avec Louis XIV. Ils ne parleraient pas à n'importe qui.

Quand Lily, moi et la torero étions gosses, Régine se passionnait pour *La nuit de l'étrange*, une émission de télévision qui mettait en scène des phénomènes surnaturels dont les témoins étaient ensuite conviés sur le plateau. C'était le seul soir où la mère de Sandra se couchait après neuf heures et demie. Il était question de fantômes, de prémonitions funestes et d'envoûtements. Ma sœur Lily, Sandra et moi regardions aussi l'émission. Nous croyions comme des charbonniers aux histoires de *La nuit de l'étrange*. Le soir avec Lily nous nous postions en bas de l'escalier qui menait à la chambre de Sandra et à celle de ses parents. Elle attendait que la lumière s'éteigne sous la porte parentale. Elle descendait à pas de loup et nous l'emmenions dans notre chambre. Nous vivions une enfance à trois têtes. Nous nous couchions dans le même lit d'enfant. Nous laissions la lumière allumée après avoir regardé sous les sommiers, dans les placards et derrière les rideaux si quelque fantôme n'y traînait pas.

Puis Lily nous a enhardies. Elle a commencé par rapporter des accessoires fascinants, une table de ouija, une boule de cristal, une baguette de sourcier que lui avait donnée la rebouteuse du village voisin, Mme Moreno. Les plus scientistes se rendaient chez elle pour soigner un zona ou des douleurs articulaires. Elle n'avait pas loin de cent ans, ses mains étaient plus noueuses et dures que du bois, l'arthrose la tenait pliée en deux. Elle continuait de recevoir, imposait les mains, massait en priant. Lily passait la voir presque chaque jour. Nous n'avions pas le droit d'assister à ces rendez-vous, nous l'attendions dehors en faisant des ricochets sur la mare de la ferme délabrée qu'habitait la vieille, sans électricité ni eau courante.

Puis nous avons fait des expériences avec les guéridons, les cartes ou les verres à pied selon les inspirations de Lily. Il arrivait que nous captions des messages ou que le guéridon dévale l'escalier à notre demande, nous trouvions amusant et normal qu'un esprit nous obéisse. Des flux traversaient Lily, des pensées et des images. Elle était devenue un corps sacré. Parfois elle mettait subitement fin à nos jeux : « Trop dangereux. Je n'ai plus le contrôle. »

Avant de mourir, presque doyenne de France, Mme Moreno a transmis son don à Lily. Elle nous l'a annoncé en rentrant du collège, alors que nous marchions entre l'arrêt du car scolaire et la maison. « Mme Moreno m'a transmis son don. » Nous n'en avons pas su davantage. Mais elle ne s'est pas mise à guérir. Lorsque Lily a commencé de formuler des prémonitions, Sandra et moi l'avons crue sans hésiter. Nous devions avoir une douzaine d'années. Elle voyait des scènes ou percevait des flashs qui se traduisaient immédiatement en phrases fluides. Ses mots étaient descriptifs, rien qui ressemblât aux oracles de la Pythie que le professeur d'histoire évoquait en classe. Elle parlait volontiers quand elle était avec nous, jamais en dehors de notre trio. Nous avions appris à reconnaître les changements de sa physionomie lorsqu'elle « entrait en voyance », comme elle disait. Son regard devenait vague, elle pâlissait et avalait difficilement sa salive. Sa nuque se raidissait comme si elle tentait de retenir son corps de la chute. Parfois elle ne disait rien, nous comprenions qu'elle ne voulait pas révéler le contenu de ses visions pour nous protéger. Je sais qu'à cette époque elle a vu la mort de notre père nous serrer de près, elle et moi.

Parfois c'était Sandra qui prenait la main sur nos activités. Alors la nuit nous descendions l'escalier grinçant pour toréer. Herbes blanches, odeur de maïs cuit et soudain le vent, les grillons incessants et la fraîcheur qui semblait monter des Pyrénées. Quand la lune éclairait, on apercevait leur masse montante. À cette époque c'était le seul moment où Sandra pouvait s'entraîner. Sur le gravier derrière la maison je faisais le taureau avec deux morceaux de bois taillés à l'Opinel qu'on cachait sous le lit et qui me faisaient, la nuit venue, des cornes inquiétantes.

Mon torero déroulait la muleta en ouvrant lentement ses doigts. L'étrange couleur de la cape, ces traînées de sang noir, tout cela m'excitait puis me calmait comme les rouleaux d'eau de l'océan Atlantique à Contis-Plage où nous allions une fois par an avec les voisins. Quand j'étais fatiguée de courir le dos courbé, je restais sur place, grattant le sol de mon pied nu. Sandra me tournait autour pour me séduire.

Lily n'a jamais pris les cornes, elle s'asseyait en tailleur et regardait. Elle se levait pour tendre le bâton à Sandra quand venait ma mise à mort. Je la chargeais, elle se jetait sur moi et la pointe du bâton s'enfonçait dans mon dos au hasard. J'entendais le bruit sourd avec lequel elle retombait sur le côté. J'aimais l'instant où son corps me frôlait.

Lorsque je feignais de n'être pas encore morte en mugissant craintivement sur le sable, elle approchait et levait soudain son poing serré au-dessus de ma tête. Je fermais les yeux. La lame de bois laissait un poinçon sur mon front. Elle me tuait sans haine et sans amour, ce qui eût été cruel. Elle m'achevait par nécessité, d'un regard de boucher, attentive à son geste telle Régine lorsqu'elle déchirait d'un coup de couteau la gorge du canard qu'un bout de corde retenait par les pattes au pommier. Elle agrippait alors la poitrine palpitante, la plaie vomissait le sang dont la couleur me fascinait. Sandra m'achevait de la main gauche, serrant fort le bâton taillé qui lui servait de *puntilla*. De la main droite elle tient toujours le crayon, la cape, l'épée, les instruments de la civilisation. De la main gauche elle mange, caresse et se caresse, frappe. L'instinct a dissocié en elle le raffinement et la sauvagerie.

Un jour Régine nous a emmenées chez sa mère pour faire des foies gras. Les femmes étaient assises autour de la toile cirée et goûtaient l'assaisonnement en se donnant des conseils. Un garçon du village qui traînait là m'a emmenée dans une chambre et m'a déshabillée, couchée dans le lit et touchée. Je voulais que quelqu'un vienne. Sandra était sur le seuil. Elle m'a regardée comme la nuit quand elle me toréait, elle s'est raclé la gorge et a appelé : « Hey hey hey ! *Toro !* » Le garçon est sorti. Je me suis rhabillée à la hâte. « Ne te laisse pas prendre ton âme », a-t-elle seulement dit.

Ses yeux francs ne me quittaient pas, j'y lisais qu'elle s'était interpellée elle-même un jour avec ces mots, dans des circonstances semblables. Elle avait alors arraché son âme au monde comme je ne saurais jamais le faire parce que je suis faible. Je n'ai plus jamais revu ce garçon. Ce n'est pas un souvenir d'enfance, ce qui m'est arrivé a eu lieu et je ne saurais en donner la date. Depuis que je suis née rien ne dure, ni ma haine, ni ma passion, ni mon enthousiasme. À présent même, tout m'est indifférent. Je ne veux ni revivre ma vie, ni qu'elle s'arrête. Je ne veux rien. Il m'arrive de glisser dans ce rien avec complaisance. Sandra ne glisse pas, elle continue d'affronter la vie en offrant la possibilité de sa mort.

Quand elle a fait face à son premier taureau à l'âge de douze ans, elle a montré que rien d'autre ne l'anéantirait. Ce jour-là je mangeais des yeux le cercle de sable depuis les gradins de l'arène de l'école taurine. La fierté a crispé son menton, l'orgueil a durci ses yeux, Sandra en avait fini avec les vachettes et les angoisses de l'enfance. Cette fois elle avait peur, une peur qu'elle choyait dans le fond de son ventre et dont rien ne prendrait la place. Elle le savait déjà, elle n'aurait pas d'enfant. Elle bombait le torse, personne ne voyait ses seins de petite femme mais sa manière de séduire la mort, une mort toute en muscles, agressive et obscure, douce comme la nuit.

Depuis une masse funèbre la suit sans cesse. Elle aime les bêtes comme les citadins aiment leur animal domestique, les chiens, les souris, les oiseaux, les grenouilles. Elle est triste quand un chat tue un oiseau. Un jour qu'elle se rendait aux arènes, une voiture a écrasé un chien. Elle a mal toréé, elle pensait au cri du bichon. Mais elle connaît les taureaux de la même façon que l'éleveur craint le loup, que le bébé appréhende le soir. Elle sait qu'il ne suffit pas de les aimer. Il n'y a plus qu'un fait : ma vie, celles de Sandra et Lily sont attachées ensemble à la lune qui brillait dans nos nuits de corrida.

Je suis au lit avec mon ordinateur sur les genoux, Sissi balance sa queue entre mes jambes en ronronnant. J'ouvre une troisième bière et me demande ce que je vais bien pouvoir regarder ce soir. Un film avec un héros qui entreprend une action sacrificielle ou un innocent auquel on va faire du mal et qui ne se révoltera pas. Cela fait huit mois que je ne vois personne. Je pense à cela en déroulant sur mon ordinateur les nouveautés proposées par Netflix. La nuit est tombée, seul le halo de l'écran éclaire ma chambre. Le site propose une série sur les martyrs chrétiens qu'illustre une représentation de Daniel dormant dans la fosse aux lions. Un roi païen avait été sommé d'y précipiter Daniel, son fidèle serviteur, parce qu'il priait son Dieu. Le lendemain le roi avait couru au lieu du supplice, Daniel était bien vivant dans sa fosse entre les bêtes languissantes aux yeux mi-clos. Son Dieu avait envoyé un ange pour engager des pourparlers avec les lions, un ange aux cheveux longs, blonds et bouclés. Qui m'enverra un ange pour négocier avec les fauves ?

Après un accident critique, s'il a beaucoup triomphé, un torero est un demi-dieu. Il arrive aussi qu'il soit maudit. Sandra porte la poisse. On voit à travers sa peau. Je voudrais que la corrida soit interdite et que Sandra ne puisse plus oser de folies. Mais il faudra quelques années avant que l'humanité se crève définitivement les yeux parce qu'elle ne se supporte plus. Le temps pour Sandra de se suicider dix fois.

Chapitre 3

Je me réveille la joue contre mon ordinateur, dans l'odeur d'encens qui filtre sous ma porte depuis l'appartement de ma mystique de voisine. Comme chaque matin mon bras gauche est froid et insensible, engourdi par mon poids nocturne, comme mort. La nuit je dois peser une montagne. Même mes seins sont des pierres douloureuses. Je me lève et le sang coule sur ma cuisse comme si celui qui manquait à mon bras avait trouvé une issue, je cours à la salle de bains la main entre les jambes. Chaque fois que mon corps entame un nouveau cycle d'existence autour de la mort je me souviens d'un garçon, il y a longtemps : « C'est la première fois qu'on couche ensemble et tu as tes règles ? » J'avais ri, ne sachant que faire d'autre.

Lily m'a annoncé hier tard dans la nuit que Sandra toréerait à Saint-Vincent après-demain. Elle a répété de sa voix pythique en m'engueulant :

« Elle va toréer avec des bébés. Ce n'est pas du tout de son niveau. Elle a toréé à Madrid, à Mexico, à Nîmes, avec El Juli et Morante, avec José Tomás, quand même ! Dans deux jours elle se produit dans une petite arène sans publicité avec deux toreros qui sortent à peine de l'alternative. Il va pleuvoir. Le pire c'est qu'elle est contente. »

J'ai protesté que je n'y étais pour rien et qu'elle n'avait nul besoin de crier, puis j'ai objecté que les arènes de Saint-Vincent étaient oblongues en bois rouge, les gradins à l'abri d'auvents découpés évoquaient l'enceinte d'un temple japonais, c'était ainsi du moins que je me représentais un sanctuaire au bout du monde. La plupart des spectateurs viendraient des environs et parmi eux il y aurait de vrais aficionados. Pour retrouver la confiance en soi et celle du public il me semblait qu'il n'y avait pas mieux.

« Bien au contraire. Rien n'est plus méchant que les locaux. Tu te rappelles le pauvre Roger Laboulie, l'éleveur de La Garenne dans le Gers ? Il était la coqueluche de la région jusqu'à ce que ses taureaux ne sortent pas comme il fallait à Éauze. Eh bien, plus personne ne lui parle, c'est le pestiféré du *mundillo*, maintenant. »

J'aimais beaucoup Roger et cette nouvelle m'attristait. C'était un éleveur courageux, il s'était lancé à quarante ans dans le *toro bravo* par passion après avoir reçu un héritage modeste. Il avait été très bel homme mais le travail l'avait fatigué ainsi que l'angoisse de joindre les deux bouts. Aujourd'hui c'était un grand-père las qui tentait de transmettre son élevage à ses fils.

« Ce n'est pas tout, sur Sandra. Tiens-toi bien. C'est cette petite frappe de Jean-Luc qui a signé le contrat pour elle. Jean-Luc est son agent. *Apoderado !* Il n'a peur de rien.

— Depuis quand est-il *apoderado* celui-là ? »

Le silence de Lily m'accablait, elle me révélait une situation dont elle était informée depuis longtemps et, par culpabilité, elle ne dirait pas un mot de plus. Je ne pouvais pas lui en vouloir, j'avais coupé toute relation avec la tauromachie, qui plus est avec Sandra, et clairement annoncé mon désir de changer de vie. Dans le *mundillo* une rupture est définitive. Aucun taurin ne s'enquérait plus de moi, je n'existais plus. J'étais tout de même fâchée des cachotteries de Lily. De nous deux je ne sais qui hait le plus Jean-Luc. Autrefois Sandra aussi le tenait en piètre estime. Lily a changé de sujet : la torero souhaitait que je la rejoigne à Saint-Vincent, cette fois je ne pouvais pas me dérober, c'était trop important.

« Elle aimerait que tu descendes la voir toréer.

— Pourquoi ? Elle ne me parle plus.

— Tu ne lui parles pas non plus, alors qu'elle a besoin qu'on s'occupe d'elle. Mets-toi à sa place.

— Tu parles d'elle comme d'une enfant. Tu ne sais plus que t'occuper d'enfants. »

C'est vrai, Lily n'est plus qu'une accablante génitrice, une matrice omnipotente. La faute à ses deux maternités. Depuis que Lily est mère, il n'y en a que pour sa progéniture. Elle est incapable de les faire garder car elle n'a confiance en personne. Elle traîne une anxiété permanente et une fatigue qu'elle ne ressent même plus. Elle est adorée de Jeff son mari qui la considère comme une déesse mais qui part pour des missions de plusieurs mois et l'abandonne à sa solitude. Personne ne prend de ses nouvelles, ne l'appelle pour lui demander si elle tient le coup avec ses gamins, si elle n'a pas peur pour son homme. À chaque fois que Jeff part sur le terrain il perd des frères d'armes. Les gens préfèrent aller à l'enterrement de Johnny à la Madeleine qu'à celui d'un soldat mort au Mali, on les comprend. De toute façon, il n'y a jamais assez de monde aux enterrements militaires pour ceux qui les pleurent. La dernière fois quinze d'entre eux ont été tués dans une embuscade au Niger. Lily m'appelle alors et sanglote à pierre fendre, s'imagine veuve. Mais moi aussi, j'ai besoin qu'on s'occupe de moi. Elle a changé de sujet :

« Tu pourrais trouver une photographe pour la corrida ?

— Je ne travaille plus pour Sandra. Qu'elle se débrouille. » Que la princesse m'appelle si elle a besoin de moi.

« Je ne te demande pas de travailler mais de donner un coup de main. »

J'ai demandé à Lily si, de son côté, elle comptait se rendre à Saint-Vincent :

« Oui bien sûr, j'irai. Ce sont les vacances scolaires, Jon n'est pas admis cette année au centre de loisirs, je ne sais pas quoi faire de lui. Jeff est reparti pour trois mois, je n'ai pas le droit de savoir où. Je n'ai rien d'autre à faire. »

L'Éducation nationale encourageait Lily et Jeff à scolariser Jon à mi-temps pour qu'il fréquente l'hôpital le reste de la semaine. Les pédopsychiatres proposaient des activités adaptées aux enfants autistes. Lily parlait, parlait. Pauvre Jon. Qu'on lui fiche la paix. Je me suis recouchée, ai entrepris de couper mes ongles après avoir mis le haut-parleur :

« À l'école ils ne le gèrent plus, disait Lily.

— La vie est devenue un exercice de management et de comptabilité.

— Moi vivante il n'ira jamais à l'hôpital. Tu entends ? Promets-moi que si je meurs…

— Mais tu ne vas pas mourir.

— Dieu m'a envoyé des épreuves. »

Peut-être, mais tu n'as pas tué ton père, veinarde, ai-je alors maugréé en moi-même. Je l'ai fait pour toi, pour que tu n'y penses pas et restes dans ta bulle innocente. D'ailleurs il ne te l'aurait pas demandé parce que tu as mis au monde, nourri et entretenu la vie. Avec mon ventre stérile je pouvais donner la mort, comme Sandra. « À qui d'autre puis-je le demander ? » m'a dit papa. Sa voix seule pleurait, c'était pour moi plus déchirant que si j'avais vu ses larmes.

« À qui d'autre puis-je le demander ? »

De toute ma vie je n'ai jamais eu à lui désobéir, je n'ai pas trouvé l'argument qui m'y aurait obligée cette fois. Il savait exactement comment je devais m'y prendre, ce qu'il fallait faire. « Je te le demande parce que je ne peux pas le faire moi-même. Je ne peux même pas me suicider. Fais-le comme tu me donnes mes lunettes ou me fais boire, parce que tu prends soin de moi. »

Ah papa, pourquoi m'as-tu fait ça ? C'était si merveilleux de t'apporter tes lunettes, de te donner à boire et à manger, d'essuyer ta salive, ta sueur, tes crachats, ton sang. C'était ma vie. Maintenant que veux-tu que je fasse ? Mais je ne parle pas de notre père car Lily se mettrait à pleurer et cela m'agacerait.

« Tu es sûre de descendre à Saint-Vincent ? ai-je insisté. Tu n'aimes pas la corrida. »

Oui, elle allait descendre pour que Sandra ne soit pas seule. Contrairement à moi qui étais une égoïste narcissique, elle avait le sens de la famille et de la loyauté. C'est ce qu'elle m'a expliqué. Pourtant, depuis qu'elle a accouché, Lily ne peut plus regarder une corrida. Elle voit un visage de nourrisson affolé dans celui du taureau qui cherche une planque à tâtons, l'épée dans le cou. Elle démasque l'enfant derrière le torero qui tète sa timbale, recrache virilement et prend la muleta, gratte le sable avant le premier cercle rouge qui bave déjà comme du rouge à lèvres. « Tous ces gosses. Ils ne sont plus obligés de se taper le service militaire mais ils veulent quand même y aller, au front. » « Toi aussi tu as donné la mort en ayant tes enfants, lui ai-je dit un jour. Toute vie va vers la mort. » Donner la mort c'est donner la vie jusqu'au bout, c'est avoir l'humilité de ne pas se prétendre sans péché. « Je ne vois pas du tout les choses comme ça », avait-elle répliqué.

« Et toi ? Tu viens ? a-t-elle ajouté.

— N'insiste pas. Je ne peux pas. »

Lily n'a pas insisté.

Ce matin mon lit est une flaque de soleil dans laquelle Sissi se baigne obscènement, je suis heureuse et m'enroule dans mon drap comme si c'était le ciel. « Toi, demoiselle, tu as tes chaleurs. » Je parle à mon chat et lui caresse les tempes, elle étire ses pattes l'une après l'autre, souple et tendue de désir. Elle cambre son dos mieux qu'un torero, dresse la queue, elle voudrait que je lui masse les reins. Je vais lui offrir des pointes de ballet, c'est fait pour elle.

Elle me suit à la salle de bains en s'enroulant autour de mes chevilles, boa velu, elle réclame que je fasse couler un filet d'eau au robinet pour y tendre ses petites dents qui ont soif. Je joue à la maîtresse, gâtifie en sermonnant : « Oh mon carambar adoré, ma Sissi, petite crapule. » Depuis huit mois que papa est mort, que je garde Sissi, je suis une vieille fille.

Et soudain, en m'aspergeant le torse d'eau froide au robinet du lavabo, je décide : j'irai à Saint-Vincent. Je pars demain, même si Sandra doit se faire transpercer. Après tout c'est sa passion de risquer la mort et pas n'importe laquelle, une fin qui se reproduira à l'infini sur les écrans de smartphone, suscitera les moqueries et multipliera ma peine. Mais nos vies sont liées depuis ce jour :

« Hey hey hey ! *Toro !* »

Si ce vautour de Jean-Luc s'en mêle c'est que Sandra est un cadavre avec encore quelques pièces en poche, des bijoux, des dents en or, va savoir. Le seul devoir d'une famille c'est d'enterrer ses morts pour qu'on ne les dépouille pas. Il lui reste du bien, elle veut retourner dans l'arène, personne d'autre ne veut l'engager, c'est une aubaine pour Jean-Luc. Va pour le vautour, on verra ce qu'il ose. Je dois aller à Saint-Vincent. Après tout, derrière les arènes, il y a la forêt et, au-delà des pins, l'océan.

Depuis huit mois je ne sors plus de chez moi. Je me parle à moi-même. Les gens qui supportent l'existence et ne comprennent pas que ce soit difficile à d'autres appellent cela parler tout seul. Simone ma grand-mère faisait la même chose en levant les yeux au plafond, elle ouvrait grand la bouche et articulait des sons assez audibles pour qu'on cherche à les comprendre, en vain. « Dieu, je suis vraiment entourée de crétins », semblait-elle dire au lustre. Elle avait l'air de passer un savon à son créateur pour lequel elle consumait sa vie en prières et en offrandes. Les curés profitaient de sa table, ils écoutaient Madame et lui donnaient des conseils pour convaincre l'évêque de l'authenticité de ses visions. En même temps ils mangeaient triple portion du pot-au-feu de Régine puis repartaient avec des gigues et des bouteilles d'armagnac. Régine chargeait le coffre en bougonnant. Le clergé local l'avait rendue anticléricale, elle avait horreur des pique-assiettes en soutane.

Lily était la seule de nous trois à trouver de l'intérêt aux délires de Simone. « C'est devenu de la maladie à cause des conditions de son existence. » Selon elle, Simone n'avait pas eu la chance d'être libérée des contraintes sociales. Elle n'avait pas été adoubée par une vieille Mme Moreno. Ma grand-mère était abonnée à *Point de vue Images du monde* qu'elle ne lisait pas, elle ne lisait rien. Régine le dévorait du début jusqu'à la fin sans omettre les publicités après le repas de midi, pendant que la télé jouait *Santa Barbara.* Elle commentait les tenues, les mariages et les enterrements avec la supériorité d'un chambellan, mouillant son index rongé pour tourner les pages. Nous nous moquions de *Trou du cul Images immondes* jusqu'au jour où nous sommes tombées sur une interview de Yaguel Didier, la voyante des stars. Elle avait reçu des révélations de Marie-Antoinette. Elle expliquait qu'il ne suffisait pas d'avoir un don, il fallait également le travailler avec la méditation et la purification mentale. Lily s'est mise à méditer et faire du yoga pendant que Sandra s'obstinait dans les arènes et moi dans la névrose.

Je ne sais pas si j'ouvre la bouche comme Simone mais depuis peu je me surprends à marmonner. Il m'arrive de me frotter disgracieusement le nez et de plonger le doigt dans mes narines en public. J'ai les cheveux sales sauf lorsque Lord me donne rendez-vous. Lord est mon soleil brûlant du moment. J'ai d'autres soleils qui se lèvent, se couchent, ont leurs saisons. Mais ce matin la femme-taureau m'appelle avec sa tragédie et ses colifichets, ses rituels, ses passementeries. Je dois tout accepter. J'ai tué mon père et Sandra revient. Elle me revient. Tout est de nouveau possible. Même l'odeur de pourriture qu'exhalent depuis trois jours les fruits au bord de ma fenêtre semble neuve. Tout pourrit si vite chez moi. Ce matin la pourriture a un goût de printemps, de fleur.

Le soleil frappe aux vitres que le calcaire des arrosages municipaux a opacifiées. J'habite au rez-de-chaussée d'une résidence, les jeunes s'assoient la nuit sur les trois marches devant ma porte pour s'embrasser, boire et rouler des joints. Je ne ramène jamais Lord chez moi. C'est trop sale par ma faute et exigu, on y manque d'intimité. L'appartement n'a pas de volets, tout juste des voilages aux fenêtres de la chambre. Dans le salon j'ai installé un paravent qu'une amie vend dans une galerie à côté du Palais Gallien, celui que j'ai acquis est une allégorie des sites de rencontre. Des figurines de super-héros et de princesses y sont rustiquement scotchées et des citations brodées en lettres anglaises : « Homme élégant et sans âge cherche jolie femme, moins de quarante ans. » « Femme, cinquante ans mais dynamique, cherche compagnon pour promenades et rires. » Souvent les curieux regardent par ma fenêtre, se retirent ou s'attardent. Je les regarde me regarder.

« J'irai à Saint-Vincent », dis-je à Lily dès qu'elle décroche.

Chapitre 4

« Mais pourquoi Jean-Luc ? »

Lily me répond du tac au tac. Si j'avais pris des nouvelles de Sandra ces derniers temps, je saurais. Mais je me suis enfermée dans ma dépression.

« Jean-Luc s'occupe d'elle. » Lui, au moins.

Lily raconte. Jean-Luc a payé à Sandra quinze jours de vacances à Saint-Jean-de-Luz. Il était aux petits soins, la traitait comme une reine. Restaurants de fruits de mer, bars, chambre sur l'océan… Puis il lui a fait des promesses. Il a raconté qu'il était en contact avec les arènes d'Arles, avec Nîmes. Ils ont discuté de ses corridas récentes. Il les avait toutes vues. Il lui a dit le contraire de ce que répétait José après la grâce de Modesto à Málaga, qu'elle toréait bien. Pas de trou d'air avant l'accident contrairement à ce que rabâchait ce sadique de José.

C'était sa thèse en effet, qu'elle était usée, qu'elle avait perdu pied après les succès en Andalousie et la grâce à Málaga, qu'elle n'était pas prête pour Séville. Elle n'avait pas la maturité, c'est ce qu'il lui répétait. Jean-Luc la persuadait qu'elle avait seulement manqué d'une équipe à la hauteur. Elle avait besoin de passer à autre chose et de s'entourer mieux. José c'était son enfance, l'homme à qui elle devait tout. Jean-Luc l'avait convaincue qu'il lui imposait une relation filiale malsaine. Elle devait en finir avec cette dette qui lui pesait. « Il lui a dit aussi qu'il pouvait être son *apoderado*. Il avait envie de diversifier ses activités, moins de taureaux, plus d'art », conclut Lily.

Jean-Luc, de l'art ! C'était la meilleure. À l'époque Sandra avait en effet voulu tourner la page mais elle avait bien manqué y passer. Le bébé et l'eau du bain. Après Modesto elle s'était fâchée avec José. Elle pensait déjà que son entourage était insuffisant, elle avait sans doute raison d'ailleurs. Elle avait dit à José qu'elle n'avait plus besoin d'un père pour organiser son existence et lui signifier ce qu'elle avait à faire. Après tout, c'était elle qui descendait dans l'arène. Il l'avait très mal pris : « Moi qui ai tout fait pour elle, elle ne serait rien sans moi. J'ai sacrifié ma vie pour cette gosse, elle me doit tout. Le succès lui est monté à la tête. »

José avait tempêté dans les arènes, dans les salles de mairie, dans les réunions taurines. Il avait un sale caractère, il était vaniteux et je n'aimais pas la manière dont il humiliait Sandra après ses entraînements en lui expliquant par A plus B qu'elle faisait de la merde. Sandra était sa chose. Il le répétait à tout le monde qui reprenait : « Lui qui a tout fait pour elle. » Elle est allée à Séville sans son accord et a été prise par la bête. Il avait jubilé : « Alors ? Je vous l'avais bien dit. Sans moi, elle ne vaut pas grand-chose, la gamine. » Il n'a pas profité longtemps de sa revanche, il est mort en trois semaines d'un cancer de l'estomac quand elle était encore à l'hôpital. Ils ne se sont pas dit adieu.

Jean-Luc est le seul à appeler Sandra, plus personne dans la profession ne s'intéresse à elle. Elle est heureuse, c'est le plus important. Elle va toréer. Voilà ce que me dit Lily. « Huit mois. » Cela fait huit mois que je me morfonds loin d'elle et que Jean-Luc drague Sandra. Je rétorque :

« Jean-Luc détestait José et c'était réciproque. Dès les débuts de la carrière de Sandra, Jean-Luc lui a fermé les portes de Dax. Il a son mot à dire sur le choix des cartels dacquois, on ne sait pas ce qu'il magouille là-bas mais c'est ainsi et Sandra n'y a jamais été présentée. Il lui a fait une réputation d'emmerdeuse médiocre. Et maintenant il la sauve ?

— Eh ma pauvre, elle est montoise. Les Dacquois détestent les Montois, les Montois méprisent les Dacquois. »

Mais les Dacquois aiment les belles corridas et Sandra est une torero hors du commun. Elle l'était, du moins, de la trempe de Cristina Sánchez selon les chroniqueurs. Sa carrière était prometteuse même si elle avait déjà atteint un certain âge pour un torero, trente-cinq ans. Elle avait gagné en maturité. Une héritière des pionnières qui avaient défié les interdictions faites aux femmes de toréer depuis Francisca García à la fin du dix-huitième siècle jusqu'à Conchita Cintrón, qui avait séduit les arènes européennes en toréant à cheval parce qu'elle n'avait pas le droit d'aller à pied comme les hommes.

Les femmes toreros avaient toujours été considérées

comme des êtres immoraux et impudiques. La première femme descendue de cheval pour aller vers le fauve en bombant le torse et cambrant la taille, les mains dissimulant dans le dos les banderilles, l'épée ou la cape, s'encourageant par des raclements de gorge dont le son sortait d'elle pour la première fois, celle-là avait provoqué une émotion qui n'avait pas échappé aux prêtres et aux notables. À la limite il était admissible qu'elles aillent à cheval, qu'elles soient *rejoneadoras*. Une amazone c'est un spectacle gracieux et érotique. Les foules américaines et européennes avaient adulé Marie Sara, la déesse blond platine. Mais on disait qu'elle n'aimait pas tuer parce qu'elle était une femme : « Elle n'a pas la rage ni la force des hommes pour tuer. Ils ont la puissance de leur envie. » Il était difficile d'apprécier un torero femme à pied car le spectacle de la blessure en serait insoutenable, disait-on encore, « imaginez une femme se faisant percer le ventre qui abrite la vie ». Dans la tauromachie à cheval, c'est le cheval qui torée et protège le cavalier de la bête, fauve égaré par les mauvais tours du centaure.

Cela n'avait pas toujours été le cas. Au dix-huitième siècle, la fille du comte de Ribaldivia, María de Gaucín, avait quitté le couvent pour mener une carrière de torero avant de retourner à sa cellule. Elle faisait l'admiration de ses sœurs religieuses. Mais les temps n'étaient plus aux Lumières. Les femmes toreros étaient soumises à des interdictions multiples, de porter l'habit des hommes, de toréer des bêtes de plus de quatre cents kilos. Bien que les oukases aient été levés prudemment un à un, la situation n'avait pas réellement changé depuis Conchita Cintrón. Cristina Sánchez avait pris sa retraite de manière anticipée, fatiguée par le machisme du public et de ses collègues. Ils se comptaient sur les doigts d'une main, les taurins qui aimaient les femmes dans l'arène. Elles devaient rester mères, épouses, filles.

Sandra n'aimait pas qu'on lui parle de machisme tauromachique, elle détestait qu'on lui rappelle qu'elle était une femme. Elle éludait les questions sur son sexe, elle refusait de saisir un étendard féministe. Elle n'avait pas de compagnon, pas de petit ami ni aucune préoccupation d'ordre sentimental. Elle travaillait sa musculature dans la salle de boxe de Mont-de-Marsan qu'elle avait commencé de fréquenter avec José dès ses dix ans. Elle avait développé une puissance hors du commun qui lui permettait de n'être pas gênée au moment de la mise à mort. Elle tuait souvent bien, il n'y avait pour autant aucune haine en elle. Elle aurait été indignée qu'on dise qu'il en fallait pour tuer. La haine était une tristesse qui faisait perdre ses moyens au torero et le menait au désastre. Elle tuait par respect, pour que l'animal ne souffre plus, parce que c'était ce qu'il fallait faire.

Les soirs de course, Sandra faisait une entaille à la *puntilla* sur son épaule en souvenir de l'animal tué. La série des entailles irrégulières formait un tatouage primitif allant de l'ivoire brillant au violacé. Le soir de la grâce de Modesto, au moment de se déshabiller après la fête, elle a passé longuement la main sur son épaule nue. Je l'avais escortée jusque dans sa chambre pour discuter encore avec elle, l'aider à ranger ses habits et veiller à ce qu'elle n'ait besoin de rien. Elle ne me répondait plus et regardait dans le miroir son index descendre sur son bras comme s'il y manquait quelque chose.

Après le triomphe de Málaga et la grâce du magnifique taureau Modesto elle avait accepté que le Colombien Ruvén Afanador, le photographe des stars, l'inclue parmi les jeunes modèles d'une série de photos sur les toreros. Il était alors en Espagne. Il photographiait de jeunes matadors apprentis, des tailles déboutonnées ouvertes comme des fleurs sur de frêles garçons de seize ans, un collant glissant sur un pubis nu, un sexe retourné et plaqué contre une cuisse sous les bas blancs face à la cicatrice d'une fémorale déchirée, une chaîne de médailles sur un torse musclé, des garçons en fleur enfouis dans des capes lourdement brodées. C'était sublime. Mais il n'eut de Sandra qu'un portrait rigide. Il avait exigé qu'elle soit entièrement habillée de lumières. Elle était engoncée dans ce vêtement qu'elle n'aimait pas, le visage fermé. Il lui avait demandé de se maquiller et de porter des créoles, soulignant l'effet de travestissement. Afanador n'a pas gardé les clichés de Sandra pour son livre. Il aimait les beaux garçons et n'avait su que faire d'elle.

Au début de la carrière de Sandra, Jean-Luc s'était répandu sur les prétendus caractère et habitudes de la matador. À cause de lui, elle était persona non grata à Dax alors qu'elle triomphait partout dans la région. Sur les conseils de José qui avait compris les manœuvres de Jean-Luc, Sandra s'était rabattue sur les *placitas* des provinces espagnoles, les petits villages perdus autour de Madrid ou en Andalousie qui cultivaient un reste de culture tauromachique. Elle se changeait sur les aires d'autoroute une heure avant la course et sa cuadrilla priait pour que rien ne lui arrive, détournant la tête par superstition au moment de passer devant l'infirmerie de fortune à l'entrée du cercle de bois. Pendant des années elle avait arraché contrat après contrat sous le soleil mortel des étés espagnols avant d'entrer enfin dans les arènes du sud de la France, Béziers, Nîmes, Arles. Enfin il y avait eu la grâce de Modesto à Málaga, la fâcherie avec José qui refusait qu'elle aille à Séville, qui voulait qu'elle se refroidisse la tête, et enfin l'accident.

« Puisque tu viens, peux-tu descendre l'habit de Sandra ? Un aficionado l'a rapporté de Madrid, il devait l'amener ce soir mais sa mère est à l'hosto. Il est rue Bertrand-de-Goth, c'est un bar-tabac. » Va pour le bar-tabac. « Voilà comment tu vas faire. Tu descends à Mont-de-Marsan, on passe la journée ensemble avec les enfants et le lendemain nous allons à deux voitures à Saint-Vincent. Les gamins vont être dingues de te voir, tu leur manques. » Je comprends que Lily en profitera pour me faire garder Tom et Jon et prendre du bon temps. Elle me supplie à nouveau de trouver un photographe. « Je comptais sur un type qui est en plein *burn-out.* » Pour un manager, une corrida sans image est perdue. « S'il te plaît. Toi tu trouveras. On ne va pas prendre le premier photographe venu spécialisé dans le nouveau-né. »

Lily évoque en riant les portraits de bébés emmaillotés et disposés dans des paniers ou des choux, à la mode asiatique, sans doute endormis avec des somnifères ou des tranquillisants, l'air tout à fait morts. « Pousse donc ces photographes dans une arène. » Elle me demande de consulter des sites d'intérim et de déposer des annonces. J'acquiesce de mauvaise grâce : « Si je trouve quelqu'un, ce sera un miracle mais pourquoi pas ? Personne ne photographie de corrida. Je ne connais plus d'artiste qui s'intéresse à ça.

— C'est sûr. Il faut aimer les affaires de bétail. Les gens ne connaissent plus rien aux bêtes, ils mangent leur morceau sans savoir si c'est de la cuisse, du dos, de l'abdomen, pour eux un bœuf est un parallélépipède comestible, en revanche si c'est bio, ça ils le savent. Qui a décrété que c'était bio, selon quels critères, c'est une autre affaire. »

Plutôt que ces dissertations sur la viande, j'aimerais que Lily me propose de renoncer à ma retraite, de photographier moi-même Sandra, de reprendre ma place dans le *mundillo*. Qu'elle me supplie et que je me laisse convaincre dans un geste de générosité. J'arriverais à Saint-Vincent auréolée de l'éclat de mes vertus, Sandra se jetterait dans mes bras et me dirait combien elle a besoin de moi. Je range mon orgueil et promets de chercher un photographe. Je serais bien embarrassée, après mes vœux de chasteté photographique, d'être ainsi réclamée. Il n'y a plus rien à dire, Lily et moi raccrochons. Cela fait huit mois que je parle toute seule, que Sandra fréquente Jean-Luc et que Lily ne voit plus rien. Mais de cela, nous n'avons pas parlé.

Sous la douche je me promets qu'à mon retour je ferai le ménage de la salle de bains et du studio. Je me suis habituée à la crasse qui tapisse la douche et la bonde du lavabo, aux traînées lactescentes de champignons dans les plis des voilages, même à l'eau glacée depuis que le chauffe-eau est en panne :

« Je ferai un casse de produits ménagers chez Auchan. J'achèterai un produit pour chaque problème, le métal, le calcaire, les vitres, les tissus, en mousse, en crème, en eau, ça brillera comme dans une publicité, ce sera ma nouvelle vie. »

Une fois propre, couchée nue sur mon lit et la tête pleine de résolutions domestiques, je dépose des annonces sur des sites de photographes. Seule une fille répond dans les deux heures. Nathalie a une voix agréable et blagueuse au téléphone, elle me plaît. Elle a travaillé dans la mode pendant des années. Ces derniers temps elle a surtout produit des photos de jardins pour des magazines. Elle connaît très bien les plantes.

« Nous partons demain pour Mont-de-Marsan, nous y passons la nuit. Je vais réserver un hôtel. Le lendemain nous serons à Saint-Vincent. J'ai une voiture. Et la corrida, tu connais ?

— Je suis beaucoup allée à Arles autrefois, mais pas professionnellement.

— Une amateure, c'est mieux », ai-je affirmé pour ne pas avoir à chercher quelqu'un d'autre. Nathalie fera parfaitement l'affaire, elle semble contente, moi aussi. Nous nous donnons rendez-vous à la gare le lendemain matin.

Je m'habille, ferme l'appartement et me rends chez le buraliste aficionado qui rentre d'Espagne. Il a du jambon et des cigarettes de contrebande ainsi que l'habit de campo de Sandra qu'elle a fait faire à Madrid pour la corrida de Saint-

Vincent. Nous buvons tous les deux un pastis à la santé de la torero sur le cuivre du comptoir à l'odeur d'eau de Javel. Le bar est vide, le propriétaire l'a fermé pour rendre visite à sa mère malade. Les immenses affiches de corrida sur les murs du troquet sont jaunissantes mais font encore de l'effet avec leurs couleurs sable, rouge et orange, les figures des bestiaux et des toreros agiles. Au-dessus de la porte des toilettes une tête de taureau *negro zaino* est accrochée. Avec le buraliste nous nous souvenons que dans le temps, un journaliste avait apostrophé Cristina Sánchez avec un « torera ! » tonique. Elle lui en avait fichu une en plein visage. Personne n'a jamais osé interpeller Sandra au féminin, bien que beaucoup de femmes toreros l'aient laissé faire volontiers par le passé.

Je trimballe jusque chez moi la housse de chez Santos, Calle Muguet, Madrid. Je la pose sur le lit tel un reliquaire après avoir hésité, pensant à la superstition. Personne ne peut porter le costume d'un matador avant la course, on ne plaisante pas avec ces choses-là. J'ouvre la housse comme un cercueil, une odeur de frangipane en monte, je prends la veste et la baise respectueusement. Puis je l'enfile. Je suis plus petite que Sandra et n'ai pas ses muscles. Je flotte dans l'habit et souris comme un diablotin. Lily m'appelle à ce moment au sujet de la photographe, tout en lui parlant je m'admire dans le miroir de la salle de bains.

« Elle photographie des jardins ? Des fleurs ?

— Il y a des fleurs dans une course taurine. Elle aura une approche botanique de la corrida. »

En réalité je me fous bien de la photographe et des

images de la corrida de Sandra à Saint-Vincent. Je vais finir le travail qu'il me reste à faire pour gagner mes mille et quelques euros mensuels, corriger la syntaxe et l'orthographe d'une centaine de feuillets de notices pharmaceutiques. Ensuite je traînerai en culotte, m'épilerai les mollets et boirai de la bière avec une veste de matador sur le dos. Ce sera une bonne après-midi.

Chapitre 5

C'est magnifique d'être à la terrasse d'un café gay en tenue de torero. Je voudrais bien qu'on me prenne pour un homme mais je vieillis en femme. Ma peau de vieille trentenaire tourne comme du lait, mes doigts sont gonflés aux articulations. Elle est effroyablement douce, ma peau, elle donne envie de la frapper. Il fait chaud. Je regarde les garçons jeunes aux tables voisines, j'aime regarder les jeunes gens. En revanche pour coucher avec eux il faut avoir renoncé à tout. Cela m'arrive souvent avec des jeunes gens de vingt-deux, vingt-trois ans. Pour eux, c'est une parenthèse dans la vie érotique, une permission de retour au placenta. Ils confient leurs chagrins d'amour, c'est l'écueil maman, et comme ils sont terrorisés à l'idée d'échouer sexuellement ils échouent. On ne dit rien, il n'y a rien à dire. C'est l'écueil pute. Et puis ils sont remplis de préjugés, de peurs, de jalousies. Ils retournent la photo de leur ex-petite amie, pensant que ça me blessera. Si j'avoue que je couche avec d'autres hommes, ils me quittent. Cela leur répugne, la vieille a une vie sexuelle. Mais je continue à coucher avec des gamins. Je cherche à ne plus avoir d'ego, ni de désir, ni de sexe.

À cause de la canicule, les clients du club en face sortent sur le trottoir boire un verre. Là-dedans c'est fouet, collier en cuir et pisse. Cape noire et santiags montantes, piercings. J'espère qu'ils ont une bonne aération avec ces chaleurs. Bientôt vingt heures et Lord doit appeler, fidèle dans l'infidélité. Il appelle. Au téléphone je gémis : « Tu m'emmènes ? » Alors il m'emmène. Immeuble ancien, jardinet, c'est son atelier. Il a cinquante ans et c'est lui cette fois qui s'inquiète de ce que je penserai de son corps, il se déshabille trop vite pour escamoter l'inquiétude. Je me blottis contre lui, mon méchant terrier heureux de ramener un torero dans sa garçonnière. Parfois on se fâche très fort parce qu'il voudrait qu'on se voie davantage, qu'on aille au Brésil, et je ne veux pas. Qu'est-ce que j'en ai à foutre du Brésil : « Pars donc avec tes enfants.

— Combien de temps on va continuer à ne pas être ensemble ? »

Il répète ça pour ne pas dire des choses qui me feraient de la peine, notamment qu'il ne m'aime pas. La peau de Lord est salée comme une câpre. Il ne cesse de me faire souffrir. Il a cette attention. Nous sommes nus l'un contre l'autre. Je demande : « Enferme-moi dans une boîte cramoisie. » Il tire les rideaux. D'habitude, il ajoute des choses violentes ou pornographiques. Je hoche la tête, je suis heureuse : « Tout ce que tu veux. » Après, il me dit que je suis la seule femme qu'il fréquente avec la sienne. Je l'engueule. « Pourquoi tu me dis ça ? Profite si tu peux, *hombre* ! »

Un parfum de whisky monte des draps, j'imagine qu'une allumette les ferait flamber comme des crêpes. À une époque il s'intéressait à Sandra, cela correspondait bien à ses fantasmes d'exotisme. Il aurait dit : « J'ai une histoire avec une tueuse de taureaux, je suis fou d'elle, elle est folle de moi, on vit quelque chose d'impossible et de beau. » Je lui ai présenté Sandra par le passé, elle ne s'est pas intéressée à lui. Il a bien pris la chose. Sandra couche en passant avec des hommes vieux, riches et machos, mais surtout espagnols. Cela ne dure jamais, ça ne l'intéresse pas. Elle n'a pas eu de grand amour, elle n'a pas de nostalgie. Elle ne pense qu'aux taureaux. Les hommes qui l'aiment sont malheureux.

Depuis le lit on la regarde, la veste de l'amour et de la mort, posée sur la chaise du bureau. C'est un vêtement en peau, des arabesques sont brodées finement aux manches et sur le col. Les femmes qui pour la première fois ont bravé les taureaux portaient des jupes longues et la veste de lumière. Sur une gravure de Gustave Doré, Teresa Bolsi triomphe dans une robe à crinoline et large décolleté. Elle brandit sa cape avec une expression arrogante, elle ressemble plus à Judith découpant Holopherne qu'à une matador. Dolores Sánchez a été la première à porter l'habit des hommes. Juanita Cruz ressemble à une infirmière de guerre avec sa jupe droite fendue qui entrave la marche.

Sandra ne porte pas l'habit de lumières masculin, elle préfère celui des toreros à cheval comme celui de Conchita Cintrón. Conchita toréait à pied comme elle toréait à cheval, avec l'habit de cavalier andalou. Sandra fait de même.

Beaucoup s'en agacent, chaque technique a son habit. Refuser le costume de lumières, c'est se dérober au destin du torero à pied. Si Sandra veut porter une tenue de campo, qu'elle monte sur un cheval et nous fiche la paix. L'habit de lumières c'est le début du sacrifice. Voilà ce que disent les taurins jaloux.

« Sandra est un peu avec nous, dit Lord.

— Pas du tout. N'imagine pas que tu couches avec elle parce que sa veste est dans ta chambre d'homme adultère. Ce soir, sa veste, c'est la mienne.

— Mets-la et marche devant moi. »

Je hausse les épaules. Je le regarde débandé, cuisses et ventre mous, qui attend d'un air grave. Je me donne du mal pour déambuler en honorant la veste mais il pense à autre chose. Alors je tends le doigt vers sa table de nuit :

« C'est quoi ces cahiers ? »

Depuis que nous sommes couchés ils m'intriguent. Ce sont des carnets en papier luxueux, aux coutures apparentes et de couleurs variées qui s'empilent autour de la lampe. Vierges et de grande classe, on les dirait tissés à la main, ils ont certainement coûté cher mais Lord n'a pas à se soucier du prix des choses.

« J'ai envie d'écrire un roman.

— Je serai dedans ? lui dis-je.

— Pourquoi pas ? » Apparemment je ne suis pas un sujet de roman pour Lord. « Un roman sur ma vie, l'amour, la réussite. J'ai beaucoup de choses à raconter. »

Il dit cela sérieusement. Plus tard il prétend qu'il n'a plus de préservatif. Et alors ? Il précise : « Il faudra peut-être qu'on cesse de se voir. Ça va bien en ce moment, avec ma femme. On s'entend bien. » Comme on peut être méchant quand on n'aime pas. C'est sans doute vrai, je ne suis pas une femme. « Tu peux dormir ici bien sûr. Il te suffit de claquer la porte », ajoute-t-il, chevaleresque. Il se lève, s'habille sans me regarder. Il part. Me voilà seule. Alors je me rhabille aussi, la veste par-dessus la robe et les talons hauts. M'en vais. Je descends au premier bar chercher un garçon. C'est un quartier où ça se trouve.

Au comptoir une masse aérienne de cheveux brille dans les spots, ceux d'un adolescent voûté, veste noire de smoking, assis le pied sur la barre du tabouret voisin, boots bien cirées. Je tire le tabouret et le pied reste en l'air, deux amandes bleues me regardent et font l'ascenseur. L'adolescent a l'âge de Lord et une boucle à l'oreille gauche. Je commande une vodka.

« C'est jour de marché ? » La voix rauque éclate de rire, son timbre me surprend. L'adolescent est une femme.

« Exact.

— J'essaierais le silencieux dans ce ramassis de bruyants. »

Elle désigne une table ronde au fond du bar. Le silencieux est un beau garçon noir, il porte un bombers avec des inscriptions que je ne comprends pas, ses cheveux sont rasés. Il a une bouche ourlée de petite fille mauvaise, un maintien de danseur. Il sourit aux blagues de ses amis et boit un verre avec beaucoup de glace. Je finis la vodka, remercie mon indic qui reste au comptoir. Son rire éclate dans le bar comme un coup de fouet à mes remerciements. Quand je jetterai un œil vers elle après avoir offert un verre au beau garçon, la fausse adolescente ne sera plus là.

Le garçon m'a suivie chez Lord. On a terminé la boîte de préservatifs que j'ai trouvée en fouillant dans la salle de bains. Je l'ai laissée, froissée dans son plastique sur la table de nuit pour que Lord pense à en racheter, lorsqu'il rentrera, pour les suivantes. Mon gentil amant est parti avant l'aube.

Je suis seule dans la chambre. Et maintenant, que faire ? J'ouvre les rideaux, me glisse entre la fenêtre et le volet. Dans la cour les sacs-poubelle s'empilent à côté des bacs. L'odeur de pin chaud qui m'enveloppe est surnaturelle. Il faudrait que j'arrive au point où je ne ressentirai plus rien, à la parfaite indifférence. Je regarde l'amoncellement des ordures, mes lèvres sont enflées et l'entrejambe me brûle. « Prends encore un petit morceau de mon cœur, chéri. » J'aspire l'odeur capricieuse du pin qui me rappelle un jour d'été où Sandra avait attrapé une fouine. Elle la provoquait avec un bâton à travers le grillage, la fouine plantait ses dents dans le bois. « Regarde comme elle en veut. » Ses yeux brillaient devant l'animal agressif qui me faisait peur. Nous étions à côté d'un empilement de bûches de pin cuisant en plein soleil.

Je reçois texto sur texto de Lily. « Oublie pas la photographe ! » Mais moi j'attends l'amour de Lord par mail, par WhatsApp, par Facebook, par Instagram. J'ai tenu le smartphone rose bonbon contre moi jusqu'à ce que mes doigts s'engourdissent et collent. J'ai pensé que Lord pourrait m'écrire et tant qu'à faire aussi tel autre ou celui-là, les petites frappes qui pillent mon amour-propre et mes ronds en échange de leur jeune âge et reviennent alternativement dans mes pensées. Chacun a son époque : époque Lord, époque Dany, époque le routard, époque le vieux mélancolique. Je suis une championne de l'attente. Ma vie est une longue érosion et c'est très bien ainsi. Personne ne fait jamais signe. Personne n'écrit jamais. Avant de claquer la porte, je fais demi-tour. Je fourre dans mon sac les jolis cahiers cartonnés de la table de nuit jusqu'à ce qu'il déborde. Je n'en laisse pas un seul, toutes les couleurs me plaisent. On me doit un cadeau d'adieu et, dans la vie, il vaut mieux se servir.

Je rentre chez moi, prends ma valise et fourre Sissi dans son sac de voyage. Elle me griffe et se débat comme un taurillon. Je pose la housse sur mon bras, claque la porte de l'appartement, en route ! Ma Peugeot est garée dans un parking à cent mètres de chez moi, elle est blanche de poussière. Depuis l'accident de Sandra, je n'ai eu aucune occasion de voyager.

Je remarque bien le garçon, capuche relevée, adossé à sa bécane à l'entrée du parking, les mains dans les poches. Je me dis qu'il a un rencard. Je regarde mes messages sur mon smartphone et consulte la page WhatsApp de Lord, j'attends toujours quelque chose de consolant. Je vois qu'il est en ligne mais pas avec moi. Quand le type me bouscule je me rattrape au mur. Il court et disparaît à l'angle de la pharmacie. Un homme essaie de le poursuivre, il revient en soufflant. Il n'arrivera pas à le rattraper, il préfère s'assurer que je ne suis pas blessée. Mes mains tremblent, mon bras est douloureux, le type a dû le tordre pour me faire lâcher le téléphone. Cela a duré une seconde.

Mon sauveur me conseille de porter plainte. Il ne manquerait plus que ça. Je passe mon temps à me plaindre mais uniquement à moi-même. C'est ma petite morale. Tant pis pour le téléphone. Mon épaule me fait mal, j'y porte la main quand la douleur me lance. À vingt ans on se fait violer, à quarante on se fait voler. La vie d'une femme. J'imagine que Lord m'a battue pour me faire passer l'envie que j'ai de lui.

Chapitre 6

Elle attend en chemise de bûcheron devant la gare, un sac à ses pieds, jeans larges et retroussés sur la cheville, la photographe à qui j'ai donné rendez-vous. J'ai d'abord reconnu la dégaine masculine, les boucles montées en mousseline au-dessus des yeux étroits et le rire quand je me suis garée devant elle : « Alors ce marché ? »

C'est la femme du bar. Quelle étrange personne, les cheveux en pétard, sourcils fournis, pommettes très hautes, petite et d'allure sportive, et Dieu comme elle rit. On dirait un elfe, elle pourrait avoir de longues oreilles sous ses cheveux. C'est aussi un petit garçon qui se faufilerait partout à la recherche de choses curieuses, une cosse, un oiseau à la patte cassée, un sifflet. Le sac à dos est minuscule, l'appareil photo autour du cou semble ancien mais je n'y connais pas grand-chose malgré mes fonctions passées auprès de Sandra. Je faisais de la photo informative, pas de l'art, je n'ai jamais tenté de faire plus. La climatisation de ma voiture a rendu l'âme, il fait trente-cinq degrés, je suis en nage.

L'elfe s'aère avec un éventail sur lequel la *Vague* d'Hokusai se répète, son geste est sans manières. Son visage bronzé fond dans la chaleur comme un buste de cire. « Nathalie », dit-il pour se présenter. Je préviens que l'odeur de la voiture est désagréable. La Peugeot pue encore le désodorisant mêlé à l'odeur du vomi de Lily, souvenir d'un retour de soirée difficile après la naissance de Jon il y a huit ans. L'odeur tenace me soulève le cœur. Lily allaitait encore, elle avait trop bu. Elle était en plein baby blues.

« En effet », dit Nathalie en éclatant de rire. Elle installe ses affaires à ses pieds avec méthode, le sac à main, la veste pliée, l'appareil photo et le pied de caméra.

« Je vais tranquillement sur la file de droite, je ne dépasse pas, on arrivera quand on arrivera. »

Sa moue désapprouve. Elle propose de conduire, affirme qu'elle a l'habitude. Pourvu qu'elle ne m'embête pas. Je feins de ne pas comprendre : « Tu pourras dormir ou écouter la musique que tu veux. » Je lui montre comment brancher son téléphone pour écouter Spotify mais elle s'en moque complètement, elle n'a pas l'intention d'écouter de la musique. Sissi miaule, tape et griffe les parois du sac. « Tiens tiens, une bestiole ! » Sissi gémit plus fort encore. J'explique à Nathalie qu'elle a ses chaleurs. Elle rit à nouveau à m'en déchirer les tympans. « Je ne dors pas en voiture. Je peux conduire. » Elle ne perd pas le nord. C'est tout de même intrigant un elfe qui aime conduire. Qu'a-t-elle fait déjà dans sa vie ? Ah oui, les fleurs. Hors de question qu'elle prenne le volant. « C'est la route de l'océan », dit-elle mystérieusement. Par politesse mais aussi pour avoir une bonne note sur le site d'intérim, je pose quelques questions.

« La corrida ? » Elle raconte qu'elle a beaucoup photographié les courses du sud de la France dans les années quatre-vingt. C'était une autre époque, la cocaïne circulait dans les couloirs du Nord-Pinus, l'hôtel des matadors à Arles, portes entrouvertes sur les toreros au torse nu, une heure avant six heures. L'hôtel n'était pas luxueux, les toreros dormaient dans des lits simples en fer, les salles de bains avaient un lavabo et une douche rudimentaires. Les matadors avaient connu la misère et toréaient pour en sortir.

En ce temps ils étaient des dieux et les taureaux des Minotaures. Tous les gosses des villes taurines avaient tâté de la vachette à la campagne, sur les places, ou au moins du *carretón*, le chariot à tête cornue. Les Parisiens retrouvaient leurs camarades de vacances dans les prés, ils se faisaient des frayeurs avec des vachettes nerveuses et se prenaient pour Manolete.

« Les temps ont changé », dis-je. Maintenant le Nord-Pinus est un paquebot antique aux murs couverts d'affiches sépia d'un autre temps sur lesquelles les toreros ont l'air d'enfants dénutris et sévères. Il s'anime les soirs de feria, le reste du temps il reçoit les touristes qui ont des moyens. Les toreros n'y descendent plus, ils préfèrent le confort impersonnel des chaînes de luxe, les lits à trois places et les salles de bains avec jacuzzi. Pendant que je parle, Nathalie ouvre la fenêtre et fouille dans son sac dont elle tire un rouleau de Mentos. Elle suçote en attendant poliment que je termine et enchaîne : « Et puis il y a eu Nimeño. » L'accident de

Nimeño II chez lui à Nîmes et son terrible suicide, cela a tout changé. Et le sida par-dessus le marché, beaucoup de ses amis étaient morts.

Elle n'a pas photographié de corrida depuis longtemps. Elle a fait des métiers divers, continue-t-elle : majordome chez une bourgeoise excentrique, conductrice de car scolaire dans les Cévennes, animatrice de soirées Club Med. Puis elle a repris la photo. Maintenant elle exerce dans des mariages et photographie des jardins pour des magazines spécialisés. Quand elle a besoin d'argent elle part plusieurs mois en croisière pour portraiturer des retraités heureux dans les ruines d'Éphèse. Elle suit la carrière de Sandra depuis longtemps parce qu'une fille talentueuse dans la tauromachie, ce n'est pas banal. Surtout à une époque pareille. « Car tout cela finira, n'est-ce pas ? Les arènes, les mises à mort, les élevages de *toros bravos*. »

Nous avons le temps de discuter dans les embouteillages à la sortie de Bordeaux. « Cela finira », répétons-nous. Nathalie me demande comment je suis liée à Sandra. Je suis d'humeur causante donc je cause. Lily, moi et Sandra avons grandi ensemble.

« Vous êtes comme trois sœurs, en définitive.

— Oui, c'est ça. Trois sœurs.

— Et Lily ?

— Elle vit à Mont-de-Marsan avec son mari Jeff et ses deux enfants. Je te parie qu'elle va me laisser les gosses sur les bras dès que nous serons arrivées. Elle va déguerpir, prendre l'air. Elle a bon dos, la tata. »

Nous fumons, chacune le coude à sa fenêtre. L'elfe a un

porte-cigarette et coupe ses clopes comme sur un plateau de cinéma. « Tu penses quoi des taureaux, toi ? »

Je n'y connais rien mais j'ai mes idées sur les taureaux que Sandra trouve littéraires. J'hésite à me lancer dans un exposé et puis l'elfe est engageant, je commence si bien que je n'en finis pas. Quand les artistes se sont intéressés à la tauromachie, dis-je, ils en ont fait une métaphore érotique, une affaire de domination et de désir, de sexe, toujours, tout le temps, partout, du sexe, et tout le monde est content. Bataille et Picasso avaient une approche esthétique de la corrida et les toreros qu'ils fréquentaient le savaient. Picasso ne connaissait rien aux bêtes, Dominguín se moquait de lui. L'elfe approuve en rigolant et m'envoie ses cendres à la figure. « Merde ! » Je proteste mais tète le goût âcre sur mes lèvres. Je continue :

« Les toreros s'entraînent parfois dans les élevages avec des vaches. Il n'y a pas beaucoup de public, seulement les garçons vachers et des amateurs, l'éleveur teste les taureaux. Parfois ils font des corridas en petit format. Il n'y a pas d'habits dorés, de musique ni de présidence, seulement le rituel des *tercios* sur lequel l'éleveur veille : le temps des banderilles, des piques, le temps de la faena. On n'entend que le frôlement des tissus, les voix fortes des toreros en veston de soie ou de velours. Le taureau quitte l'arène suspendu au crochet du tracteur, les pattes écartées, les couilles ballantes comme des mozzarellas fumées sur le ciel d'un bleu cru, dans le ronronnement du moteur. La mort agricole. La corrida est un rite d'abattage. On tue pour manger de la daube de taureau, des croquettes, de la queue en sauce.

Mais avant ça on honore l'animal. Le torero tente de montrer sa beauté, c'est un dressage qui n'aura lieu qu'une fois, comme la mort. On ne peut pas s'y préparer. On voudrait que tout soit apprentissage, discipline, initiation. C'est la grande illusion de la religion et de la philosophie. Il n'y a rien de cela pour la mort, c'est ce que le torero sait. Cela dure quelques secondes. Les espèces se rencontrent dans le même rythme, le même souffle, s'appellent et se répondent depuis leurs rives qui ne se rejoindront pas. L'homme fait l'homme, l'animal fait l'animal. Sa mort ne dépend pas de la volonté humaine, c'est une nécessité. Sandra a toujours pris tous les risques, beaucoup plus que ses collègues. Elle n'avait pas le choix. Elle est pauvre, elle n'est pas du milieu, elle est française et c'est une fille. Et puis plus personne ne comprend la corrida, conclus-je. Ceux qui tuent sont toujours les rebuts de la société. Les soldats, les bourreaux, les agents d'abattoir. »

Dieu, le rire de Nathalie. Je ne vois pas ce qu'il y a de drôle.

« Tu vas voir, Sandra n'est pas très photo. Enfin, elle est exigeante », dis-je pour la remettre à sa place.

Mais elle continue de rire. Je lui demande ce qu'elle vient faire, au fond, aux arènes de Saint-Vincent. Elle parle par énigmes. Il est difficile d'obtenir une information précise. Elle a besoin de travailler, et pas. Elle a fréquenté de près les matadors mais ne connaît pas bien la corrida. En me tournant vers elle je vois combien ses yeux sont fendus comme les sabots des animaux qu'il est permis de manger. Il en émane une lumière surnaturelle. Nous nous arrêtons à

Morcenx pour déjeuner, le boudin-purée du restaurant de la place Aristide-Briand est une preuve de l'existence de Dieu et la patronne chante du Gainsbourg en cuisine.

Avant d'entrer dans le bistrot, Nathalie soulève du bout d'un bâton une scintillante mue de couleuvre dans une plate-bande. Elle l'enroule sur un doigt et la fourre dans sa poche. Quand elle voit que je l'ai observée elle me dévisage avec ironie. Plus tard, alors que je cherche mes clés de voiture, alourdie par le déjeuner, Nathalie ouvre la portière de la Peugeot et s'installe au volant : « C'est mon tour de conduire.

— La voiture est ouverte ?

— Oui, tu as oublié de la fermer. »

Je lui cède les clés à contrecœur. Elle démarre en trombe, les clients de la terrasse se retournent. Nous filons sur la route. Elle ne freine jamais, cette dingue. Et zig et zag, elle presse l'arrière des camions de fruits et légumes, elle dépasse par la droite, colle les voitures de sport qui friment à gauche, et quand je m'effraie elle rit à faire peur. En entrant dans Mont-de-Marsan je me répète encore : « Comment a-t-elle fait ? Elle était fermée à clé, cette voiture. »

Chapitre 7

Jon est debout sur une chaise du salon qu'il a calée contre le mur, il caresse la vitre sous laquelle la cape de paseo, nuit fleurie, est tendue. La cape est un jeté de roses et de pivoines sur un tissu en denim qu'une couturière nîmoise a brodé, hommage au génie de la ville. Les yeux d'Esquimau de Jon en mangent la beauté. Je surveille qu'il ne se casse pas la figure.

Son père Jeff est militaire, il s'occupe de l'approvisionnement des troupes et conduit les camions de carburant. C'est à son véhicule gavé de fioul que les ennemis s'en prennent quand ils veulent affaiblir l'armée française, il est la première cible des guets-apens. Jeff est reparti il y a trois jours au Mali avec un paquetage de cinquante kilos. Lily et les enfants l'ont serré dans leurs bras, collés les uns aux autres. Tom et Jon, ce sont les prénoms des enfants. Tom l'angoissé, Jon et sa drôle de maladie, psychopompe à ses heures. Il dit que les morts lui parlent aux fenêtres comme Cathy à Heathcliff dans la chanson de Diana Ross. Je les aime comme les miens.

Je suis à peine arrivée chez elle que Lily a pris la poudre d'escampette, me laissant seule avec eux. J'ai déposé Nathalie à l'hôtel en centre-ville. À l'heure qu'il est, tout est fermé à Mont-de-Marsan. Maintenant Lily a terminé ses courses, elle doit prendre un verre en ville, la fourbe.

Jon a grandi et forci, c'est une énigme de sensibilité et de colère dans un corps de talonneur néo-zélandais. Lorsqu'il n'est pas un orage, il admire, comme maintenant la veste sous verre : « C'est joli. » La chaise bascule, il s'appuie des deux mains au chambranle de la fenêtre et m'effraie : « C'est aussi fou mon chéri, ce que tu fais là. Descends, tu vas tomber. »

La cape en jean, c'était pour la feria des vendanges l'année de la grâce de Modesto, le taureau que Sandra avait épargné au mois d'août quand la muleta rouge et l'épée gélifiaient dans la chaleur de Málaga. Elle avait toujours rêvé de toréer un Isabel Cortés comme ceux qu'elle voyait enfant à Mont-de-Marsan, ces brutes qui pouvaient défoncer les planches ou fondre dans les capes comme des amants, selon leur humeur.

Modesto était de la deuxième espèce, il se prosternait et mangeait la muleta. Sandra l'appelait, il l'attendait à son tour, ils tournaient ensemble imprudemment. Sandra avait compris le potentiel de l'animal, elle jouait la montre, le public était avec elle. Elle n'avait rien à perdre et pouvait mourir puisque tout était là. Modesto chargeait avec le même courage, aussi agile de la corne droite qui allait vers l'avant que de la gauche qui pointait vers le ciel.

Entre les omoplates, une fleur rouge en papier crépon

saignait abondamment. Comme le public réclamait la grâce elle l'a demandée aussi et le mouchoir orange est tombé de la présidence. Sandra et son taureau n'ont pas cessé de se chercher l'un l'autre jusqu'à ce qu'il la serre et l'ensanglante. Elle s'est couchée sur lui avant de le conduire vers le toril. « Eh bien ce taureau, il lui faudra un accompagnement psychologique », avait dit mon père quand je lui avais raconté la scène. Il était dans un mauvais jour.

« Elle a pu toucher sa tête ? Vous avez eu une insolation ou alors je ne fais plus des sauvages. » Isabel Cortés s'était renfrognée devant son mayoral qui, les yeux écarquillés, doigts tremblants de joie sur le bord de la casquette, racontait l'après-midi d'amour de Sandra et Modesto. La patronne était fière que son taureau ait été gracié mais vexée de ce détail.

Jon finit par descendre de sa chaise. Brumisateur en main, il arrose les fauteuils puis Tom couché sur son lit qui réplique avec un coup de BD. Les enfants sont des demi-fous. Tom est encore en short de rugby. Ses joues sont des tomates trop mûres qui vont laisser éclater leur jus. Depuis que je suis arrivée il a vérifié trois fois que le gaz ne fuyait pas dans la cuisine. Palimpseste d'angoisses, il s'est interdit tous les plaisirs jusqu'à réduire l'espace de son existence à celui de sa chambre. Il craint les bruits de la rue, les orages, la pluie, les maladies, les virus, les bactéries, le pollen, les acariens, les maladies graves, les hautes herbes, les insectes, le soleil. Petit, sur des feuilles A4, il faisait des compositions monumentales représentant des champs de bataille ou des terrains de sport, des incendies ou des attentats avec une armada de voitures de police et d'ambulances. Les personnages étaient tous formés de six traits vifs lancés dans une action tragique. Seul le costume les distinguait. Tom avait bien compris dans quelles frontières se déroulait la vie humaine et les risques qu'on encourait à les laisser s'effondrer.

L'été dernier il a rencontré des jolies Parisiennes qui se sont présentées : « Nous sommes non binaires, lesbiennes mais ouvertes aux expériences hétérosexuelles. » Elles avaient renoncé à leur prénom de baptême et adopté des noms épicènes. Elles n'avaient jamais eu aucune aventure sentimentale ni sexuelle, elles étaient disertes à ce sujet : « C'est mon corps. » Des cerveaux baignant dans des corps diaphanes. Youri et Akira ont fortement impressionné Tom. L'idée d'ajouter des contraintes identitaires aux limites politiques de l'existence lui semblait une voie désirable. Tout, sauf cette angoisse. Il est devenu végétarien. Il y a quatre ans, Tom jouait aux agents secrets dans les arbres et m'enlaçait soudain la jambe en disant « je t'aime » parce que je portais un collier qui lui plaisait. Plus petit encore, il avait sa cape rouge et sa *montera*, le chapeau des matadors, et s'habillait ainsi à la moindre occasion, en brandissant son épée en bois. Il suivait Sandra partout, se rendait aux arènes et aux entraînements. Tout cela est fini.

Je n'aurai jamais d'enfant. Si par malheur cela m'arrivait, je les laisserais grandir sur un balcon en les arrosant de temps en temps. Je ne saurais pas faire autrement. Eux seuls pourtant disent des choses que l'on n'a pas entendues mille fois. Jon par exemple qui, en essayant de passer son bas de pyjama à cloche-pied, raconte : « Tu sais que j'ai vu papi. Il m'a parlé à la fenêtre. » Mon père, cet auguste Spartiate, lui aurait donc parlé depuis les morts et confié toutes sortes de choses apaisantes, notamment qu'à présent il pouvait à nouveau marcher en bonne compagnie au paradis. Rien ne permet de mettre en doute la parole de Jon Psychopompe.

Lily ne sait pas faire ça, entrer en communication avec les morts. Il n'y a que les vivants qui l'intéressent. Mais quand les gosses passent douze ans, la vie leur crève souvent les yeux. Ils ne voient plus rien. Ce doit être le sexe. C'est ce qui est arrivé à Tom. Et Jon, continuera-t-il à bavarder avec les morts ? Lui se passionne pour la tauromachie mais pas pour les accessoires. Avec ses mains il imite la gestuelle des toreros. Il secoue ensuite ses bras vivement comme pour chasser l'imperfection de ses passes et recommence. Il est souvent suivi de taureaux invisibles qu'il conduit au pré et nourrit à la main de granulés comme des vaches laitières. Il connaît les grands toreros et les taureaux qu'ils ont graciés, même la généalogie de certaines castes, la reconstitution des lignages est son passe-temps favori.

D'ailleurs, couché dans son lit, il claque sa langue et balance la tête en me posant des questions généalogiques précises sur notre famille cette fois, qui doit être pour lui une forme de caste taurine.

« Tu es la sœur de maman ? Donc papa est ton papa ?

— Non, Jeff est mon beau-frère.

— Et toi tu es sa marâtre ?

— Je suis sa belle-sœur. »

J'aime l'embrasser dans le noir lorsqu'il se tourne contre

le mur après avoir mis toute son énergie à obtenir une minute supplémentaire de lumière. « Adieu, tatie.

— Pourquoi adieu ? » Il m'effraie.

« On ne sait jamais. Tu peux mourir cette nuit. »

Me voilà rassurée. J'allume une cigarette dans la cuisine. Toutes les fenêtres sont ouvertes autour de la cour, je pourrais distinguer les conversations qui sortent des appartements voisins de la caserne. Tom est sorti de la salle de bains et m'explique en postillonnant du dentifrice :

« Sur les terres on fera de l'agriculture biologique et on laissera quelques taureaux en repentance, pour rappeler les animaux sacrifiés. On mettra également des chats qui passeront entre leurs pattes. »

Et l'agneau dormira avec le loup. Les taureaux allaiteront les chats. Quand le mâle dominant dans un troupeau se retourne, il fait fuir les taureaux qui le suivent. Des bêtes se battent et s'entretuent la nuit pour d'anciennes querelles. Parfois ils tuent le mayoral. Pour faire passer un torero de vie à trépas il suffit au taureau d'un coup de tête. Le torero meurt sur le coup la nuque brisée ou en quelques minutes d'hémorragie. On ne parle jamais dans le détail des blessures chez les taurins, on préfère passer à autre chose, par superstition. Il vaut mieux d'ailleurs ne jamais évoquer les accidents passés, on sait bien que les blessures durent la vie entière, marquent le corps et l'âme. Le pire, c'est encore la paralysie qui empêche de pratiquer son art. Alors le torero se suicide.

Pour tuer un taureau en dehors de l'abattoir, sans pistolet ni électricité, sans tenue de protection hygiénique ni mille six cents euros par mois, il faut un entraînement quotidien, trois compagnons, une épée et aucune aspiration à la sécurité moderne. Sandra a eu de la chance. Pourtant elle pense qu'elle a été maudite le jour de l'accident, que la bête s'est retournée poussée par un esprit malveillant. Que c'était le mauvais sort, le sort tout court. Dieu ne voulait pas l'épargner. Ensuite elle a survécu. Dieu l'a voulu aussi, pour qu'elle retourne combattre les taureaux. Il n'est pas à une indécision près.

J'entends la clé dans la porte, Lily appelle d'une voix penaude : « Coucou ! » Ma belle Iranienne est devant moi, son corps déborde de la robe noire. Comment pouvons-nous être sorties du même sein ? Elle est l'Orient, je suis l'occident de l'Occident, une chose chétive aux plumes châtaines, toujours livide et les cernes violets. L'Orient a encore grossi. Lily est plus grande que moi mais son embonpoint a dissous la taille qu'elle avait fine dans notre jeunesse. Elle prend soin de sa peau lumineuse couleur de fève. Elle dessine au khôl ses yeux aux cils infinis, son nez est épaté, sa bouche épaisse est relevée par un grain de beauté au menton. Ses bras ronds s'affinent aux poignets, ses mains palpent l'air comme une pâte lorsqu'elle parle. Une étrange mèche blanche barre son front depuis qu'elle a vingt ans. Le reste de sa chevelure est noir comme l'encre. Un chignon haut dégage l'alignement des piercings sur ses oreilles.

« Tu étais où ? »

Elle a pris un cours de danse classique et ne pouvait pas me prévenir, son téléphone n'avait plus de batterie. Chignon, pointes, justaucorps, rigueur, grand écart, souffrance.

Elle fait les mêmes exercices sur les mêmes mélodies depuis des années. Danse hongroise, battements. Nocturne de Chopin, jetés. Sonate de Scarlatti, petite batterie. À gauche. Et maintenant le pied dans la main, donnez-moi vos tickets de cours. Ils sont une trentaine de danseurs de quinze à quatre-vingts ans, romantiques et saturniens, étirant leur sensibilité dans une salle de la mairie.

« On s'allonge, dit le professeur. On s'étire, c'est vendredi. » Ou mardi, ou lundi. On s'allonge pour s'élever. Si Lily n'avait pas eu un don de voyance, elle aurait aimé devenir danseuse comme j'aurais eu envie d'être écrivain. Dieu merci, Lily avait une autre vocation. Nous n'aurions pas eu le courage de Sandra pour persévérer dans ces voies. Je suis sans doute la moins aboutie de nous trois. Ma vie est une convalescence.

Sous sa robe Lily est encore en justaucorps vert pomme et leggings noirs. Je bougonne : « Tu aurais pu me prévenir, emprunter un portable. Ils sont fatigants tes enfants. » Lily se change. Dans ses vêtements d'intérieur qui tiennent du pyjama urticant des années soixante-dix et du survêtement, elle semble plus grossie encore et fatiguée. Après Jon elle a été enceinte d'une petite fille handicapée. Elle a mis un terme à sa grossesse après sept mois de gestation. « Nous allons donc procéder à un avortement postnatal », a dit le gynécologue. Elle était déjà allongée sur la table d'accouchement, jambes écartées, dans le même tee-shirt que celui qu'elle portait pour mettre au monde ses garçons. « Non, à un meurtre », a-t-elle rétorqué.

Elle n'a pas perdu les kilos de sa dernière grossesse, sa

cambrure lui fait des fesses imposantes. Elle ne s'est pas remise d'avoir tué son enfant. Le surpoids la fait traîner des pieds, elle balance davantage le bassin avec une sensualité qui me plaît. Le sex-appeal de Lily n'avait pas échappé à la jalousie de notre grand-mère qui voulait la mettre au régime. Mais le beau visage de ma sœur s'attriste. Sa nuque est lourde, le visage creusé sous le maquillage. Je ne reconnais plus la mère que ses secrets multiples et ses recoins sacrés épanouissaient. Nous fumons des Dunhill dans la cuisine.

« C'est bien que tu sois descendue, pour Sandra. »

Je voudrais lui dire que Sandra commence à m'emmerder, que moi aussi j'existe, quand soudain je pense que je vais la revoir demain. Que lui dirai-je ? Comment la trouverai-je ? Et elle, m'aura-t-elle pardonné ? Nous continuons la conversation. Comme je m'y attendais, Lily me demande d'emmener seule les enfants à Saint-Vincent avec Nathalie et Sissi. Elle prendra un Blablacar le matin de la corrida, une Fiat conduite par Étienne, dix-huit ans, chauffeur expérimenté, sa copine et un militaire de la caserne. La voiture partira à six heures.

« J'ai plein de clients à recevoir demain. Je ne peux pas accueillir correctement les gens quand les enfants sont là. Ils font des interférences.

— Je suis aussi descendue pour toi, on dirait. Pour garder tes gosses. »

Sa bouche se crispe sur la cigarette. Elle ouvre le frigo et sort deux bières. « Voilà, c'est ma vie. Quand j'ai fini avec les enfants, je m'ouvre une bière. Et après je vais me coucher. Cela fait cinq mois que je ne vois plus rien.

— Qu'est-ce que tu dis aux gens ?

— Simplement la vérité, que je ne vois plus. Je tire les cartes, je fais les thèmes astraux, c'est tout. Pour l'instant je m'en sors, mais ça ne durera pas. »

Lily est cartomancienne, astrologue, voyante. Elle reçoit chez elle depuis ses vingt ans, cultive son don depuis ses douze. Il ne lui est encore jamais arrivé de ne plus rien percevoir.

« Je veux un autre enfant. »

Dieu ! Je dis une sottise, quelque chose comme « la grossesse n'arrange rien ».

« Si, avec un enfant tout recommence, c'est l'idée. Une femme enceinte est une idiote. Elle est à l'abri du monde, de l'histoire, de tout. Je sais, j'ai été enceinte. Cela m'aidera à retrouver mon don. »

Trois enfants à charge. Lily pleure en enroulant furieusement ses spaghettis. Je ne comprends plus ce qu'elle dit et j'ai soif. J'avise la bouteille de vin rouge à côté du micro-ondes, je pense aux verres qu'on pourrait s'enquiller toutes les deux pour oublier nos problèmes, que la vie est difficile, que je vais revoir Sandra demain. J'irais tout de suite mieux, je pourrais écouter Lily et même peut-être lui donner des conseils bien que je n'aie aucune compétence dans le domaine ésotérique, c'est le moins qu'on puisse dire. Je suis toujours plus lucide avec de l'alcool. La bière ne suffit pas. Un verre, c'est tout, mais je n'ose pas interrompre Lily.

Sissi aussi rôde sur le plan de travail. Elle lèche le

robinet, renifle dans les coins. Elle a faim. Je propose en montrant la bouteille : « Tu ne veux pas qu'on s'ouvre ça ? Pour se requinquer. » Lily n'a pas envie de boire. « Et la photographe, comment la trouves-tu ? » demande-t-elle. J'hésite à lui raconter qu'elle était au bar le soir où Lord m'a jetée, qu'elle est étrange. Qu'elle n'est peut-être pas compétente pour le job. Mais je m'abstiens, je n'ai aucune envie d'essuyer des reproches. « Elle est pro. »

Je raconte à Lily que je me suis fait voler mon téléphone. Elle m'oblige à prendre un Nokia qu'elle n'utilise plus et à demander la livraison d'une nouvelle carte SIM à Maujesque : « J'ai besoin de pouvoir te joindre. Tu es responsable de mes enfants en mon absence. C'est comme ça. » Je range l'antique Nokia dans mon sac et pense toujours à la bouteille que Lily n'ouvre pas. Je finis mes pâtes et remercie. Oui je passerai prendre les enfants et Sissi à neuf heures. J'ai réservé une chambre dans un hôtel de la place Saint-Roch, en face de celui de Nathalie. Je ne voulais pas la croiser au petit déjeuner. Lily insiste pour que je passe la nuit avec elle, elle se sent seule. « Si tu dormais dans mon lit comme autrefois ?

— Pas question, je veux un verre. »

Je crains qu'elle se mette à pleurer, je ne pourrai plus dire non.

« Mais pourquoi ?

— *Because* je dois prendre l'air. » Je claque la porte, quitte la caserne, descends en voiture vers le centre-ville, je songe à l'alcool qui me coulera bientôt dans la gorge et me dégourdira le ventre.

En sortant du parking, j'aperçois Nathalie accroupie dans le caniveau de l'autre côté de la place. Quelques jeunes passent en bandes bruyantes et la frôlent. Je reconnais ses cheveux argentés et le manteau noir qu'elle portait au bar. Elle ramasse quelque chose qu'elle met dans sa poche. Tout à l'heure, elle a pourtant prétendu qu'elle travaillerait sur ses photos dans la chambre. Elle se redresse, se tourne dans la direction du boulevard Gambetta. Pourquoi ne pas sortir avec Nathalie ? Nous sommes deux paumées dans cette ville. À nouveau elle se baisse, on dirait qu'elle caresse le bitume. Elle glisse les mains dans son manteau, des choses brillent entre ses doigts et disparaissent. Elle a entendu ma course parce qu'elle se retourne presque aussitôt :

« Tiens ! Mon chauffeur. »

Elle ne semble pas surprise. Elle descend en zigzaguant, j'ai remarqué qu'elle marchait ainsi sur une trajectoire toujours déviante qu'elle corrige au dernier moment. Nous arrivons en bas de la rue.

« Je connais un endroit, dit-elle.

— Tu connais Mont-de-Marsan ?

— Je n'ai pas dit ça. »

Nous descendons sur les rives de la Midouze dans un coin glauque que jonchent des détritus. À cet endroit il y a un bar qui ne paye pas de mine, les pieds dans l'eau. Le patron reconnaît Nathalie, une serveuse et un couple de clients au bar la hèlent. Je ne suis jamais venue dans ce rade, pour moi c'était un local technique désaffecté.

« Arrête tes histoires, tu connais très bien Mont-de-Marsan.

— Je t'ai dit que j'avais traîné dans les milieux taurins, il y a longtemps. Et toi, tu ne parles jamais de ce que tu fais. Tu es à la retraite ? »

C'est la première fois depuis longtemps que quelqu'un s'intéresse à moi alors je bavarde après que nous nous sommes assises au comptoir et avons commandé des gin-tonics : « Je me suis occupée de la communication de Sandra dès qu'elle est devenue professionnelle mais je suis épouilleuse de métier. »

Je raconte que j'ai un bureau, une règle, un crayon, un taille-crayon et un feutre rouge. Je corrige des textes avant impression, des manuscrits, des manuels de sécurité pour friteuse, des magazines, je suis diplômée en grammaire. Je travaille entre six heures et midi. J'ai un bureau bien rangé avec d'un côté le Grévisse, leçons de bon usage, et de l'autre les dictionnaires alignés. Je suis aisément transportable. J'ai un appartement de soixante mètres carrés à Bordeaux, pas de mari, pas d'enfant. Seulement Sissi, la chatte de mon père que j'ai récupérée après qu'il est mort. Je ne me chauffe pas beaucoup, je n'aime pas aller au restaurant, c'est cher et toujours décevant, je déteste voyager.

Quand Sandra a eu son accident, je me suis installée dans sa chambre d'hôpital. La configuration était exactement la même que chez moi : bureau, crayons et tutti quanti. Pendant qu'on la soignait, je travaillais. Il fallait que je me remette à mon premier métier. Même chose au centre de rééducation avec la télé allumée. Elle faisait ses exercices de kiné, moi mes corrections ortho-syntaxiques. J'ai une vie stupide. « Un temps j'ai essayé de faire mieux et de me lancer dans la critique littéraire mais je ne suis pas assez intelligente. » Un médecin m'a expliqué que mon cœur battait trop rapidement : « Vous êtes à quatre-vingt-dix, au moins ! Un cœur de femme PDG bat à soixante-cinq. La carrière c'est de la génétique. »

« Je n'ai pas envisagé d'être un jour PDG. Je suis inapte à l'idée même de carrière. Lorsque j'ai eu plus d'ambition mon cerveau s'est mis à fumer, j'ai couru chez le médecin qui m'a renvoyée au psychiatre qui m'a expédiée chez le pharmacien. Beaucoup de médicaments. Quand les pilules n'ont plus été suffisantes, j'ai passé deux semaines à l'hôpital. »

À côté de moi l'elfe écoute les bras croisés sur le comptoir. Il mâchonne la paille de son cocktail. Il aspire lentement et sourit. J'ai envie que mon récit l'amuse alors que jusqu'à maintenant, je n'ai jamais trouvé ma vie drôle. Elle n'est pas non plus sinistre, juste médiocre. Mais l'elfe a tout l'air de se plaire en ma compagnie et cela me fait plaisir. J'ai envie qu'il en ait pour son argent.

« Le mieux que j'aie jamais fait contre l'angoisse c'est l'anesthésie générale. » Après une courte intervention je m'étais réveillée sous les yeux malicieux d'un infirmier rugbyman généreusement tatoué. J'avais le cœur qui battait à soixante. Plage de calme. Pendant une heure, j'aurais pu diriger une entreprise. J'ai mes excuses pour être angoissée, tenté-je de justifier. Mon père m'a usé la poitrine tant j'ai souffert qu'il souffre.

« Le cœur de Sandra bat certainement à soixante-cinq.

— A-t-elle un cœur ?

— Oui bien sûr. »

L'elfe se marre. « Ah ! Ah ! »

Nous avons bu des B-52 en écoutant les Doors et en continuant de bavarder. J'ai fini par envoyer les verres enflammer le comptoir d'un coup de coude trop alcoolisé. Les yeux de Nathalie flamboyaient de plaisir. Tout le monde s'est rué sur les flammes avec des torchons en riant. Quand elle est allée dans la cabane en bois qui servait de toilettes à l'extérieur, brièvement dégrisée par la solitude je me suis rappelé sa question : « Sandra a-t-elle un cœur ? » Elle n'avait pas suggéré que Sandra était mauvaise ou indifférente. Finalement j'ai fouillé les poches du manteau que Nathalie avait laissé sur son tabouret. Je cherchais ce qu'elle avait ramassé dans la rue, place Saint-Roch. Elles étaient vides.

Chapitre 8

Au moment où j'ai tourné la tête vers l'auberge du Chemin après avoir garé la voiture devant les cages à lapins comme une pancarte le recommandait, Sandra est sortie de la pénombre de la réception. Elle a posé sa main sur sa nuque. J'ai crié aux enfants que nous étions arrivés. Sandra n'a pas prêté attention aux cris des gosses qui l'ont bousculée pour entrer dans l'hôtel avant de ressortir, en quête d'un coin d'herbe et de ciel où inventer des histoires. Mon cœur a battu plus vite. Elle a porté une gourde à ses lèvres, son visage s'est creusé sous les pommettes quand nos regards se sont croisés.

À présent je serre son corps, palpe ses omoplates et sa taille sous le tee-shirt. Bien que je la tienne fort, elle m'échappe. Ses jambes flottent dans le jogging. Quand elle était au collège les garçons se moquaient d'elle parce qu'elle entretenait une allure masculine. Sa silhouette longiligne l'y aidait. Ses cheveux tombent jusqu'en bas du dos, c'est une chute d'eau noire. Nous nous dégageons l'une de l'autre, elle attache aussitôt ses cheveux. Elle porte des chaussons de GRS d'entraînement.

« Cela fait trop longtemps. »

C'est moi qui le dis car elle ne prononce pas un mot. Elle ne m'en veut plus mais ne s'épanchera pas, ce n'est pas le genre. Je ne suis plus dans le cercle magique de sa passion, j'ai trahi, je suis un petit moine défroqué, seul sur les routes, oublié par mon ordre et méprisé par les gens qui n'aiment pas les tièdes. Car pour Sandra, maintenant, je suis une tiède.

« Qu'est-ce que tu deviens ?

— Je gagne ma vie, dis-je pour badiner.

— Qui veut gagner sa vie la perdra.

— J'ai ta robe de mariée. » Je ne me mettrai pas en colère, je ne serai pas amère.

Le voyage avait été long. Il avait fallu longer un carambolage sanglant en sortant de Mont-de-Marsan, Tom avait bu la scène des yeux puis vomi in extremis dans un sac plastique. J'avais allumé la radio. Les tympans de Jon ne supportent pas un nombre élevé de décibels ni une composition mélodique trop simple. Il avait fallu s'arrêter sur le bord de la route pour qu'il coure, crie et frappe ces chanteurs de variété qui l'empêchent de vivre dans les supermarchés, les boutiques et même dans sa propre famille. Les voitures faisaient vibrer le bas-côté dans un son strident. Jon serrait plus fort encore ses oreilles. « Il ne peut écouter que Mozart et Bach », avait rappelé Tom serré contre son frère lorsque nous nous étions remis en route. Nathalie avait trouvé la messe en *si* sur Spotify et le voyage avait repris son cours.

Jon court vers le jardin à l'arrière de la maison, Nathalie a disparu. Je me coltine les bagages de ces messieurs-dames. Il ne reste plus avec moi que Bach, il s'échappe par les portes de la Peugeot et dramatise tout, le mobilier en plastique de la terrasse, les nappes cirées à carreaux des tables d'extérieur, les maisons voisines mi-campagnardes mi-urbaines, imprécises, les tondeuses et les aboiements des chiens de garde. L'odeur de la campagne me remplit de nostalgie. Pour finir, je porte la housse de Sandra jusqu'au fauteuil de rotin de la terrasse comme un mage ses trésors. La torero tire la fermeture éclair, son visage se déplie devant l'habit brun. Je cherche à nommer la couleur de l'habit dans le style de Zocato, le chroniqueur taurin de *Sud-Ouest* dont la créativité dans ce domaine est sans limite. Vert Épinards à la vapeur, Château Tour Maillet 95, Aubergine de Damas, Rosette de Lyon, Nuit de Sidi-Bel-Abbès, toutes ces couleurs existent à présent. Sandra s'y met :

« Cigare mouillé de club anglais. Sueur d'aficionado.

— Tu l'essayes ?

— Non, ça porte malchance. »

Son sourire s'efface, elle me reproche mon indélicatesse. Je rigole en moi-même. Hé hé. Je l'ai porté en premier, je dérouterai le mauvais sort. Je ne dis rien car mon sacrifice doit rester inconnu. Sandra est couverte de la poussière dans laquelle elle a couru ce matin, des cheveux blancs restent collés à ses tempes. Il y a deux ans elle n'en avait pas un seul. Une brise m'effleure et le soleil soudain apparu fait du bien.

« C'est la tenue dans laquelle on peut mourir. Il faut toujours se rappeler ça. »

Elle ne pense plus à ma bourde, elle est contente du costume.

« J'ai trouvé une fille pour les photos, dis-je.

— Ce n'est pas toi ? Je croyais », dit Sandra de mauvaise foi. Elle annule d'un geste ces derniers mois de silence et notre rupture. Je ne compte pas remettre une pièce dans le juke-box de notre dispute.

« C'est une fille bien. Elle s'appelle Nathalie.

— D'accord », dit-elle en posant sa main sur mon épaule.

Nous entrons dans l'auberge, je pose les valises dans l'entrée, Mme Garapit trône derrière son comptoir. L'auberge est une maison traditionnelle aux poutres apparentes, des pots massifs de géraniums rouges décorent l'entrée. Sandra y descend chaque fois qu'elle torée dans la région. Mme Garapit prend soin d'elle comme une mère.

« Elle est comment, Nathalie ? demande Sandra en s'asseyant dans le hall désert.

— Elle est bien. »

Je ne parle pas de ce que j'ai vu dans le sac à main de la photographe quand elle y a fouillé pour distribuer des biscuits au début de notre trajet. Le sac était grand ouvert à ses pieds. Je pourrais détailler ce qu'il contenait à un inspecteur de police, le portefeuille, les mouchoirs, les clés, la trousse de toilette à motifs géométriques, les biscuits, les livres et le revolver. Je l'ai même examiné quand nous nous sommes arrêtés pour que Jon sorte et se calme. Que compte-t-elle faire avec ce flingue ? Ce n'est pas une arme de femme craintive, c'est un Taurus Raging Bull, un colt long et massif dont la crosse est soulignée par un trait carmin comme les semelles de chaussures de luxe. Il y avait aussi une boîte de munitions au fond du sac.

Nous mangeons avec les enfants sur la terrasse. La cuadrilla de Sandra l'encadre à table : Hadrien son valet d'épée d'un côté, Stéphane et Marc les deux banderilleros de l'autre. « Tu te rends compte que je travaille pour une fille ? dit Hadrien à Jon. C'est elle ma patronne. »

Le garçon fronce ses épais sourcils qui descendent sur les paupières :

« Toi aussi tu tues les taureaux ?

— Ah non ! Jamais de la vie ! C'est elle ! Je ne ferai jamais une chose pareille. »

Stéphane et Marc rigolent. À table ils parlent peu en présence de Sandra si celle-ci n'est pas diserte. C'est elle qui donne le ton et le rythme de la conversation. Il arrive qu'elle ne l'ouvre pas du repas. Alors les garçons mangent en silence, le nez dans leur assiette. Cette fois la table s'anime parce que Sandra a envie de gaieté. Hadrien le sent et s'emploie à faire des plaisanteries de mauvais goût ou à inventer des histoires fausses sur des gens que Sandra connaît.

Hadrien avait été le valet d'épée de Marie Sara la déesse blonde, contrairement à d'autres il a toujours apprécié les femmes toreros. Sandra lui avait demandé de l'aider lorsqu'elle était encore novillero. À l'époque il n'avait plus d'engagement, Marie Sara venant de prendre sa retraite. Il avait refusé pendant des mois et finalement était allé voir Sandra toréer à Béziers en pestant que c'était une perte de temps, qu'il se laissait encore attendrir par une gamine qui se retirerait au premier coup de corne. À la fin de la corrida il l'avait attendue : « D'accord, pour deux ans max. » Ils ne s'étaient plus quittés.

C'est un certain Enrique qui fait les frais du génie oratoire d'Hadrien. Il parle avec de grands gestes en s'adressant à chacun tour à tour, sauf à moi.

« Vous savez Enrique, le gars de Madrid, comment il est devenu porteur de toreros ? Il traînait près des arènes avec sa brouette, il faisait une telle canicule que les touristes étaient restés dans leur chambre d'hôtel, personne ne voulait de ses casquettes ni de ses bouteilles d'eau. Tout à coup la Puerta Grande s'ouvre et la foule sort avec un torero porté en triomphe. Enrique s'approche, il décide de suivre le cortège parce qu'il s'ennuie. La foule s'engage vers le sud et puis il y a un mouvement, le porteur s'est trompé de chemin, il doit ramener le torero dans l'autre sens jusqu'à sa voiture. Si bien que le matador se retrouve au niveau d'Enrique au moment où le porteur fatigue. "Tiens, lui dit-il, prends le relais, il est costaud celui-là, c'est pas un mort de faim d'autrefois." Et hop ! Enrique se retrouve chargé de l'homme tel un âne. Sauf que vous connaissez Enrique, c'est un simplet sympathique, mais un simplet. Il est tout content de sa nouvelle fonction et s'emploie à la remplir parfaitement. Il faut que le torero soit acclamé, il le sera dans toutes les rues de la ville. Au lieu de le ramener à sa voiture, le voilà qui promène son torero à droite à gauche en criant "Vivat ! Vivat !" Le type en haut est furieux et l'insulte à tue-tête. Plus le bonhomme gueule, plus les gens se marrent, plus Enrique gambade. Finalement quelqu'un réussit à arrêter Enrique, délivre le torero et félicite le porteur de sa ténacité. Enrique s'est immédiatement présenté aux arènes pour être nommé porteur officiel des toreros de Madrid. »

Sandra rit aux éclats, Jon bouche bée attend une suite. Stéphane et Marc se balancent, un genou contre la table. Ils connaissent cette histoire par cœur. L'orateur évite de me prêter attention et je m'amuse à chercher son regard. Quand je finis par l'accrocher, Hadrien détourne la tête. Quel souvenir garde-t-il de notre flirt ? C'était il y a un an et demi, l'été de l'accident de Sandra. Nous nous étions seulement embrassés un soir de corrida avant de rentrer à l'hôtel après un dîner arrosé en Espagne. Je dormais dans la chambre de Lily, lui avec les banderilleros, hors de question de découcher. Nous étions restés collés l'un à l'autre contre un mur d'immeuble moderne, nous pressant et caressant à deux pas d'une poubelle puante. Il faut croire que l'odeur était excitante, nous aurions pu faire l'amour à la va-vite mais ni l'un ni l'autre n'en avions envie. Nous voulions de l'intimité, de la nudité et du temps. Les hommes dans la tauromachie se méfient des femmes. Celles qui veulent en découdre avec les taureaux bien sûr, parce qu'une femme doit rester à sa place. Mais aussi celles qui tournent autour des toreros vedettes, couchent avec les banderilleros après les soirées qui prolongent l'euphorie des courses et surtout celles qui, infidèles, changent de champion. Les filles qui se font prendre en photo avec un torero quand elles en encouragent un autre font long feu. Plus personne ne voudra d'elles dans l'entourage d'un matador. Est-ce qu'Hadrien s'en veut d'avoir cédé à une fille alors qu'il était au travail ? Est-ce qu'il estime que je me suis ainsi dévaluée, plus qu'en quittant Sandra ?

Lily et moi avons patienté longtemps avant qu'Hadrien nous adresse la parole, nous accorde même un prénom qui au début n'était jamais le bon. Nous nous nommions Noémie, Viviane ou, quand il était de mauvaise humeur, Bouboule. Il nous avait fallu prouver notre loyauté avant qu'il accepte que nous regardions les entraînements, que nous passions dans la chambre de Sandra avant les corridas ou soyons les premières à la prendre dans nos bras après les courses. En revanche jamais nous n'avons été conviées à suivre la corrida depuis le *callejón*, au contraire des hommes que Sandra invitait, dont nos amis. Notre place était dans les gradins. Jamais nous n'aurions osé nous intéresser à un autre torero, commenter une course à laquelle Sandra n'avait pas participé, nous rendre à des événements tauromachiques dont elle était absente. Hadrien veillait à ce que notre présence ne nuise jamais à Sandra. Il nous mettait parfois à la porte ou, au contraire, nous ordonnait au débotté de nous rendre à un événement. Sandra se foutait bien que Lily ait des petits : « Amène-les. » Si bien qu'elle s'était habituée à être entourée d'enfants, contrairement à bien des toreros qui les adulent en dehors des arènes mais les éloignent quand l'heure des taureaux approche, comme ils éloignent d'eux tout ce qui les attache à la vie et à l'amour, leur femme, leurs amis, jusqu'à se figer dans ces statues de pierre que je devais côtoyer avec terreur, une demi-heure avant la corrida, mon appareil entre les mains.

« *Quand je vois passer un chat je dis : il en sait long sur l'homme*, déclare Marc lorsque Sissi lui frôle les mollets sous la table. Paul-Jean Toulet.

— Encore sa poésie à la con ! » fanfaronne Stéphane en regardant les enfants. Il les fait rire avec des grimaces.

Je connais bien les acolytes fidèles de Sandra. Je les ai beaucoup fréquentés. Contrairement à Hadrien ils ne détournent pas le regard et m'adressent des sourires. Rien de trop toutefois, ils ne savent pas encore si Sandra accepte mon retour, s'ils peuvent être aimables sans trahir. Marc a toujours un livre de poésie dans sa poche. Il privilégie les écrivains locaux, Jules Supervielle Béarnais par son père et Basque par sa mère, le Palois Paul-Jean Toulet. Il a quatre ou cinq citations pour toutes les situations. Stéphane est animateur de camps de vacances, il a fait du cirque, il connaît des tours de magie et son corps peut prendre des postures inouïes même si le manque d'entraînement ne lui permet plus d'avoir la souplesse de sa jeunesse. Il s'était mis à la tauromachie à quatorze ans avec des rêves de gloire et d'arène en extase parce qu'il avait grandi dans un deux-pièces de la banlieue de Béziers avec sa mère dont il jetait les bouteilles de whisky dans la poubelle municipale quand elle était absente.

À la fin du déjeuner, Mme Garapit passe une éponge sur

la nappe cirée. Sur les motifs de fleurs, il reste des miettes collantes que Sandra fixe. Stéphane sort un mouchoir pour essuyer la table, il connaît la maniaquerie de Sandra. Satisfaite, elle se lève. Arrivée au milieu des escaliers elle m'interpelle : « Tu viens ? » Elle tend le doigt vers Nathalie : « Tu peux, toi aussi. » Nous la suivons.

Sandra se change, jette le tee-shirt et le jogging dans un coin avec les sous-vêtements. Elle a l'habitude d'exhiber son corps souffrant ou fatigué, parfois grotesque dans l'arène sous un vêtement déchiré. Je ne crois pas qu'elle fasse la différence entre son corps nu et son corps vêtu. La cicatrice de son accident remonte du genou à la hanche, elle est encore rose vif, comme bordée de cire blanche. La plaie, au lieu de cicatriser, fleurit comme une tranchée des Ardennes bien après l'enfer.

« Lily va bien ? »

Elle pose des questions dans un flux monocorde et sourit distraitement aux réponses. C'est la voix qu'elle prend quand elle parle affaires, contrats et ambition professionnelle. D'habitude, je m'entends mal avec les Capricorne. C'est comme avec les Taureau et les Bélier. Le Capricorne est taciturne, le Taureau casanier, le Bélier têtu. Je suis Verseau, il me manque une demi-heure de cuisson utérine. Les Capricorne et les Taureau me fuient, ils ne peuvent pas m'aimer. Lily m'a bien expliqué ces misères stellaires. Mais Sandra échappe à la nécessité. Elle m'aime et je l'aime.

« Lily est fatiguée.

— Oui sans doute », élude-t-elle. Elle n'a aucune compassion pour les mères de famille.

Sandra a un nouveau tatouage à l'épaule gauche, une croix qu'un serpent enlace. Elle voit que je la vois dans le miroir en pied qu'Hadrien a installé pour elle. Il le trimballe dans sa camionnette avec l'équipement, les épées, les banderilles, les capotes roses et jaunes et les muletas rouges au nom de Sandra.

« Je l'ai fait faire à Caracas. Tu sais que Dieu avait une femme ? Elle s'appelait Achéra. Les prêtres qui ont écrit la Bible l'ont transformée en serpent tentateur alors qu'elle est la déesse de la fécondité, de la bienveillance. Je crois en Achéra. »

Elle passe un doigt sur son bras. Nathalie s'est assise dans un coin de la pièce, les mains sur les genoux comme une enfant sage. Comment photographiera-t-elle Sandra demain ? Par exemple à ce moment trop long où les matadors attendent dans le *patio de caballos*, la cour des chevaux, puis dans le couloir qui conduit à l'arène ? Les toreros martèlent le sol pour que leur corps ne tremble pas, ils serrent la cape contre eux et suivent en pensée le trajet de leur sueur jusque dans le creux magique du coccyx, d'où elle coule épaissie entre les fesses, plus lourde de poussière, de toxines et d'huile. Les objectifs sont braqués sur leur visage et cherchent la peur derrière la beauté. Alors les toreros détournent le regard.

Quand je photographiais le visage de Sandra je ne traquais pas ce regard fuyant, il m'intimidait. C'était pourtant ce que j'aurais dû faire. Lutter avec l'objectif lui plaisait. Souvent quand je tenais l'appareil elle me regardait fixement, sans morgue ni bravoure. Alors son visage anguleux me paraissait beau. Sa beauté ne sautait pas aux yeux en temps normal. Son nez démesurément long et brisé à mi-pente lui faisait un profil de gueule cassée. Ses yeux étaient petits, trop rapprochés et donnaient l'impression qu'elle souffrait d'un léger strabisme. Son regard peu expressif était à peine humain. Elle ne cherchait ni à plaire ni à séduire, sauf dans l'arène. Dans le *patio* elle me demandait de la regarder mais je ne pouvais pas soutenir la lutte, je n'avais pas ce talent.

À Séville, le jour de l'accident, je m'étais assise avant la course dans la minuscule chapelle. J'étais comme une dévote espagnole, les yeux sur les jambiers fébriles de toreros péruviens entre lesquels paraissaient les cœurs transpercés et les christs douloureux qui décoraient l'autel. Leur dos frémissait à l'idée de ne pas être à la hauteur. J'imaginais que quand ils priaient ainsi quelques minutes avant de pénétrer dans le cercle éblouissant, les toreros n'avaient pas envie d'y aller. Ils voulaient que la corrida soit abolie, qu'on fiche la paix aux taureaux et aux enfants pauvres qui rêvent de gloire, qu'on en finisse avec cette histoire.

Parfois les toreros sortent une cigarette devant l'autel, ils se penchent vers les bougies ardentes et fument avec leurs camarades qui font des plaisanteries. À ce moment, ne donneraient-ils pas tout pour vomir une bonne fois leur angoisse et trouver un travail en usine ? Mais ils se signent, passent un doigt sur leurs cheveux calamistrés et crachent en sortant de la chapelle. À nouveau, ils sont prêts. J'ai osé : « Et Jean-Luc ?

— Il arrive demain matin de Bordeaux.

— Je voulais dire : pourquoi Jean-Luc ?
— J'ai besoin de lui.
— Même Hadrien a besoin de lui ?
— Même Hadrien. Et toi alors, pourquoi es-tu là ? dit Sandra en se tournant vers Nathalie.
— Pour vous photographier. » Le regard de Nathalie est une banquise. Elle regarde chaque chose comme pour la détruire et la faire renaître. Sandra ne semble pas voir la destruction. « Eh bien photographie-moi », dit-elle, pas aimable, en choisissant un jeans et une chemise dans l'armoire basque aux motifs naïfs de paysans aux champs.

Sandra me parle en palpant ses vêtements comme si c'était de la haute couture, ferme un bouton, lisse un pli. Nathalie photographie le tatouage, l'appareil glisse contre la peau de Sandra qui s'est soudain tournée vers elle. Nathalie ne cesse de prendre des clichés. Je sors.

Chapitre 9

Hadrien, Stéphane, Marc et moi nous laissons descendre sur les eaux lentes de l'après-midi, portés par le ruissellement de la serpillière de Mme Garapit sur les tomettes du restaurant, les borborygmes des machines et les bruits de nos digestions. Sandra pêche à la rivière. Au moment de sortir, elle a ordonné à Nathalie de l'accompagner : « Tu me suis ? » Jésus depuis la rive du lac de Tibériade. M. Garapit leur a prêté sa camionnette équipée comme pour un concours sportif. Les enfants regardent des dessins animés à la télévision de la brasserie et Tom joue à la Nintendo. La patronne fait sa comptabilité à la réception.

En l'absence de Sandra, Marc et Stéphane ouvrent bière sur bière et me fichent mal au crâne avec leurs histoires de taureaux. Je ne me souvenais pas qu'ils parlaient autant. « Et tu te rappelles ce trouillard de Valdés, le torero qui faisait limer les cornes de ses taureaux la veille des corridas ? Et celui qui allait complètement torché aux arènes tant il avait bu de peur. » Ils connaissent des tas d'histoires de torero borgne et de taureau frelaté, de banderillero alcoolique. Je somnole et descends gentiment mes verres en les observant. Le visage de Stéphane est trop menu par rapport à son corps, il a de grandes oreilles, il est déjà dégarni. Marc le Breton, grand Viking blond aux yeux verts, a des plumes au lieu de cheveux. Tous deux étaient doués mais trop dilettantes pour devenir toreros. La désillusion passée, ils ont accepté d'être les subalternes de Sandra. L'été ils plantent les banderilles entre les omoplates des taureaux, donnent des conseils à la torero à l'entraînement, portent un œil aguerri sur les bêtes. Ils lui sont indispensables. L'hiver, quand ils ne partent pas en Amérique du Sud avec Sandra, ils servent des bières et des vins chauds dans les stations de ski pyrénéennes. Ils aiment bien draguer, boire des coups et s'amuser. Ce sont des festivaliers de toute première catégorie, ils ne se couchent pas.

Hadrien seul ne boit pas. Entre douze et quarante ans, il a bu plus qu'il ne faut. Je le connais depuis qu'il est le valet d'épée de Sandra. Avant de s'occuper de Marie Sara, c'était un banderillero joyeux dans l'arène et sans ambition artistique. Hadrien me jauge du coin de l'œil pour vérifier que je suis toujours la conversation. Il me sourit enfin, il lui manque deux dents. Son regard est direct et ses traits d'une dissymétrie attachante. Sa stature en impose tout comme sa taille fine et sa musculature. Il pourrait faire la une d'un magazine de mode, en homme ou en femme, si son visage n'était pas si ravagé. L'anxiété a creusé sur son visage plus de rides que de raison, il est bourré de tics. Les hommes qui vivent des taureaux ont la vie dure, un quotidien de contrats à la sauvette, de débrouille et de loyauté. Malgré cela, Hadrien s'en sort bien.

« Ça fait longtemps que je ne t'ai pas vue, Moineau », blague-t-il en déchiquetant un cure-dents. Il m'a toujours appelée comme ça, prétendument à cause de mon appétit. Il ne m'en veut pas, il attendait que la torero sorte pour me parler.

« Oui. Ça fait plaisir. »

Il continue. Les taureaux, il les a appréciés chez Jean-Luc. Le premier est gras comme un animal de boucherie. Un cou comme ça. Difficile d'en tirer quelque chose mais Sandra sait tout faire. Le deuxième est joli, la taille bien prise, le garrot bas et les cuisses mobiles. Il a une couleur marron laiteux, il a failli tuer plusieurs fois ses congénères au pâturage. C'est un dominant. Pendant cinq ans les taureaux de combat mangent l'herbe du paradis, galopent dans des hectares de champs et dorment à l'ombre de l'arbre de la connaissance. Ils se battent parfois à mort, surtout en arrivant au toril.

Hadrien a des discothèques et des bars à Nîmes, Béziers et Mont-de-Marsan, des redressements judiciaires et parfois des rappels à la loi. Il y a quelques années Jean-Luc a intenté un procès à Hadrien. Jean-Luc s'était battu avec un type à la sortie du Paradiso à Mont-de-Marsan, il accusait la sécurité de ne pas l'avoir protégé. Il affirmait qu'Hadrien, à qui le bar appartenait, l'avait regardé se faire rosser sans rien faire. Le tribunal a débouté Jean-Luc. Hadrien avait appelé les secours et veillé sur lui jusqu'à ce qu'il soit entre les mains du Samu. Mais je ne mettrais pas ma main à couper qu'il n'a pas regardé pendant quelques secondes Jean-Luc se prendre des beignes. Ils se sont toujours détestés. Ces deux-là ne sont pas du même monde. Jean-Luc est divorcé, il a deux filles qu'il ne voit jamais. Hadrien n'a pas de femme, pas d'enfant. Beaucoup de filles, veut la rumeur, mais au fond on n'en sait rien. Au début personne ne voulait croire que Sandra se payait les services de cet excité. Il ne l'a jamais quittée. Après l'accident, il a passé des journées entières à l'hôpital auprès d'elle, parfois juste pour regarder la télévision. Dieu sait ce qui les lie. Il m'a toujours plu.

« Et leurs yeux ? dit Marc. *Ces yeux qui ont l'air de penser quelque chose et qui ne pensent même pas à rien.* Supervielle.

— Les yeux… deux boules glauques qui roulent. C'est bien le danger pour les toreros. Des globes humides et aveugles. El Gallo quittait parfois les arènes en courant pour se cacher au fond des souterrains, il était certain d'avoir vu sa mort dans le regard du taureau. Il avait surtout trop d'imagination, il était cinglé. »

La camionnette de M. Garapit se gare dans la cour. Sandra et Nathalie sont dans la salle à manger, une paume invisible éteint les conversations. Leurs pantalons sont maculés de boue, elles ont des brindilles dans les cheveux, le teint rose et l'air d'avoir couru longtemps. Sandra boit au robinet de l'évier. « Alors cette pêche ? » demande Hadrien, embarrassé. Mais Sandra lève la main vers nous : « Si Dieu veut, les taureaux permettront de donner. » Les pêcheuses montent à l'étage, nous ne parlons plus des taureaux.

Plus tard, les enfants ont dîné à la cuisine en regardant *L'amour est dans le pré* avec les maraîchers venus livrer des cageots. Sandra est descendue les cheveux mouillés, en survêtement et tongs, elle s'est adossée à la porte du garde-manger. Elle jetait parfois un œil à l'émission tout en consultant son portable. De sa voix aigrelette en quête de mue, Tom lui a demandé soudain pourquoi elle torturait les taureaux.

« Je ne les torture pas. Je les tue après qu'ils ont montré leur courage. Tu connais beaucoup d'endroits où on applaudit les animaux ? »

Les hommes continuaient de rire et de s'interpeller devant la télévision.

« Je n'ai pas besoin de tuer Sissi pour montrer à tout le monde combien elle est mignonne.

— Les taureaux sont des bêtes sauvages. C'est ça, la nature. On s'entretue. Mais on peut tuer avec respect. Je respecte le taureau, je suis prête à lui laisser ma vie. C'est ça donner la mort, tuer en sachant que nous aussi nous mourrons, a dit Sandra. Tu préfères qu'ils aillent à l'abattoir ? Là on tue par camions des bêtes que personne n'aura jamais honorées ni même nommées, après les avoir maltraitées dans des espaces insuffisants, des odeurs et un bruit d'enfer. Elles meurent terrifiées et n'ont jamais connu le bien-être. Mais cela, tant qu'on ne le voit pas… Comment il est mort, ton canard ? Comment il s'appelle ?

— Je ne veux pas le savoir. » Tom a repoussé son assiette. Le bras de Jon était suspendu au-dessus de ses pommes de terre, il écoutait la conversation entre la torero et son frère.

« Alors tu ne le respectes pas. Il faut que tu penses à sa

mort les yeux ouverts. Ton père aussi donne la mort. C'est un brave mais personne ne l'honore, personne ne veut penser que nous vivons en paix parce que certains tuent pour nous, se battent et ont peur. Les gens voudraient être des purs, des innocents, des anges. »

Tom n'a rien répondu, son père lui manque, il le sait en danger. Sandra a quitté la cuisine, me laissant coucher Jon pensif.

Mme Garapit a réservé le premier étage de l'auberge pour nous. Hadrien crèche chambre cent deux, moi à la cent trois, Sandra dans la cent quatre avec baignoire même si elle ne prend que des douches. Seuls Stéphane et Marc se serrent à l'étage supérieur dans la petite cent cinq en soupente. Ils ont l'habitude des hôtels douteux en périphérie des zones urbaines alors ils savourent les savonnettes parfumées et les dessus-de-lit en vichy bleu. Ils fument à la fenêtre, ces zouaves, et déclenchent le détecteur de fumée. Mme Garapit monte et gueule, ils s'en foutent. Ils sont allongés sur les lits et sortent leur jeu de tarot. Sandra et Hadrien sont assis sur des chaises de rotin, ils vont jouer en criant et s'envoyer les cartes à la figure. J'ai laissé Jon dans son lit, une veilleuse allumée. En passant dans le couloir devant la porte entrouverte de Sandra, je jette un œil à la chambre. Dès son arrivée Hadrien l'a inspectée, il a dégagé le bouquet de fleurs car Sandra ne les supporte pas. Les fleurs sont pour les morts. Les seules qu'elle tolère sont celles qu'elle pose comme des baisers sur l'échine des taureaux, lorsqu'elle se décide à planter elle-même ses banderilles. Je m'arrête, effrayée.

Nathalie est debout dans la chambre dos au miroir, elle a mis la veste de Sandra, l'habit marron aux galons noirs. Elle tient le revolver du bout des doigts. Elle ne me voit pas. Elle a un léger sourire et ses yeux sont fermés. On dirait qu'elle prie. Elle ne semble pas craindre d'être aperçue, les bruits du couloir lui parviennent et les voix des joueurs depuis la chambre des garçons juste au-dessus. Je comprends qu'elle est une sorte d'ange, comme celui qui a délivré Daniel des lions. Elle a une mission. Une chose est sûre, ce n'est pas sur moi que porte le mauvais sort à présent, c'est sur l'elfe. Elle l'a fait exprès.

Au fond du couloir Sandra qui vient de descendre l'escalier apparaît et je crains qu'elle ne marche vers moi, entre dans sa chambre et découvre Nathalie. Je n'ose imaginer la scène si Sandra surprend la photographe. Je m'approche vivement mais elle m'entraîne : « Marre du tarot. Viens, j'ai faim, on va fouiller la cuisine », elle m'entraîne dans les marches. Je pense à Nathalie qui se regarde dans le miroir, je ne me laisse pas redire les choses.

Dans la salle à manger, Sissi s'étire et saute sur la table, la queue dressée. Mme Garapit tempête qu'elle a volé du poulet, Sissi réussit à s'enfuir, je cours après le chat. Elle se réfugie sur les genoux de Sandra qui caresse ses longs poils. Elle saisit la bête par le ventre et la regarde, nez contre nez. Sissi, les oreilles en arrière, ferme à demi ses yeux couleur de l'herbe qui s'étend jusqu'aux premiers champs de maïs. Sandra chuchote, poils de moustaches contre cils noirs. Puis elle la retourne et lui masse les tempes. Sissi, crâne renversé, oreilles en extase, ne laisse plus voir qu'un cou blanc de souris puis soudain s'échappe. Sandra étire ses bras vers le ciel.

« C'est qui Nathalie, au juste ?

— Je ne sais pas. Une photographe botaniste, dis-je encore saisie par le spectacle de Nathalie au flingue.

— Botaniste ! » Sandra rit aux éclats en posant ses pieds sur la chaise. « Cette fille sait tout sur les taureaux. Elle est botaniste comme je suis curé.

— Tu es un peu curé.

— Elle connaît bien les armes aussi. Elle m'a dit qu'elle chassait.

Les armes ? Je pense au revolver. « Les flingues ? »

Sandra hausse les épaules : « Non, pas les flingues. Les fusils de chasse, les carabines. »

Finalement je ne parle pas du revolver à Sandra, elle interrogerait Nathalie et j'aurais l'air bête. Qu'est-ce que ça peut faire, après tout, qu'un ange porte une arme ? Nathalie descend les escaliers, suivie de Stéphane et Marc. Mme Garapit nous sert à manger sous la télévision allumée dans la salle vide de la brasserie. Les hôtes sont au restaurant gastronomique. La conversation se tarissant, nous regardons une émission de téléréalité qui promeut la cuisine maison. Les gens ne cuisinent plus, ils achètent du surgelé. Hadrien a entrepris de taquiner Nathalie. « Alors l'artiste ? Tu vas courir après les grosses bêtes ? »

La photographe plaisante en feignant de ne rien connaître à la corrida, d'être là par hasard. Quand elle croit qu'on ne lui prête pas attention, elle fixe Sandra comme un bourreau la tête qu'il va trancher et paradoxalement, ce regard me rassure. *All shall be well.* Tout sera lumineux. Sandra sera magnifiquement photographiée.

On s'enfile une assiette landaise, gésiers, jambon de Bayonne en tranches épaisses et élastiques, la terrine, le pain et la salade verte à la moutarde, les fromages de brebis. De temps en temps un coup de vent soulève la nappe à carreaux. Sandra mange précisément, ne touche pas au rouge acide, jamais d'alcool. Elle fait circuler la panière entre les hôtes, vérifie que tout le monde a ce qu'il lui faut. Elle coupe ensuite des morceaux de pain et nettoie son assiette jusqu'au bord. Il ne reste que quelques traces de cette activité soignée. « Tu chasses quoi ? » dit-elle en interpellant Nathalie. Elle doit répéter sa question. « Seulement le chamois. » « Le chamois », font les autres en hochant la tête. « Ce n'est pas interdit ça ?

— Ça dépend où. Il m'est arrivé d'en blesser un après une matinée de marche. Je l'ai suivi pour l'achever parce qu'il souffrait, j'ai marché jusqu'à la nuit. J'étais seule et commençais à avoir peur. J'explorais tous les abris rocheux dans lesquels il aurait pu se blottir. Je n'avais rien à manger, rien pour m'éclairer, j'étais à deux heures de marche du village. Je l'ai supplié à voix haute de se montrer. J'ai presque crié. Alors il a gémi. Je l'ai trouvé au fond d'une cavité. Il ne cessait de m'appeler.

— Et alors ?

— Alors ? Je l'ai tué. »

Elle se retourne vers Jon qui nous regarde depuis le seuil de la salle, pieds nus sur le carrelage, serrant son marsupilami en peluche. « Et moi je suis qui ? » demande-t-il. C'est Nathalie qui le ramène se coucher en lui prenant la main.

Nous finissons la soirée dans la chambre de la matador, c'est ce qu'elle souhaite. La pièce est restée dans la pénombre, Sandra a préféré qu'on allume des bougies. Mme Garapit s'en émeut en distribuant les serviettes de toilette et les carafes d'eau dans les chambres :

« On n'y voit rien là-dedans, c'est noir comme un tombeau. C'est bien la peine d'avoir inventé l'électricité. Vous allez me mettre le feu. »

Dans le miroir Sandra apparaît allongée dans son jogging d'intérieur, les jambes croisées. Elle regarde son fil WhatsApp, cherche qui l'aime, qui pense à elle, qui veut son succès dessous ses sourcils qu'elle n'épile plus, qui rapprochent ses yeux et s'étirent en duvet sur les tempes. Gamines, nous faisions fondre des grains de cire au bain-marie dans les casseroles de Régine. On se couvrait vite la moustache de cire brûlante, on tirait en poussant des petits cris et se félicitait des bouts piqués de courts poils noirs. La cire débordait souvent, il restait des fils ambrés et durs au fond de la casserole que Régine récurait en rouspétant.

L'année des cinquante contrats, la plus belle de sa carrière, avant qu'un taureau la prenne, Sandra devait toréer à Bilbao et le matin en se levant elle avait vagi : « Je ne peux pas y aller. » Elle avait dû voir quelque chose dans le ciel ou ailleurs. Son sens de la fatalité s'était liquéfié, la superstition l'avait rattrapée. « Faut la laisser », avait dit Hadrien. Nous étions sortis fumer dans la cour, adossés à la voiture de luxe parce qu'à l'époque, Sandra pouvait se payer un grand fourgon pour elle et sa cuadrilla ainsi que les meilleurs hôtels, même le Jules-César d'Arles, l'Imperator de Nîmes ou l'Alphonse-XIII de Madrid.

Quand nous étions entrés dans sa chambre avec Hadrien, elle était plantée devant le miroir et dominait son image, le visage lavé par la peur. Ses seins étaient serrés dans une étroite bande de coton comme si elle avait été gravement blessée. Le rituel du bandage des seins m'avait toujours semblé éprouvant, j'imaginais que du lait ou du sang jaillirait des aréoles brunes et coulerait sous le tissu mais il n'en était rien. Hadrien tournait autour d'elle en tenant du bout des doigts la gaze légère, il avait le visage d'un gardien de temple. « Habille-moi », avait-elle ensuite exigé. Hadrien était passé à la salle de bains et sans un mot avait commencé de lui passer ses vêtements.

Sandra pose le téléphone, nous nous asseyons en cercle près du lit comme autour d'un défunt. Elle n'a jamais fumé une cigarette de sa vie mais a besoin qu'Hadrien fume en finissant une eau-de-vie. La fumée entre dans la chambre quand il se tourne vers nous, elle ferme les yeux et aspire ainsi l'odeur des arènes, du cigare, de la pinte et du gin-tonic, cette vulgarité joyeuse qui lui est étrangère. Elle ne s'est jamais occupée de rien en dehors de sa muleta, du placement de ses pieds et de l'allure du taureau à venir. Elle vit avec le prochain, l'imagine courir, s'immobiliser, réfléchir. Les négociations téléphoniques de son *apoderado* avec les directeurs d'arènes et les commentaires des aficionados, les chroniques taurines, elle ne s'en occupe pas. Elle ne lit, n'écoute rien. Quand on lui parle d'un mauvais article sur sa performance elle détourne la tête et s'échappe loin des arènes vers le bord du Midouin, la rivière où nous jouions gamines, elle retourne à l'océan derrière les lignes de pins et les dunes, au ciel au-delà de l'océan.

« Tant pis s'ils n'ont pas aimé. »

Les garçons ont à nouveau sorti le jeu de tarot. Sandra se renverse en arrière et ferme de temps en temps les yeux tout en maniant ses cartes. La partie finie Hadrien et les garçons gagnent leur chambre. Je souffle les bougies, Sandra se couche. Je suis toujours la dernière à la quitter. Vers deux heures je descends prendre l'air car je ne trouve pas le sommeil. Hadrien est adossé à la poutre de l'auvent et fume.

« Alors Moineau, on n'arrive plus à roupiller à la campagne ? Trop de silence ? Ne te fais pas de mouron. Sandra sait ce qu'elle a à faire.

— Et Jean-Luc ? »

Il souffle la fumée.

« Faut la comprendre, à Sandra. Je n'ai pas à me plaindre de Jean-Luc. Il a remplacé au pied levé l'adjoint au président du comité des fêtes de Mont-de-Marsan. Pour une fois Jean-Luc ne m'a pas oublié. Il m'a attribué les meilleurs emplacements pour les fêtes de la Madeleine, j'ai commencé à passer mes commandes.

— Bref, Jean-Luc est devenu fréquentable. »

Hadrien hausse les épaules. « En quelque sorte.

— Tu n'es pas rancunier.

— Je suis professionnel. Tu sais que t'es jolie comme

tout, Moineau. C'est rare, les Blanches bien gaulées, cambrées comme toi. J'ai l'expérience. Mais t'as pas un bon arrosoir. T'as l'air tristounet.

— Donne-moi plutôt une clope. »

Il sort un joli porte-cigarettes doré sur lequel une scène tauromachique est gravée et me tend une Camel sans filtre. Elle me fait tousser car je n'ai pas fumé depuis longtemps. Mais je persiste.

Dans le silence du bar une mouche fait parfois un mauvais rêve. La télévision grésille, la pendule claque ses secondes, ça sent le jambon et le moisi des torchons. Tout attend la pluie. Les premières gouttes sur les tuiles nous interrompent, ça tambourine dru, nous remontons les capuches de nos blousons. Nous nous taisons et fumons. Je retrouve la joie amère qui tapisse ma langue, ma gorge et mon nez. Hadrien fume plus vite que moi, la tête me tourne. J'éteins la cigarette avant qu'elle soit consumée. Je sens bien que je lui plais toujours et qu'il n'a pas oublié le mur d'immeuble, ce soir-là en Espagne. Il se moque un peu de moi à cause de la cigarette interrompue et j'ai envie de me mettre contre lui, qu'il pose sa main sur ma tête.

En entrant dans ma chambre je trouve Tom couché dans mon lit sur le dos, les paupières transparentes, une jambe pendante et sa Nintendo dans la main. La lumière est allumée. Je le borde comme un petit. Dans son sommeil, il cherche mon bras.

Chapitre 10

La température est tombée de dix degrés. Le ciel convulse, des flashs déchirent la brume orange par intermittences, soudain c'est l'averse. L'eau creuse des veines dans la cour. Sandra retourne aux arènes pour la corrida des retrouvailles, a titré *Sud-Ouest* hier. Les arènes sont exposées au vent, nous aurons froid. J'avais dit aux enfants : « Dès que vous êtes réveillés vous descendez prendre le petit déjeuner avec Gigi. » Ainsi se fait appeler Mme Garapit. À sept heures, Stéphane et Marc soufflaient à en crever dans une vieille trompe de chasse dérobée au maître de maison. J'ai cru d'abord qu'ils chantaient, la différence était ténue entre les chants d'ivrogne et le vagissement de la trompe. L'air ressemblait vaguement à *La Marseillaise*. J'ai ouvert ma fenêtre, Tom tournait autour des sonneurs et Jon fuyait, les mains sur les oreilles. Les gamins s'étaient trompés de chambre en cherchant Gigi, ils avaient réveillé les deux banderilleros qui se vengeaient. Tom tirait Marc par la manche pour avoir l'instrument.

Mme Garapit a crié furibarde depuis la salle où elle dressait le petit déjeuner :

« Les cons ! Ils se croient seuls au monde ! »

Les garçons savaient que Sandra était réveillée à six heures les matins de corrida et marchait jusqu'à huit. Ils n'auraient pas pris le risque de réveiller la maestro. Les hôtes de l'auberge, en revanche, cela ne leur posait aucun problème. Stéphane et Marc ont posé la trompe et se sont fait servir un café sur la terrasse, J'ai entendu de loin la course de Jon dans le couloir. Il fut bientôt au pied de mon lit, torse nu et haletant :

« Sissi ?

— Chut ! Regarde. » J'ai soulevé la couverture et découvert ma chatte enroulée sur elle-même, la tête sur ses pattes superposées, chaude comme un pain sortant du four. Jon a fourré ses narines dans ses poils brûlants. Comment font les petits pour tonitruer et s'activer aux aurores ? Je me le demande. « Et maintenant filez prendre votre petit déjeuner. Gigi est en bas. » Je me suis rendormie.

Le réveil sonnaille à neuf heures, je me mets dans une salopette grise et un tee-shirt, sors dans le couloir. L'indigestion de bières, de vin et de chips de la veille aggrave l'angoisse qui enfle dans mon ventre, celle des jours de corrida. Vers quatre heures elle devient insupportable. Une voix forte venant de la réception m'arrête net dans l'escalier, je reconnais Jean-Luc. Je descends les dernières marches. Il est devant le comptoir de la réception, sa valise à ses pieds. Il a grossi et paraît plus petit que d'habitude. Sa barbe blanche est mal rasée sous le menton, des poils lui sortent des oreilles et du nez. Ses cheveux lui tombent dans le cou. Il s'agace que Jon cavale dans les couloirs.

« Il est toujours comme ça ? Quelqu'un l'éduque ? »

Au moment où je m'avance *The Eye of the Tiger* sort de son téléphone avec un volume exagéré. Une 206 boueuse fonce bruyamment dans la cour. Lily en sort en même temps qu'un *beat* de rap français, « *j'offre un Ricard à Poutine* », annonce le chanteur, elle fait la bise au garçon qui conduit et court vers la maison, son sac Eastpak sur l'épaule, sautant par-dessus les flaques. Elle arbore une queue-de-cheval haute comme à ses huit ans quand elle regardait Véronique et Davina et portait des vieilles chaussettes découpées aux chevilles en guise de guêtres. Lily et sa passion pour Blablacar. Elle sent la cigarette, ils ont dû fumer vitres closes dans sa voiture de jeunes.

Jean-Luc est toujours au téléphone, il nous lance des regards entendus tout en continuant sa conversation. Je le trouve négligé malgré son style de gentleman farmer. Il porte un pantalon en velours, la veste autrichienne des notables qui vont à la chasse, des Weston de campagne. Mais le pantalon est trop long, la braguette est restée ouverte, la veste porte des taches de gras.

« Mes propriétaires, crie Jean-Luc en raccrochant. Dites à Sandra que je monte la voir dès que j'ai terminé, j'ai encore des appels à passer. »

Il a toujours parlé trop fort, sans doute pour faire oublier sa taille qui le vexe. Son menton s'avance fortement sous des lèvres qui se joignent en cul-de-poule quand il pense être drôle ou avoir raison. Ses yeux ronds et envieux ne sourient jamais. Pour faire oublier sa médiocrité physique, il bombe le torse qu'il a particulièrement développé sur ses courtes jambes. Je monte dans la chambre de Sandra sans m'attarder. Je sens à nouveau la nausée m'envahir, mes intestins se tordre, l'urgence de courir aux toilettes. Sandra va s'habiller pour la corrida. Elle réclame que nous soyons présentes et souffrions qu'elle se dépouille sous nos yeux de toute émotion, de tout sentiment et de toute affectivité, qu'elle quitte la vie humaine.

Je n'ai jamais manqué ce moment que je déteste. Sandra ne l'aurait pas permis. Ceux qui ont l'honneur d'être conviés dans la chambre du matador quand il s'habille doivent faire ce qu'on attend d'eux, qui dépend des toreros. Rire, plaisanter ou se taire. Ils sont priés de laisser la mort à la porte. Sandra ne sait rien de l'angoisse qui nous torture, jamais elle ne nous interroge sur ce que nous ressentons. Lily monte les marches deux à deux, elle arrive essoufflée à l'étage et abat son poing sur la porte de la chambre.

« Hey ! » dit la matador en ouvrant.

Lily l'embrasse et fait claquer la bretelle du soutien-gorge sous la chemise de Sandra, elle seule peut se permettre cette privauté. Puis elle interpelle Hadrien qui plie les affaires de sport de la torero : « *Mozo de espadas !* » Hadrien retourne le salut sans cesser de ranger les vêtements dans l'armoire. Lily examine Sandra. « Toujours aussi sexy toi. » Nathalie apparaît alors sur le seuil de la salle de bains, sans raison Lily est contrariée. « C'est qui ?

— Ma photographe. »

Tournée vers l'armoire, j'observe le rangement impeccable des habits de Sandra. Nathalie parle et Lily répond sèchement quelque chose comme « On verra ». La photographe porte son appareil autour du cou, ses cheveux en bataille semblent sortir d'un bain de sel, elle est en nage, sa chemise ouverte jusqu'au début des seins et son air sauvage donnent l'impression qu'elle vient de passer une journée dans la jungle. Apparemment, elle n'est pas du goût de Lily.

« Ça c'est une photographe ? dit-elle grossièrement en pointant le doigt.

— Elle dormirait avec moi si je l'y autorisais. Elle était dans ma chambre à mon réveil. Elle photographie tout, même le bidet. »

Lily ne sourit plus. Elle suit Nathalie des yeux. Celle-ci va et vient, s'arrête pour cadrer. Elle me salue à peine et quand elle photographie Sandra, c'est avec ces mêmes yeux précis de bourreau. Je ne remarque pas qu'elle sort, toujours est-il que, soudain, elle n'est plus dans la chambre. Sandra ne s'en émeut pas.

Nous regardons toutes les trois la pluie en bavardant, Lily, Sandra et moi, les gouttes volant comme de la neige et s'interrompant pour laisser filer les nuages. Le sable sera glissant mais avec un peu de chance, il n'y aura pas de flaques. La corrida ne sera pas annulée. C'est ce que Lily et moi ne cessons de penser. Mais si la corrida a lieu, la piste sera dangereuse. Et nos cœurs s'emballent. Sandra ne pense ni à la pluie ni à la piste. Elle est prête à toréer dans la tempête, dans les airs, avec un taureau suspendu à un ballon.

Lily parle avec vivacité pour atténuer sa peur et raconte

des scènes cocasses de sa vie quotidienne. J'en profite pour sombrer dans le silence. Le plateau du repas que Mme Garapit a servi à Sandra est posé en équilibre sur le bord de la fenêtre, il reste un peu d'œuf frit et du fromage.

« Tu n'as pas beaucoup déjeuné, remarque Lily.

— J'ai mangé ce qu'il fallait. »

Sandra se tourne face au miroir et commence à retirer ses vêtements. La torero va s'habiller pour l'arène.

Dans le reflet nous l'observons ne plus sourire. Autour du cou elle porte les médailles de ma mère. Lily et moi lui avons donné la chaîne en or alourdie des porte-bonheur maternels le jour de son alternative à Mont-de-Marsan quand elle est devenue *matador de toros*. Il y a la médaille miraculeuse, celle de Padre Pio, également une espèce de déesse indienne avec des plumes et un tout petit sexe d'homme en or que ma mère avait rapporté d'Inde dans sa jeunesse. Il n'y a plus ni homme ni femme dans la chambre, juste un corps à embaumer vivant.

De sa vie d'avant, il reste à Sandra un sac en toile dans lequel sont fourrées des peluches décavées qu'elle traîne depuis l'enfance. Le sac est devenu un vieux chiffon, il passe toutes les nuits avec elle. Hadrien l'a posé sur l'oreiller comme d'habitude. Dans le coin de la chambre, isolée, la chaise en osier présente maintenant les habits de la torero, la veste, la chemise, le pantalon, les bas. Ils semblent vraiment morts. Soudain ils baignent dans un rayon de soleil. Je me détourne.

Tout en pliant les leggings troués et le tee-shirt d'entraînement, en disposant ensuite les vêtements de corrida sur la chaise avec une lenteur liturgique, Hadrien pense que l'hôpital de Mont-de-Marsan est à vingt kilomètres des arènes de Saint-Vincent. Je le sais bien. C'est trop loin en cas de fémorale rompue. L'équipe médicale en place, un chirurgien et deux infirmiers, sera tout juste bonne pour un bricolage comme dans les *pueblos* espagnols. Rien n'est plus dangereux qu'une arène de troisième catégorie. Paquirri en est mort une semaine avant de prendre la retraite qu'il convoitait tant, à Pozoblanco, un village au-dessus de Cordoue, parce qu'il n'y avait ni médecin ni ambulance et que tout le monde avait été pris de panique.

Sandra n'a pas vu les bêtes mais peu importe, un taureau est un taureau, elle les comprendra en les voyant courir et charger, pour l'instant c'est le silence des mouches, l'aspirateur au bout du couloir, les murmures des clients sur la terrasse et la peur. Lily s'est assise sur le lit et plaisante en regardant Sandra appliquer du déodorant sur ses aisselles, sur le ventre, les fesses. Sa voix gouailleuse allège l'atmosphère. La torero demande à Lily des nouvelles de Jeff. Sandra pense qu'il ne comprend pas Lily parce qu'elle a un don de voyance comme les femmes tziganes.

« C'est trop de pouvoir pour un homme. Le vrai problème c'est que tu as un don, des enfants et un mari absent.

— Non, Jeff est un mari et un père super. C'est moi, je suis fatiguée.

— "Je suis fatiguée." C'est tout ce que tu sais dire. Tu ne vois plus rien, tu as perdu ton don, voilà la vérité.

— Comment le sais-tu ?

— Je le sais. Tu n'assumes rien mais c'est aussi la faute de Jeff. Et tu sais que je suis contre le divorce. »

Sandra n'aime pas les couples qui se séparent. Les yeux noirs de Lily m'accusent, je me défends :

« Je n'ai rien dit à Sandra. »

Lily est furieuse, je brasse dans ma tête toutes sortes d'hypothèses, cherchant comment Sandra est au courant de la débandade de Lily. Nous nous taisons, chacune assise sur une chaise ou sur le lit pendant qu'Hadrien plie une serviette de bain pour la sixième fois et la pose comme un linge d'autel sur l'unique fauteuil. On frappe à la porte, Jean-Luc entre sans attendre de réponse. En s'effondrant dans le fauteuil il écrase la serviette longuement pliée par Hadrien qui soupire. Les genoux écartés, Jean-Luc découvre de hautes chaussettes rouges. Il regarde la chaise, les habits et pousse une exclamation satisfaite.

« Ah ! Les choses avancent. Alors, en forme ? »

Lily a un mouvement de recul, je surveille Sandra. Face à Jean-Luc sa nudité est devenue obscène, elle a saisi un peignoir et se couvre. Elle raconte qu'elle se sent bien, qu'elle ne souffre plus de l'épaule. Sa voix devient servile. Jean-Luc a croisé les jambes. Il profite qu'Hadrien s'affaire dans la salle de bains pour glisser à Sandra qu'il devra parler avec elle après la course, qu'il doit faire face à un imprévu.

« Il faudra qu'on cause.

— Tu peux me parler ici, on est bien.

— Après. » Il parle de tout et de rien, des gens qui devraient être présents, de l'argent qu'il a dépensé pour la réfection des jolies arènes de Saint-Vincent classées au patrimoine. Hadrien passe les mi-bas à Sandra qui retire son peignoir.

Jean-Luc ne bouge pas de son fauteuil, il ne voit pas pourquoi il ne regarderait pas Sandra s'habiller. Il a quand même payé pour ça. À notre excitation du début succède une peur que rend plus écœurante la présence de Jean-Luc. Toujours vautré, il scrute sa torera. C'est ce qu'il dit : « ma torera ». Sandra ne tique pas. Lily, assise sur le lit, a croisé les bras et les jambes. Ainsi verrouillée comme une tortue, elle regarde par la fenêtre.

Sandra enfile les habits qu'Hadrien lui présente. Ses orteils sont blancs, ses mains tremblent sur les fines chaussettes et le pantalon de peau qui lui prend la taille et les cuisses, elle ferme les boutons étroits. Puis elle lève les bras. Hadrien passe trois fois autour d'elle la large bande qui comprime les seins. Il tient déjà la chemise campera plissée au large jabot dont le col dur tempère l'exubérance. Ainsi momifiée Sandra fait quelques mouvements, des passes profondes en baissant le bras, le regard accompagne sa main qui danse à droite puis à gauche, ses pieds font grincer le parquet. Elle fait un tour entier sur elle-même, son regard suit la main qui gardera la cape à distance. Puis elle passe la chemise en sautillant pour chasser l'inquiétude.

Nathalie photographie sans jamais s'approcher, depuis l'embrasure de la salle de bains. Hadrien passe la ceinture et ajuste la chemise à la taille. Jean-Luc a cessé de parler. Alors Sandra insiste en se tournant vers lui :

« Vas-y, dis ce que tu as à dire. »

Elle prend une voix monocorde, si douce qu'elle en devient inaudible.

« Déjà, la corrida sera filmée. »

Hadrien a levé la tête et haussé les sourcils.

« J'ai demandé à un ami de faire un film pour que tu le voies après, et que tu te corriges.

— Tu ne m'as rien demandé. »

Ce type d'annonce l'aurait rendue furieuse il y a trois ans. Aujourd'hui elle est lasse, elle n'a pas l'énergie de se mettre en colère. Elle n'évoque même pas la possibilité pour le cameraman d'éviter la mort du taureau qu'elle ne veut pas voir filmer d'habitude. Elle prend le veston et se regarde dans le miroir. Elle se tourne de trois quarts, observe l'ajustement parfait des vêtements.

« Chez Santos, ils ont bien travaillé.

— On m'a dit que Zocato serait là. »

La présence du célèbre chroniqueur est une pression supplémentaire. Le cœur me bat comme si c'était moi qui devais lui plaire. Lily et Hadrien se jettent des coups d'œil entendus. Je devine ce qu'ils se disent, que le pantalon est un peu lâche parce que Sandra a maigri. La veste de peau brodée que j'ai portée la veille est encore sur la chaise et la panique monte en moi. S'il y restait une tache, une odeur, un pli qui signalent mon crime, que dirais-je ? Le contre-jour ne me permet pas d'y déceler quoi que ce soit. Hadrien se penche pour passer la veste à Sandra, après quoi il noue les cheveux de la torero en une tresse retenue par un ruban noir.

Sandra aussi regarde la veste et sa bouche se déforme. Nathalie la pousse, la torero fond sur le lavabo et vomit à trois reprises. Lily fait couler l'eau chaude sur les mains de Sandra, passe un gant sur sa bouche. Je voudrais crier que Sandra n'a rien à craindre, que j'ai porté la veste et que toute la malédiction ira sur moi, mais je me rappelle soudain que Nathalie l'a portée à son tour et que ce sera elle, la damnée. Je n'entends pas ce qu'elle murmure à Sandra au-dessus du lavabo. Elle ne murmure pas d'ailleurs, elle parle normalement, assez fort même. Elle tape sur l'épaule de la torero qui se redresse enfin, le visage humide, et la repousse. « Passe-moi la veste. » Jean-Luc a profité de l'incident pour sortir en prétextant auprès d'Hadrien un rendez-vous aux arènes. Je l'ai entendu chuchoter ces mots lâches.

Elle est devant nous, habillée de peau et de soie tel le chevalier juvénile d'un opéra romantique, ses bottes de cavalière lacées jusqu'au genou, les seins effacés sous la veste dont l'ampleur souligne l'étroitesse des épaules, la taille trop fine. Ses mains blanches aux ongles ronds légèrement suspendues à la taille, elle tient son chapeau andalou à large bord et soudain sourit. *All shall be well.*

Nous sommes deux cents spectateurs dans les gradins. Il pleut sans discontinuer avec des variations de rythme, tantôt plus bruyamment sur les tôles des voitures et des toits, parfois doucement, mais alors l'eau s'insinue entre les tissus, dans les plis, sur les visages et donne la sensation immédiate d'être trempé. De loin, dans son habit moulant et sa veste à épaulettes, la maigreur de Sandra est frappante. Ses vêtements semblent trop grands et accentuent le tour burlesque que la corrida peut prendre. Elle est précautionneuse, le sable mouillé glisse sous le moindre pas. « Eh ben, elle ne respire pas l'envie », dit un spectateur derrière moi.

Au premier rang Zocato boit une bière qui n'est vraisemblablement pas la première en bavardant avec son voisin, aujourd'hui la course ne l'intéresse pas, il a autre chose en tête. Le public réclame que Sandra pose elle-même les banderilles comme le faisaient souvent les matadors dans un temps passé. Son visage s'enténèbre. Pour elle, c'est un exercice clownesque de fête villageoise qui ne sied pas au torero. Je pense que c'est une erreur, qu'il peut aussi montrer une gaieté circassienne. Elle reste derrière les planches et observe Marc et Stéphane qui y mettent tout leur cœur, sautant comme des écarteurs au-dessus des cornes. Mais les gradins s'ennuient, ils trouvent Sandra snob.

Je ne peux plus la regarder toréer au moment de la faena car j'ai peur. En revanche, je ne quitte pas des yeux les deux toreros avec lesquels elle partage le cartel lorsqu'ils sont en piste. Ils en font trop, comme ces amants inexpérimentés qui veulent à tout prix faire jouir une femme. L'un d'eux, en ratant l'estocade, lance un *mierda !* dont la vulgarité nous saute à la gorge. À la cinquième, le taureau tourne comme un fou sur lui-même avant de s'écrouler.

Nathalie arpente le *callejón*. Elle ne cesse de prendre des photos. Je me demande parfois ce qui l'intéresse. Elle s'accroupit souvent, visant des détails. Après la course elle disparaît, Lily part à sa recherche sous prétexte qu'elle doit photographier Sandra quittant les arènes bien qu'il n'y ait pas de triomphe. Lily veut la peau de Nathalie, prouver son incompétence.

« Elle est où cette meuf ? » Ma sœur arpente rageusement les couloirs. La photographe est dans la cour à côté des box des chevaux, l'objectif braqué sur les banderilleros qui fument autour des cadavres des taureaux. La pluie redouble d'ardeur, Marc et Stéphane blaguent et le rire de Nathalie claque sous le ciel comme une cravache. « Je vais friser », dit-elle en secouant la tête. Ses cheveux humides ont gonflé et s'entortillent en serpentins foutraques. « C'est ça, on la paye pour qu'elle photographie les coulisses. » L'humeur est si gaie que Lily doit ravaler sa colère. Je la prends par la main et l'emmène sur la place.

Nous traversons les murmures : « mauvais taureaux », « la fille est fatiguée », « elle n'a pas de force, la saison sera longue ». Les spectateurs de la région sont les plus acides : « Elle devrait prendre un nom espagnol pour faire au moins semblant, quand je pense que j'ai raté le rugby pour ça. » Joël Mime, le chroniqueur rival de Zocato, répond aux questions des aficionados : « Qui sont vos toreros préférés aujourd'hui ? »

Il fait le malin : « Manolete, Dominguín, Paquirri. »

Tous morts il y a longtemps. Il est content de lui. Cet homme ne s'est jamais mis face aux taureaux comme les hommes qu'il juge, il ne s'est jamais joué la vie. Zocato continue à enchaîner les bières, il n'a rien à dire sur ce qu'il a vu puisqu'il n'a rien trouvé digne d'être vu. Il écrira que les taureaux étaient des patapoufs, les toreros des pom-pom girls et que l'ensemble doit être jeté aux oubliettes. Joël Mime est de passage chez des amis, il n'écrira rien.

La vérité, me dit Lily, c'est que Sandra a fait quelques belles passes dont deux dangereuses avec des taureaux rétifs. Rien d'extraordinaire ni qui mérite une récompense, mais rien de déshonorant non plus. Les deux autres toreros s'en sont sortis on ne sait comment, chacun obtenant une oreille d'encouragement pour un boulot de sagouin.

Derrière la tente sous laquelle on a commencé de servir le vin blanc qui assommera dans l'heure, Sandra parle vivement au directeur de la *plaza* qui désigne Jean-Luc. Elle se tourne brusquement vers le groupe dans lequel l'*apoderado* parle fort. « C'est quoi ton problème ? » Lily et moi nous arrêtons. Le directeur des arènes en profite pour s'éclipser. Jean-Luc tire Sandra à l'écart. Les gens les suivent du regard, les conversations se tarissent. Elle se dégage soudain et nous appelle, les mains en porte-voix, avec une indiscrétion qui ne lui ressemble pas. Hadrien, Stéphane et Marc se joignent à nous. Jean-Luc hésite en nous voyant ensemble puis propose : « Allons au bar. » Nous traversons la place, petite meute hagarde. La pluie nous groupe autour de Sandra. Flottant dans un vaste ciré qui protège son habit, elle est notre souveraine. Le bar de la place des arènes est vide car les gens sont attablés sous la tente. Nous nous serrons dans la pièce du fond, moi, Sandra, Lily, Marc et Stéphane, Hadrien et Jean-Luc. « Vous serez au calme », nous dit le patron, familier des conciles du *mundillo*, en fermant la porte. Les vitres s'embuent.

Jean-Luc offre de la liqueur d'armagnac et se veut goguenard. Hadrien commente la corrida avec les banderilleros, l'aspect des taureaux et leur performance. Sandra tourne son verre entre ses deux mains, elle ne boira pas. Jean-Luc s'est rassis, j'avale cul sec l'alcool trop sucré.

« C'est quoi ton problème ? » rabâche Sandra.

Jean-Luc se penche vers elle. Je détaille les assiettes de faïence et leurs motifs ruraux sur les murs, le mariage à la campagne, la fête des vendanges, Noël au coin du feu. Je tends l'oreille : « C'était très bien, un excellent début. C'est très prometteur. » Jean-Luc enlace les épaules de Sandra. « Mais voilà. Le directeur des arènes ne peut pas te payer tout de suite, il a un problème de trésorerie. J'ai beaucoup mieux pour toi, il faut seulement de la patience.

— On a un contrat, répond Sandra en se dégageant. Je veux être payée. Eux aussi. » Elle montre Hadrien, Stéphane et Marc. Jean-Luc retire sa main et sa voix monte dans les aigus.

« Tu es une enfant gâtée. Cette course, je ne l'ai pas obtenue facilement. J'ai dépensé un paquet pour la restauration des arènes et quelques services à la mairie. Tu n'es pas en mesure de refuser mon offre. C'est ça ou la retraite.

— Et qu'est-ce que je dis aux garçons ? À Hadrien ? » Les garçons ont baissé la tête, ils refusent que cela les concerne.

« Si tu triomphes ils auront des contrats plus intéressants. On ne peut pas dire qu'ils aient été très demandés ces derniers temps. Aujourd'hui je t'ai remis le pied à l'étrier. Ils me doivent une fière chandelle. »

Stéphane et Marc regardent Hadrien qui ne bronche pas. Le coude sur la table, la manche relevée, il boit son apéritif à petites gorgées. Les garçons prennent leur verre à leur tour.

« Et maintenant je fais quoi ? Je rentre en Andalousie, à Sanlúcar ? Avec quel argent ? » Sandra est essoufflée, on l'entend à peine.

« Pour le moment l'Espagne c'est fini. On repart de zéro. Tu t'installes chez moi à Maujesque, tu t'entraînes, pendant ce temps je te cherche des engagements.

— Je préférerais m'entraîner en Espagne.

— Pour cela il faudrait que tu remplisses les arènes. Je n'ai pas les moyens d'un club de foot. Tu peux aussi enseigner à l'école taurine si tu n'es pas contente. » Il se renverse sur sa chaise et croise les bras, il n'a plus rien à dire.

Hadrien se penche à l'oreille de Sandra dont les yeux se plissent, laissant passer un filet de lumière noire. Elle reprend : « Dans ce cas je veux que les filles restent aussi à Maujesque. » Elle nous regarde l'une après l'autre.

« Bien sûr, je reste. Ce sont les vacances scolaires, s'enthousiasme Lily. Je ne vais pas retourner seule à la caserne, avec deux enfants.

— Dans ce cas je reste aussi, dis-je sans réfléchir.

— La maison n'a pas été ouverte depuis longtemps.

— Je sais m'en occuper. C'est chez moi, après tout, répond sèchement Lily.

— Si c'est comme ça. » Jean-Luc n'avait pas envisagé cette option.

Le vent m'envoie ses charges piquantes, l'eau me fouette la joue, je tremble de froid. Je reste dehors, espérant l'instant où je ne sentirai plus rien. Hadrien et Jean-

Luc ne sont pas encore sortis, ils discutent avec animation dans la salle du restaurant. Stéphane et Marc sont partis depuis longtemps. Ils comptaient sur un peu d'argent, au moins. « Plus tard », ils ne savent pas ce que cela signifie ou le savent trop bien. Hadrien m'écrase le pied en sortant brusquement du café, il ne s'excuse pas, je ne suis pas sûre qu'il m'ait vue. Il part en courant vers le parking, je l'observe pendant que la douleur monte dans le mollet.

En vérité, Sandra n'est plus qu'une ligne de tension. À ce que j'ai compris en écoutant les garçons chuchoter avec Hadrien, elle a été médiocre. Elle a essayé des choses trop difficiles dans l'arène. Elle a trébuché au troisième taureau, elle est fatiguée. Il lui manque cinq kilos pour avoir la force et la résistance nécessaires.

Je bois mon verre de floc en regardant le silo, le château d'eau, la minuscule épicerie qui fait dépôt de pain et les jeunes qui roulent comme des dingues à scooter dans les flaques d'eau. Jean-Luc est sorti à son tour, Lily me rejoint. Sandra est restée seule dans le bar, peut-être cause-t-elle avec le patron qui n'aime pas la corrida et ne va plus aux courses. Nous sommes toutes les deux et je sens un immense désir de tourner avec le tambour qui essore le ciel. Nous retournons à Maujesque. C'est ce que je dis à Lily qui sourit. On se colle l'une à l'autre et Sandra apparaît. « Comment sais-tu que Lily ne voit plus ? » Je l'interpelle pour qu'elle m'innocente enfin aux yeux de ma sœur.

« Nathalie me l'a dit. Elle est bien cette fille, répond Sandra en se frottant les mains.

— Elle est surtout bizarre. » Lily enrage. « Comment sait-elle ça, sur moi ? »

Je propose d'aller chercher la voiture mais elle s'avance déjà au travers des rideaux de pluie, les phares clignotent dans le brouillard. Nathalie est au volant, Stéphane et Marc sont assis à l'arrière. Elle a dû les aider à sortir le van de la boue du parking. Nathalie sourit de toutes ses dents derrière le pare-brise mouillé, ses cheveux sont un amas de fils de cuivre qui crépitent sur le fond noir de l'orage.

Lily et moi regardons la voiture s'en aller avec Sandra, nos mains serrées sur les verres vides. « Elle est bizarre cette femme, répète Lily en regardant la voiture s'éloigner. Nathalie », précise-t-elle comme si je n'avais pas compris. Elle ne perçoit pas que c'est un être surnaturel, pourtant cela saute aux yeux. Je ne partage pas ma conviction avec Lily, elle verrait à quel point elle est amputée de ses dons.

Je rentrerai à pied avec elle quand la pluie aura cessé. Nous marcherons jusqu'à Maujesque par le chemin que nous connaissons par cœur, qui longe le cimetière jusqu'au dernier virage avant la sortie du village. Un crucifix de bois blanc marque l'entrée de la propriété. Tout a recommencé.

MAUJESQUE

Chapitre 1

Je savais qu'à Maujesque, les choses se compliqueraient.

Les cloches ont retenti vers huit heures pour prime ou tierce, je ne me rappelle plus les offices de l'Église catholique. La chambre a tournoyé avant que la porte, la fenêtre et le lit retrouvent leur place et que je me rappelle où j'étais. J'avais fermé les volets pour dormir tard. Les gravures des Pyrénées, des chamois et des bergers basques ont fait éclater leurs couleurs dans la pénombre.

Je me lève et allume une cigarette à la fenêtre, je me suis remise à fumer. J'ai piqué un paquet à Hadrien pour le plaisir car il me l'aurait volontiers donné, sa camionnette regorge de cartouches. C'est à Maujesque que j'ai fumé mes premières Fine 120 volées à ma grand-mère. Je n'avais nul besoin de me cacher, tout le monde s'en fichait. Stéphane, Marc et Sandra traversent la route. Ils partent courir dans la campagne. Elle les devance de deux mètres, les garçons se gardent de combler la distance. La discipline de Sandra en période d'entraînement ne dévie jamais. Elle court de huit à neuf avant de s'entraîner jusqu'à midi avec ses banderilleros. L'après-midi elle prend un temps de repos, puis sort de nouveau s'entraîner. Sandra semble plus jeune qu'hier. Elle est soulagée de la peur jusqu'à la prochaine fois. J'hésite à les héler, ébauche un geste et renonce. Je suis à poil et ils n'ont pas besoin de moi.

Hier soir en poussant les volets pour aérer la maison nous avons arraché le lierre qui en couvre la façade. J'ouvre la fenêtre et d'une main essaie d'arranger les tiges pour qu'elles ne pendent pas disgracieusement. Il est maintenant onze heures. J'enlace du regard la campagne embrumée. « Back to Maujesque », a dit Lily en posant les valises dans l'entrée. Nous n'y sommes pas retournées depuis que la maison est louée à Jean-Luc, cela fait près de vingt ans.

À l'époque de Simone, Jean-Luc ne louait que les terres. C'était un cousin argenté qui élevait des taureaux pour s'amuser. Il en avait sélectionné la caste pour les toreros stars qui ne voulaient plus prendre de risques. Les bêtes étaient connues pour être facilement toréables. Il les vendait correctement. En dehors de son fer, il ne connaissait pas grand-chose à la tauromachie. Ce n'était pas lui qui était à l'ouvrage en toute saison, du matin au matin. Il avait un mayoral et deux ouvriers. Lui vivait dans une maison bourgeoise sur la place des Quinconces à Bordeaux. Jean-Luc n'avait pas fait d'études supérieures par paresse, il était beaucoup sorti dans les propriétés bordelaises, c'était une grande gueule de droite, un petit-bourgeois qui haïssait tout ce qui ne lui ressemblait pas. Il avait des compétences en droit fiscal qu'il mettait au service de ses amis, pour le reste il vivait de ses rentes. Il avait tenté de percer dans la notabilité de Mont-de-Marsan, il était membre des associations de bienfaisance, du Lions Club, il tenait le stand de sensibilisation au défibrillateur du Rotary lors des fêtes de la ville, il organisait des voyages scolaires et trempait dans les affaires de la mairie. N'ayant jamais réussi à se faire élire au conseil départemental ni municipal, il en avait conçu une grande frustration.

La maison dort dans la poussière, les insectes morts tombent des volets, les robinets crachent du sang. Hier nous avons chassé une araignée aux pattes infinies dans le rideau de la douche de Lily qui hurlait, nue dans un carré de serviette. Jon aussi a paniqué, Hadrien a attrapé la bestiole et l'a jetée par la fenêtre. Les rideaux sont infestés de chauves-souris que Tom a caressées du bout du doigt. « Trop mignonnes », a-t-il déclaré pendant que Lily pleurait : « Ce n'est pas une maison, c'est un zoo. »

La maison au toit de tuiles est constituée de deux bâtiments rassemblés pour faire de l'ancienne ferme une maison de maître. Le bâtiment principal est un rez-de-chaussée et le second, moins étendu mais plus en hauteur, a un étage. Les volets sont peints en vert Green de Chiberta, écrirait Zocato, la peinture s'écaille et laisse moisir le bois. À l'époque de Michel et Régine l'extérieur était entretenu. Michel passait le plus clair de ses journées sur le tracteur, rouge comme de la viande. Il soignait le jardinet de curé agrémenté de rosiers, de rhododendrons et de buis. Régine en était fière, elle le montrait aux invités. Dans la fumée de ma cigarette, c'est maintenant un maquis d'herbes et de ronces. Seul tient le pin, en pleine vigueur. Il tend encore vers moi sa plus vieille branche que je connais bien. Petite je l'enfourchais en imagination, elle m'envoyait comme une fronde vers une autre vie.

Nous sommes arrivés tard hier soir. Sandra a repris sa chambre d'enfant au-dessus de la buanderie où les vieilles machines en tournant ébranlent les jambons pendus au-dessus des bottes en caoutchouc, des vestes et des chapeaux de chasse. L'été, les torchons sèchent devant la fenêtre ouverte. Le congélateur était pour les gigues de chevreuil, les palombes et les cuisses de sanglier. Lily, Sandra et moi nous réfugiions là pour la tranquillité bourdonnante. Nous nous laissions écraser par la chaleur jusqu'à la syncope. Jean-Luc est dans la chambre de la grand-mère, deux fenêtres donnent sur les champs où les taureaux vaquent.

Lily m'a parquée dans la pièce qui servait de refuge à l'oisiveté maniaque de ma grand-mère que Régine appelait Madame. Elle y lisait des livres pieux et écrivait des poèmes. Comme autrefois j'ai traversé le grenier au-dessus de la chambre des maîtres en baissant la tête, évité la queue d'une souris dont le couinement donnait des frissons. Je dors sous un christ laiteux pendu sur du velours pelé. Nathalie est dans la pièce en face. Hadrien s'est mis dans le débarras où dormaient les chasseurs de passage. Marc et Stéphane occupent l'ancienne chambre de Régine et Michel au-dessus de la cuisine, à côté de celle de Sandra. On y accède par un étroit escalier. Lily est à l'est de la maison dans notre chambre d'enfant, Tom et Jon dorment dans celle d'à côté.

Notre grand-mère Simone affirmait qu'elle était espionne pour le KGB ou sainte selon les jours. Schizophrène, n'osait dire son psychiatre parisien. « J'ai atteint l'avant-dernier stade avant la sainteté », disait-elle comme un alcoolique promet qu'il en est à son dernier verre. Elle passait les journées dans le salon à fumer, une jambe sur l'accoudoir du fauteuil. À midi et demi et sept heures elle se mettait à table, buvait deux verres de vin rouge, le soir un armagnac bien tassé. À l'heure du goûter elle prenait son lithium avec un whisky-orange. Quand elle s'ennuyait trop, elle demandait à Régine de nous faire venir et lisait ses poèmes en toussant. C'étaient de courts textes en rimes simples, groseille rimait avec merveille, famille avec vanille et crève avec grève. Elle y racontait son spleen. Elle faisait venir le curé pour qu'il dise la messe dans son salon, s'approchait de lui les mains jointes et tendait la langue pour recevoir la sainte hostie. Il déposait pieusement le corps du Christ en pensant au chèque qu'elle lui ferait plus tard. Nous comprenions qu'elle s'était morfondue comme beaucoup de femmes qui avaient interrompu leurs études à cause de la guerre et étaient en âge de fonder une famille une fois qu'elle était finie. Lily et moi, les filles de la maison, nous devions être bonnes à marier le jour venu, c'est-à-dire bien coiffées, veillant à ne pas engraisser, disait Simone, symptôme immédiat de déchéance morale et sociale tout comme la poitrine tombante qui rendait obsessionnel chez elle le souci du soutien-gorge. Surtout nous ne devions pas lui parler avec l'accent chantant que nous avions immédiatement adopté en arrivant à Maujesque. Elle était jalouse de nos corps en formation et ne manquait pas une occasion de nous faire douter de nos charmes.

Ma grand-mère se mêlait aussi de la future carrière de

Sandra. Elle ne s'intéressait à elle que pour évaluer son potentiel ancillaire. Elle la voyait serveuse à l'Hôtel du Palais de Biarritz ou encore mieux au Bristol où elle s'était inventé une carrière de résistante séductrice de nazis. Serveuse à Paris, c'était ce qu'une fille de cuisinière analphabète de la campagne landaise pouvait faire de mieux dans la vie. Notre sœur de lait écoutait les colloques de Simone avec un visage inexpressif, tout juste un peu pâle. Elle ne voulait pas faire de la peine à sa mère que les perspectives de Simone enthousiasmaient mais à peine les entretiens avec la patronne terminés, notre amie retournait à ses capes. Elle ne levait jamais le ton, elle ne provoquait aucune dispute. Elle se taisait et continuait de faire ce qu'elle voulait.

Sandra avait commencé à jouer avec les taurillons quand elle avait cinq ans en agitant un torchon qui traînait dans l'orangerie, autant dire qu'elle se moquait complètement de l'Hôtel du Palais. José Alba, le directeur du club taurin voisin de Maujesque, l'avait prise en affection, l'accompagnait aux entraînements, trouvait de l'argent pour financer son matériel, lui donnait des leçons privées. À dix ans, elle était autonome. Il croyait en elle et elle croyait en elle. Elle n'a jamais eu aucun doute sur ce qu'elle devait faire de sa vie. Mais avec leurs mille euros difficilement cumulés chaque mois, Régine et Michel savaient qu'ils n'auraient pas les moyens de suivre les ambitions de Sandra. Ils préféraient la perspective de l'hôtellerie de luxe. Et qui veut voir sa fille devenir torero ? S'ils avaient prié, voilà ce qu'ils auraient répété : « Que mon enfant ne devienne ni lesbienne ni torero. » Sauf que Régine et Michel ne priaient pas. « Et une fille ! » Jean-Luc parlait tous les jours à Michel dans un langage qui empruntait un peu au style de la chronique taurine et le reste à la muflerie :

« L'habit de lumières ne va pas aux femmes, même les mieux faites. Regardez Lupita López et ses tresses croisées sur le sommet du crâne, toute en formes, gros seins sous la chemise tachée d'hémoglobine ! C'est de la revendication féministe. L'homme torero porte l'habit de lumières pour dire qu'il donne ce qu'il n'a pas, la richesse, la féminité, la noblesse. C'est un homme du peuple. Ça, c'est le torero. Les femmes envoient les hommes au combat, elles attendent leur argent ou leur cadavre. Aujourd'hui elles voudraient leur prendre tout ce qui leur reste. »

Michel écoutait poliment. Il n'avait pas tellement cherché à comprendre, il savait seulement qu'il ne voulait pas que son enfant soit matador. De temps en temps il se mettait en colère, hurlait sur Régine puis Sandra. C'était par fatigue, quand il avait bu un verre de trop, par jalousie aussi car José lui enlevait sa fille. Et puis au fond il ne comprenait pas la corrida. Quand il le fallait il chassait le sanglier et le chevreuil avec les villageois mais il aimait surtout partir les dimanches d'hiver à la palombe et à la bécasse, le bob kaki enfoncé sur la tête, avec son fusil et son chien. Il méprisait toutes les formes de chasse qui ne chérissaient pas la marche, le plaisir de la traque et du tir difficile, en bref l'animal. Les lâchers de perdreaux et de faisans dans les forêts solognotes pour les jeux de massacre de privilégiés lui inspiraient un profond dégoût. La corrida, son esthétique, le jeu de la mort et de la vie, tout cela lui échappait. « Ah bah je suis trop bête. » C'est ce qu'il disait à Sandra par amour pour elle, pour ne pas lui dire le fond de sa pensée : il ne comprenait pas qu'on puisse faire ça à un pauvre animal qui n'a rien demandé.

Sandra avait persévéré et contredit les méchants pronostics. Elle allait tous les jours à l'entraînement. Elle n'avait jamais voulu porter le costume de lumières. Elle allait aux arènes en tenue de campo, en cavalier andalou, portant une veste en peau ou en laine, un chapeau posé sur le sommet du crâne, des bottes lacées. Elle ne portait pas non plus le chignon postiche des matadors.

Simone est morte, Régine et Michel ont pris leur retraite à trente kilomètres de là. Lily et moi avons quitté Maujesque pour vivre avec notre père dans l'appartement bordelais en rez-de-chaussée le temps de finir notre adolescence. Sandra parcourait déjà l'Espagne. Dès qu'elle rentre en France, elle rend visite à ses parents. Elle va à la chasse avec Michel, ou à la pêche. Elle mange ce que Régine cuisine pour elle. Ils ne parlent pas beaucoup, ces trois-là. Ils se contentent de prendre soin les uns des autres. Mais Régine et Michel ne vont jamais la voir aux arènes, ils ne supporteraient pas de la voir mourir sous leurs yeux. Leur amour ne va pas si loin. Elle les appelle le soir quand tout est fini. Surtout pas le matin, par superstition. Maintenant nous louons la maison landaise à Jean-Luc pour un petit loyer. Nous nous en moquons, nous n'aimons pas l'argent. Mais nous n'aimons pas non plus Jean-Luc. S'il trompe

Sandra, s'il ne peut obtenir aucun engagement pour elle, que deviendrons-nous ?

À présent Sandra et sa cuadrilla se rendent aux petites arènes au fond de la propriété. Il est neuf heures et demie. Hadrien les suit en jogging et sweat-shirt, ils sont aussi majestueux que dans leurs costumes chamarrés avec chapeaux et capes. Ils avancent au même rythme, ils ont le visage tendu et les yeux embués. Je ne sais pas si je voudrais que Stéphane et Marc me prennent dans un coin sombre ou les bercer tour à tour dans mes bras. Parfois, amoureuse, je m'imagine avec mille seins comme une déesse orientale et le ventre plissé par les maternités.

Je les suis des yeux, ils vont bientôt contourner la maison. Sandra se laisse distancer par les garçons qui ne semblent pas s'en apercevoir. Elle fait tourner son poignet droit dans sa main pour l'échauffer et son visage se crispe. Je l'interpelle. Elle lâche son bras et lève les yeux vers moi. « Tu as mal ? » lui dis-je. Elle me crie aussitôt : « Ce n'est rien » en glissant son poignet dans son dos. « Comment ça, rien ? » Elle fait un signe : « Laisse tomber », et s'enfuit presque. Elle est déjà au coin de la maison.

Quand elle aura disparu elle longera les barbelés du pré et marchera jusqu'aux arènes en ralentissant le pas. Je regarde le mur de chaux sale, il semble encore vibrer de son passage. J'entends qu'on entre dans ma chambre, je reconnais jusqu'au grincement des ressorts lorsque Lily s'affale sur le lit.

Chapitre 2

Elle déploie la presse du matin sur la corrida de Sandra, pas grand-chose à vrai dire, dix lignes dans *Sud-Ouest*, guère plus dans *La Voix montoise*. Selon les journalistes Sandra a repris trop tôt le chemin des arènes, la corrida était médiocre. Physiquement, elle n'était pas là, mentalement non plus. Dans *Sud-Ouest* Zocato conclut avec une phrase compliquée par la bière : « Maestro, à quoi bon nous mentir, vessies pour lanternes ? Retrouvez votre destin, sachez le cesser ou partir sur une île. C'est le respect que l'on vous doit. » Allongée sur le ventre, les mollets en l'air, Lily a seize ans à nouveau, ma grande sœur de Maujesque, ma Cérès aux gros seins, à la peau de cendre et de lait.

« Tu ne trouves pas ça bizarre ? »

Lily se lamente en froissant les pages. Elle porte de la soie pour dormir depuis qu'elle est mariée, la soie représente la maturité féminine, le statut conjugal. Ce matin c'est une nuisette fuchsia d'une marque sexy et bon marché. J'ai un respect infini pour la coquetterie de ma sœur. Ce n'est pas la piètre opinion que les journalistes se font de la performance de Sandra qui préoccupe Lily, c'est le comportement de Nathalie. C'est Nathalie tout court. À ce que je comprends elle s'est levée vers six heures. Elle a ouvert la maison, aéré les pièces et fait des courses à la supérette de Villeneuve. Elle a aussi rapporté des croissants et des chaussons aux pommes. À son retour Jon était réveillé. Il pleurait dans la cuisine que jamais personne ne lui donnait à manger le matin parce que les adultes dormaient. Il arpentait pieds nus le carrelage en secouant un sabre laser : « Voici le capitaine. »

Il s'est jeté sur les sacs de courses, a mangé les viennoiseries, bu du jus de pomme puis Nathalie l'a aidé à s'habiller. Ils ont joué avec un seau en plastique. Nathalie a montré à Jon comment s'approcher de Sissi, il a touché la chatte, retirant sa main dès qu'elle s'écartait. Rien de très intime, mais Lily a l'impression qu'on met en cause sa maternité.

« Profite que Nathalie ait le sens domestique pour te reposer. Elle ne restera pas longtemps. »

Je pense à l'ange de Dieu qui sauve Daniel de la voracité des fauves. Le lendemain matin, il n'y avait pas trace de lui sinon dans les paroles du prophète. Je suis convaincue que Nathalie partira ainsi, ne laissant rien, mais je n'en dis rien à Lily. Je ne peux pas lui confier que je pense que Nathalie est un ange. Pendant que ma sœur continue de cracher son amertume, j'aperçois un encart sur la page consacrée à la corrida d'hier. Il y est question du nouveau métier d'*apoderado* de Jean-Luc. Il s'occupe de Sandra, mentionne rapidement le journaliste, mais surtout du jeune Mexicain Pablito qui se présente en Europe ces jours-ci. « C'est qui,

Pablito ? » « Un bébé torero, star de Mexico, répond Lily après un temps d'hésitation. Tu n'en as rien à faire de mes problèmes, en fait ? » En descendant du grenier Lily continue de me vilipender à voix basse : « Si c'est très bien, donc, qu'une inconnue soit chez moi ! Eh bien je suis hystérique, merci. » Maintenant les yeux soupçonneux de Lily ne quittent plus Nathalie la voleuse d'enfant.

Je sors de la maison et la chaleur me happe, je marche vite aux petites arènes où Sandra s'entraîne. La matador est déjà couverte de poussière et le front oint, elle travaille à la muleta au centre du cercle. Nathalie fait le tour des arènes en photographiant, je ne sais pas comment elle a pu arriver si vite à pied avant moi. Lorsque je suis partie, elle jouait encore avec Jon à dessiner des figures géométriques en marchant dans les herbes. Le dos rond, Stéphane pousse le *carretón* vers la matador, traçant des demi-cercles plus ou moins lentement pour mimer l'imprévisibilité du taureau. C'est un travail usant de pousser le chariot le dos courbé, de varier les vitesses et les intensités des charges, de se retourner pour surprendre le torero. Les températures estivales deviennent une torture dans la campagne espagnole.

Lorsqu'il passe le *carretón* à Marc, Stéphane se déroule et se cambre, les mains sur les reins. Hadrien ne quitte pas Sandra des yeux et murmure, bien qu'il se tienne à quelques mètres d'elle. Elle ne répond jamais, son corps se retranche dans une posture plus virile, ses pieds de gymnaste glissent avec plus de conviction dans le sable souillé de restes de sang, de tissu et de métal.

« Passe à droite maintenant », dit soudain Hadrien en

élevant la voix comme s'il répétait une consigne qu'elle n'avait pas entendue. « J'ai besoin de travailler la gauche, je reste à gauche. » Elle continue son mouvement, Hadrien n'insiste pas. Je suis la seule à observer le poignet droit inerte le long du corps de Sandra, la main qu'elle appuie difficilement sur sa cuisse pour mieux présenter la cape.

« Les épaules Sandra, baisse-les. »

Au lieu de laisser couler le bras au moment de la passe Sandra le retient. Même lorsqu'elle attend le taureau, bien qu'elle bombe le torse, joue de son poignet et s'ancre dans le sol, ses épaules résistent un centimètre trop haut, un centimètre d'angoisse, de fatigue et de désillusion. Pour la mise à mort, le *carretón* est rempli de paille que doit transpercer l'épée. Les murmures d'Hadrien et Sandra, les coups d'œil échangés de Marc et Stéphane qui s'essuient le corps avec leur tee-shirt se noient dans les meuglements des taureaux, la brise chaude de la campagne.

Au moment où Sandra commence à fatiguer après plusieurs estocades et passe un mouchoir sur son visage, le ronflement de la Jeep de Jean-Luc monte. Elle apparaît soudain, allant à vive allure, se gare contre l'arène. « Alors, la championne ! » s'exclame Jean-Luc en claquant la portière. Sandra reprend sa position, les garçons déplacent le chariot. Ils le lancent vers elle dans un dernier effort, elle plonge en avant, l'épée glisse sur le côté et entraîne Sandra qui tombe. Elle se relève d'un bond, des plaques de poussière collées à son torse. Hadrien lui parle à l'oreille, elle s'incline vers lui comme un athlète vaincu.

« C'est très bien ce que tu fais Sandra. Pas la peine de se

tuer à l'entraînement, dit Jean-Luc, un coude sur la palissade. Repose-toi et fais-toi belle. Ce soir on sort au Rotary. »

Hadrien s'agace :

« Je n'étais pas au courant.

— Parce que tu es censé l'être ? C'est toi ou moi, l'agent de Sandra ? C'est moi ou lui ? demande-t-il en se tournant vers la torero.

— Toi. »

Alors Hadrien s'approche de Jean-Luc et, le prenant à part, entame une discussion dont je ne perçois que les accents agressifs. Dans ma poche je lisse du plat de la main l'article que j'ai découpé dans *Sud-Ouest* sur Pablito avec l'intention de le montrer à Hadrien. « On voudrait de la transparence », crie-t-il soudain. Les poings sur les hanches, Jean-Luc ricane : « Parce que tu t'y connais en transparence ! » Hadrien attrape la veste qu'il a laissée sur les planches et tourne les talons.

« On va faire du ménage à la palombière », soupire Marc en poussant le *carretón* dans un coin des arènes. Il est onze heures et demie, c'est la fin de la matinée. Stéphane dépose la fourche et les différents ustensiles d'entraînement. Ils ont regardé la scène, impuissants. Pas d'argent, des disputes, la reprise de Sandra s'annonce compliquée. Ils sont fidèles et ne partiront pas sur un coup de tête mais tout le monde a besoin de vivre. « On t'emmène ? » demandent-ils à Sandra. « OK. Vous aussi », ordonne-t-elle d'un hochement de menton en me désignant ainsi que Nathalie. Jean-Luc est remonté dans sa Jeep, elle cale au démarrage, dérape en accélérant.

Nous nous arrêtons dans une forêt de chênes et de pins hauts comme des tuyaux d'orgue. La tête me tourne de les contempler jusque dans le ciel bleu. « Alors la titi bordelaise, me taquine Stéphane. On vient voir à quoi ça ressemble, le génie rural. » Les deux amis ont reçu la palombière de Pierrot, un oncle de Marc qui les a initiés à la chasse dans leur enfance. À quatre-vingts ans Pierrot montait toujours aux arbres à mains nues comme un Indien, seulement équipé de grimpettes, pour réparer les appeaux ou démêler les ficelles qui se rejoignent dans le poste de guet. Maintenant Marc et Stéphane font appel à une entreprise en cas de dégâts.

Gamine, j'allais de temps en temps à la palombière avec Lily et Sandra, bien que les filles ne fussent pas les bienvenues. Il fallait une bonne résistance aux quolibets misogynes. Michel y était invité et nous emmenait. Bien qu'il fût un homme conventionnel et respectueux des valeurs locales, il ne voyait pas en quoi les femmes gênaient à la chasse. Il nous apprenait à regarder et à tirer. Il était sourd aux plaisanteries, souriait sans relancer. En revanche il avait l'une des meilleures descentes du pays. Au fond il préférait la nature à la camaraderie virile. Sandra allait à la palombe à l'approche avec lui. Elle suivait cette masse de cent kilos qui marchait comme une ballerine sur les feuilles et les brindilles, absolument silencieux. De temps en temps il s'arrêtait pour regarder et écouter, les pieds en cinquième position de la danse classique. Michel lui avait appris comment évoluer entre les arbres pour ne pas être vu des palombes perchées. Il faisait des circonvolutions ésotériques jusqu'à trouver le tronc derrière lequel s'accroupir et caler le fusil. Une fois je les ai accompagnés. « Là dans le feuillage de l'acacia à droite, il y en a deux », me chuchotait Michel. Je ne savais pas reconnaître un acacia et nous étions immergés dans le feuillage, j'étais bien incapable d'y discerner une droite et une gauche.

Marc et Stéphane rendent d'abord visite aux appelants dont s'occupe le neveu de Marc en échange d'un peu d'argent. Dans la volière en bois incrustée d'excréments secs et de grains de maïs, les pigeons et les palombes sauvages roucoulent à l'entrée des garçons. « Alors les cocottes, comment ça baigne ? » siffle Marc. Il les attrape, ils s'agrippent à ses doigts, battent des ailes dans un frottement soyeux. Nous ajoutons de l'eau aux abreuvoirs, des graines aux mangeoires. Puis ils font le tour des installations dans les pins, des cordages de leur navire, des portes et fenêtres de la cabane que les garçons appellent encore l'oueytte, comme le faisait Pierrot. L'appareil de Nathalie s'attarde sur la table où les chasseurs mangent, le banc de guet depuis lequel ils observent les alentours, sur la genette empaillée au-dessus du buffet, la cuisinière près de laquelle on se réchauffe en regardant fumer les plats préparés à la maison, les salmis, les daubes, les gibiers. Moins habituelle est la bibliothèque de Marc avec de vieilles éditions de poésie chinées dans les brocantes, et des livres sur la tauromachie.

On se faufile ensuite à la queue leu leu dans les tunnels de feuillages secs et de branchages. La pluie et les coups de vent n'ont rien abîmé, pas de trou ni d'effondrement, pas de métal au sol. En revanche, disent les banderilleros en me montrant le chemin qui conduit du garage à l'entrée du tunnel, il va falloir refaire le chemin d'accès cet été, casser du caillou. Ils se taquinent : « C'est Marc qui va s'y coller en récitant des poèmes. » Sandra semble oublier l'altercation entre Hadrien et Jean-Luc, elle aime l'atmosphère de sous-marin des palombières. Elle s'y rend l'hiver quand elle n'est pas en Amérique du Sud. Je n'ose pas lui parler de son poignet.

Au moment de partir nous ne trouvons pas Nathalie. « On l'a enfermée dans l'oueytte sans faire gaffe, plaisante Stéphane. C'est con. Avec les bouquins de Marc. Elle patientera jusqu'à l'hiver. » Mais il n'y a personne dans la cabane. Nous parcourons les tunnels, l'appelons sous les chênes et les pins. Marc regarde vers les cimes, traque une silhouette dans la canopée. « Quand même, elle n'est pas montée là-haut ! Ce n'est pas un singe. » « Elle est là », crie Sandra. Nous contournons le tunnel, marchons vers la volière. Il s'échappe de la cage une mélodie rocailleuse. Les pigeons et les palombes se sont posés sur la tête de la photographe, sur ses bras tendus, ses épaules et ses pieds, son corps est un arbre d'oiseaux qui eux aussi roucoulent. Tout ce monde s'agite, bat des ailes, s'asticote. Stupéfaits nous restons tous quatre sur le seuil. Nathalie se met à rire si fort que les oiseaux s'envolent. Stéphane et Marc la tirent brusquement à l'extérieur et rabattent la porte. « Et alors ! Tu as failli laisser partir les espions ! » l'engueulent-ils. Ils ne parlent plus que de leur malheur si la volière venait à disparaître. Anéanti, le travail de dressage des pigeons, perdu l'amour qu'ils portent à leurs volatiles emprisonnés. L'arbre aux oiseaux, l'étrange psalmodie qui sortait de Nathalie sans qu'elle bougeât les lèvres m'occupent l'esprit jusqu'à notre retour à la maison. Sandra aussi ne quitte plus des yeux sa photographe. Alors en glissant la main dans ma poche je me souviens du papier froissé.

Chapitre 3

Maujesque a mis des kilomètres entre moi et mes amants. J'ai rangé le Nokia dans un tiroir, il n'est même pas rechargé. Je n'attends plus rien sinon quelque chose de grand comme à l'époque où, prenant le train, je me disais : « Bientôt je ne voyagerai plus seule » ou devant la mer : « Un jour, j'aurai ma maison ». Lily c'est le contraire. Elle a converti sa colère en activisme d'intérieur. Elle cherche les draps, les serviettes brodées, les verres à pied, la vaisselle de Noël. Elle arpente les pièces en traînant un vieil aspirateur asthmatique. Elle raconte avec force détails les moutons de poussière, les toiles dans les plis des rideaux et les cadavres dc bestioles. Si elle s'installe ici et décide de devenir une femme comme toutes celles dont nous procédons, Dieu ait leur âme, c'en sera fini d'elle. Elle ne verra plus jamais rien, elle deviendra insupportable.

Elle ouvre les placards et liste ce qui manque. Elle ne fera aucun reproche à Jean-Luc pour autant, elle n'a pas les moyens de perdre son locataire. La liste finira pliée en quatre dans son agenda bordélique. Qui louerait une maison pareille dans un tel endroit, sans piscine ? Elle a besoin d'argent. Alors elle crie sur Tom qui joue au jeu vidéo : « Bouge-toi ! Aide-moi ! C'est toujours moi qui fais tout, partout, tout le temps ! Je n'en peux plus ! Cela finira quand, cette histoire des femmes et des hommes ? » Elle précipite sa haine sur son fils qui bougonne et bouge moins encore. Sissi passe d'un arbre à l'autre et vient chercher une caresse. Cette fois elle se frotte à Tom intrigué par sa queue dressée contre lui. Il la prend dans ses bras et lance à Lily :

« Tu me saoules, vous me saoulez tous. Tu es une emmerdeuse dépressive. Je ne sortirai plus de ma chambre. »

Lily me fatigue, moi aussi. Il n'est pas question que je fasse le ménage. Je suis une fille de notable dégénérée, les toiles d'araignée me vont bien. Sandra est une fille d'immigrés espagnols qui ont arrêté l'école à douze ans, c'est elle la vraie noble de cette maison : elle descend sûrement d'une famille d'astronomes juifs chassés d'Espagne, moi d'un type en armure qui a passé sa vie sur un cheval en se demandant à quoi ressemblait Constantinople. Pendant que les ancêtres de Sandra se cachaient dans des arrière-boutiques pour conclure avant Copernic que oui, la Terre tournait bien autour du Soleil, mes aïeux faisaient des enfants à leurs domestiques apeurées. Où est la noblesse, je vous le demande. Je me mets dans un coin pour relire l'article de *Sud-Ouest* puis emprunte le téléphone de Lily pour googliser Pablito. Les photos d'un gosse prépubère en habit de lumières rouge carmin, la mèche gominée, défilent. Pablito est aujourd'hui un torero de quinze ans, il est engagé pour la première fois en Europe. C'est une star au Mexique où il torée depuis ses huit ans. À l'époque c'était un petit bonhomme obèse qui ne reculait devant aucun boulet cornu. À neuf ans il toréait les jeunes taureaux, se jetant sur eux comme un suicidaire. On lui a toujours interdit d'exercer en France à cause de son âge mais en Espagne tout est possible quand on le veut vraiment et qu'on a affaire à des gens pas très regardants. Or Pablito veut la gloire et Jean-Luc ne l'est pas, regardant. Je pense à cela sur le perron de la cuisine devant Nathalie que mon ombre contient. Elle est assise sur la première marche, Sissi joue avec un lézard entre ses pieds. Je range le téléphone avec l'article.

« Sandra s'est fait mal hier. »

Je raconte que j'ai vu la torero souffrir du poignet. Nathalie caresse Sissi des oreilles à la queue : « Oui, elle s'est blessée à la dernière épée. »

Une blessure à la main est un drame si Sandra doit toréer bientôt. Elle n'a pas la force nécessaire pour tuer, elle ne peut pas se permettre d'être blessée. Au moment décisif, elle ne pourra compter que sur la chance ou sur un miracle. Nathalie acquiesce. Les morceaux de lézard bougent encore, Sissi agriffe l'herbe, son corps forme un croissant de lune. La tête tranchée du lézard salement occis fait une tache dans les graviers, plus loin. Sissi frotte son derrière humide sur mes chevilles. Elle pousse des soupirs que la tondeuse recouvre. Jean-Luc crie sur sa machine, il n'a pas tondu depuis des siècles, les herbes sont trop hautes. Nathalie plisse les yeux dans le soleil : « Les taureaux. » Ses yeux se ferment, ses chaussures touchent les miennes.

« Quoi, les taureaux ?
— Eh bien, on va les voir ?
— On les verra, oui.
— Maintenant. »

Alors je la conduis à l'orangerie au bout de la charmille, laissant derrière nous les grommellements de Lily. Dans le tunnel silencieux le cœur battait autrefois de donner la main à un amoureux imaginaire, et le cœur à nouveau me bat d'être dans la chaleur moite de la voûte avec Nathalie qui caresse les feuilles et en observe la forme. De l'autre côté Régine étendait le linge à l'ombre des charmes. Sous son chapeau de coton blanc, haute comme trois pommes, en tablier blanc aux bords de dentelle, elle se mettait sur la pointe de ses chaussons et faisait passer les draps et les chemisiers de Madame sur les fils. Ses doigts n'avaient presque plus d'ongles tant elle était anxieuse.

Maintenant le chiendent gagne les plates-bandes, les gratterons et les hautes herbes. Dans l'orangerie il reste deux voitures à cheval qu'on utilisait encore pendant la guerre. Le sol est défoncé, un tas de bûches y gît, de la sciure et des grains de maïs pour les bêtes, des paquets de croquettes pour chiens, de vieux outils. De l'autre côté de l'orangerie, dans les prés, les taureaux vivent en petits groupes sous les chênes. L'un a son propre enclos, il a été battu par les autres deux jours auparavant, il est couvert d'ecchymoses au flanc. Nathalie s'approche des fils barbelés, elle cherche le regard des bêtes. Ses yeux brillent comme si elle avait trop bu. Les taureaux ont levé la tête à notre approche mais ne bougent pas. Les mouches leur font plisser les yeux.

Nathalie attrape les barbelés des deux mains comme si elle se penchait dans l'arène pour mieux voir. Je lâche un cri mais elle ne semble pas avoir mal. Elle se tourne vers moi et dit des mots que je ne comprends pas. Entre ses doigts qui pressent les nœuds de fer le sang coule lentement. Elle semble ivre et continue de parler tout en souriant. Lorsqu'elle retire ses mains, celles-ci n'ont plus aucune trace de blessure.

« Rentrons déjeuner », dit-elle. Mais cette fois je ne me laisse pas faire, l'attrape par le coude. « Qu'est-ce que tu fais là ? Tu es qui ? Montre tes mains. » J'essaie en force de défaire ses doigts. Elle se dérobe à ma prise comme un filet d'eau tiède. « Rentrons », répète-t-elle. Je continue de palper mes paumes sur lesquelles persiste une sensation à la fois irritante et voluptueuse.

Chapitre 4

Après le déjeuner Sandra et les banderilleros se reposent. Je fume devant la maison. Hadrien est introuvable depuis son altercation avec Jean-Luc, je sais qu'il peut disparaître ainsi plusieurs heures voire des jours, mais il ne ferait pas cela à Sandra. Pas maintenant. Nathalie taille des arbustes, elle forme des tas de végétaux coupés. Je somnole dans un transat et ouvre un œil pour écouter ses comptes rendus lorsqu'elle passe, le sécateur au bout des doigts comme le revolver qu'elle tenait dans la chambre de Sandra. Elle me tient au courant et je fais semblant de m'intéresser. Elle a remonté ses manches, ses bras sont marqués de plaques rouges. Elle raconte que les buis sont crevés, qu'il faudrait tailler le lilas, que le magnolia grandiflora dans la cour du hangar est de toute beauté ainsi que les albizias, les pervenches, que les jonquilles sont sur la fin, que dans ce maelstrom il y a des vieux pommiers, les restes d'un verger et des perce-neige, du muguet qui va fleurir. Et pourtant cette fille a pris de la cocaïne avec des toreros torse nu, je me rappelle dans les détails ce qu'elle m'a raconté. Elle voyage avec un flingue hollywoodien. Je l'écoute d'une oreille. Je préfère quand on boit des B-52 et qu'on met le feu au bar mais je suis immature. Jon accourt vers elle comme si elle était Jésus-Christ laissant les petits enfants venir à lui.

« Nathalie on va en balade ! »

Elle semble lui avoir fait des promesses. « N'allez pas loin, coupe Lily qui passe la tête par la fenêtre de la cuisine. De toute façon Jon déteste marcher. » Tom rattrape Nathalie et son frère. Il se met négligemment à leur rythme, ils disparaissent sur la route.

« Qu'est-ce qu'elle leur fait, aux gosses ? rumine Lily à mon intention. Tu crois qu'elle est pédophile ? J'ai lu que les pédophiles plaisaient beaucoup aux enfants. Quelles raclures. »

Elle brûle sa colère en rangeant la cuisine. Dans les placards elle a trouvé les carnets que Régine remplissait de son écriture enfantine et rangeait à côté des maillots de Simone. Elle écrivait la date, les noms des invités et le menu dans une écriture phonétique parce qu'elle s'était occupée de la ferme de ses parents au lieu d'aller à l'école. Le premier carnet date de 1969. Lily les feuillette, elle s'arrête parfois sur une page et suit les lignes de l'index. Depuis mon transat sur lequel descend le merveilleux soleil, je l'entends ânonner à voix haute.

L'après-midi touche à sa fin, Sandra rentre de l'entraînement. Son tee-shirt est trempé. Je devine la blessure sous la cape qui couvre son bras et j'ai mal pour elle. Les garçons terminent leur bouteille d'eau à longues gorgées. « Ce sont les carnets de maman », dit Sandra en se penchant sur la table de la cuisine. Lily les feuillette, « regarde, la purée Soubise », mais Sandra se moque bien des souvenirs gastronomiques, elle n'a jamais cuisiné. Elle commente les noms des invités, le curé que Régine détestait parce qu'il venait chercher des foies gras en échange d'un entretien spirituel et d'une confession de Madame ; une voisine qui n'adressait pas la parole à Régine et s'était fait bouffer la cuisse par le chien ; le cousin de Madame qui lui avait conseillé de mettre du sucre et du beurre dans le moule du soufflé, créant une crise de jalousie. Les grands incidents de la vie de Régine, des mauvais souvenirs pour Sandra qui aidait sa mère à servir à table ou supportait les colères de Michel.

Lily retrouve aussi les noms des petites copines de Jean-Luc qu'il faisait inviter à déjeuner et dont Régine soufflait entre deux portes qu'elles étaient des putes. Sandra se désintéresse, elle observe Lily tourner les pages. Soudain elle lui demande : « Tu saurais faire ça, le thon à la basquaise ? Avec le soufflé ? Pour ce soir, avec les gars, ils vont aimer. Appelle maman. » Et Lily qui ne se rend pas compte qu'elle prend l'expression de Régine, son empressement à faire plaisir et commander : « Bien sûr. » Sandra monte se changer. J'attrape le bras de Marc, lui demande comment s'est passé l'entraînement.

« Très bien.

— Sandra n'a pas mal ? »

Il ne semble pas comprendre. Un soir où Stéphane avait renversé et cassé un verre de tinto sur la nappe d'un restaurant parce qu'il avait trop bu, Sandra avait dit aux garçons : « Montez sur la table. » Stéphane et Marc s'étaient exécutés dans les ricanements. Sandra avait demandé au patron de jouer un tube de Shakira. Ils avaient dansé en chaussettes trouées au milieu des bris de verre. « C'est stupide, ils vont se blesser », avait finalement murmuré le directeur des arènes. « Mais non. » Sandra s'était reculée pour mieux les voir comme un homme au strip-tease. Ils ne s'étaient pas blessés, ils étaient descendus et n'avaient plus jamais trop bu devant la torero. Autant dire que si Sandra souhaitait cacher sa blessure et leur avait donné des instructions en ce sens, ils n'en diraient rien. Leur fidélité est chevaleresque. Je suis partie faire des courses chez Auchan.

Quand nous étions gamines nous aimions coucher toutes les trois dans le même lit. La fille des domestiques n'était pas autorisée à dormir avec celles de la maison. Sandra attendait que la chambre de Régine et Michel fût éteinte pour nous rejoindre. Nous fermions la porte à clé et Lily nous attachait avec des bouts de corde qu'elle volait à Michel. Nous nous excitions en tentant de nous détacher. Nous nous enfermions pour le plaisir : en dehors des repas, personne ne prenait garde à notre existence. Puis nous écoutions notre héroïne, notre déesse Mylène Farmer, et dansions toutes les trois. Parfois nous baissions le son du lecteur de cassette parce que nous avions cru entendre du bruit. « Et pour un empire je ne veux me dévêtir puisque sans contrefaçon je suis un garçon ». Tu tu tu, tutu…

Le corps de Lily est une forteresse à présent, de la chair de matrone sacrée qu'elle enveloppe dans des tissus de plus en plus longs aux couleurs excentriques. C'est ce que je me dis, assise dans la cuisine, pendant qu'elle vide les sacs en plastique et range les produits que j'ai rapportés de la supérette. « Sandra n'a plus de corps, juste une enveloppe de peau. » Sur la pointe des pieds, Lily range les boîtes de sauce tomate et dit des choses comme ça :

« Je déteste tout ce qu'on a imposé aux garçons pendant des siècles, être un héros, un soldat, un preux. Le culte de la mort dans lequel on les a entretenus nous les mères, auquel on les renvoie une fois épouses. Je les hais pour ça et je les aime pour ça, c'est mon malheur. Les toreros, qu'en ont-ils à faire que leurs femmes, leurs sœurs, leurs mères souffrent avant de les voir partir ? Rien. Elles sont là pour ça, les nourrir, les admirer et se taire. Quand Jeff part en mission, il ne me regarde pas. Je n'ai pas le droit de me plaindre ni de pleurer. J'aime Jeff bien qu'il me fasse souffrir. Jon m'a dit il y a des peaux qu'on a envie de frapper, des peaux blanches, très blanches, ça me met dans une colère… Et je comprends qu'on ait envie de me frapper. Tu crois que c'est normal ? D'ailleurs où sont-ils, les enfants ? »

Il est sept heures, il y a trop de silence. Et Nathalie ? Son téléphone sonne dans la cuisine, elle l'a laissé sur le buffet. Sandra ne répond pas non plus, Marc et Stéphane regardent des vidéos sur Instagram et gloussent comme des dindons, se moquant pas mal de notre inquiétude. Lily ouvre grand la fenêtre de la cuisine et hurle, démente : « Elle les a tués ! Tués ! » On l'entend sûrement jusqu'au village voisin.

Je me rue sur la route, je prends le chemin que nous suivions enfants lorsque nous en avions marre de la vie. Je vais vers l'étang à trois kilomètres de là, remonte l'étroit chemin qui y conduit depuis la route et s'enfonce dans le sous-bois où nous avons toutes perdu notre virginité avec des gars du coin. De loin j'aperçois Tom et Jon accroupis au bord de l'étang, ils saisissent à pleines mains le bouillon noir de têtards pour en voir glisser les choses gluantes. Nathalie et Sandra, debout, les regardent et rient.

« Clairement on les assassine, me dit Jon heureux, mais on fait une prière pour eux avant de serrer la main. »

Je la connais, cette prière, j'ai fait la même pour mon père au moment de lui donner la mort qu'il demandait, quelques semaines avant l'accident de Sandra. « J'en ai un peu assez », m'avait-il seulement dit. Ses mains se rebellaient sur la poitrine, il tentait de les ramener comme un boxeur ses poings pour se mettre en garde. Je n'ai pas eu l'équanimité du torero mais j'ai fait mon devoir. Les gamins sont hilares, ils fouillent du regard les fonds de l'étang et découvrent l'Amérique.

Lorsque nous passons le seuil de la maison, Lily empoigne Jon et le plaque contre elle. Il échappe à sa mère, se roule par terre en mordant ses manches. « Je veux qu'elle parte. Elle s'insinue, elle nous espionne. Je suis chez moi, après tout », s'époumone Lily en désignant Nathalie. Alors Sandra se lève en poussant la table des pieds. Elle titube un peu à cause de la fatigue, s'avance vers ma sœur. Arrivée tout proche de Lily, elle soupire : « Tu vas nous faire à manger. » Lily enlace Sandra comme si c'était elle qui la consolait, puis elle fait demi-tour et retourne à la cuisine. Nathalie passe derrière elle, Jon la suit.

Sandra est retournée s'asseoir sous le figuier, la chaise en plastique grince sous son poids, elle se balance. Elle mâche un brin d'herbe, son bras blessé est posé sur sa cuisse. Elle lève les yeux vers moi. Je me lance :

« Tu t'es fait mal au poignet. Il faut te soigner. »

Son sourire s'étend autour du brin d'herbe, elle le saisit entre les incisives. « Hé hé. Je me soignerai s'il le faut. Jusqu'à nouvel ordre, c'est moi qui sais.

— Justement non. Tu penses que Jean-Luc va t'appeler dans l'heure et que tu dois te tenir prête, mais tu te racontes des histoires. Jean-Luc est un sale type. Au lieu de t'entraîner pour une course hypothétique, tu devrais aller à l'hôpital. »

J'hésite à prononcer le nom de Pablito. Sandra se lève, son visage face au mien, elle s'approche si près que je sens la chaleur de sa bouche. « Ne te mêle pas de mes affaires. »

Chapitre 5

Lily s'est surpassée en cuisine. Le thon à la basquaise ruisselle d'huile rouge et les pommes de terre se détachent en poudre sous la fourchette. Dans une maison bien tenue, aucun drame ne résiste à un plat en sauce. Ma sœur a appelé Régine pour lui demander des conseils mais la cuisinière ne savait rien, ni le temps de cuisson ni les mesures, elle avait toujours fait à l'instinct. « Dis-lui de manger, à ma gamine. Elle est trop maigre. » Lily a noué le tablier publicitaire pour les fêtes de Bayonne autour de ses hanches. Elle a compilé les recettes disponibles sur internet, forcé sur l'ail et les piments. J'ai bu un pastis en la regardant faire fondre les tomates dans les oignons. La cuisinière est vétuste et installée avec l'évier dans un espace minuscule mais elle donne sur une pièce chauffée au poêle à bois où nous prenions nos repas gamines. La salle à manger est devenue un débarras à meubles cassés. La cheminée de la cuisine n'a pas dû être ramonée depuis longtemps, elle est remplie de poussière, de braises en décomposition. Du gras noir comme du savon d'Alep macule la table. Quand tout a été fini, Lily sentait la transpiration et le beurre, quelque chose de maternel, vaguement écœurant.

Elle a disparu et réapparu une demi-heure après. Elle avait enfilé une robe à volants roses, des sandales dorées et ceint un bandeau sur sa mèche blanche. « C'est quoi cette tenue de voyante à la petite semaine ? Tu as perdu ton don parce que tu es trop occupée à faire la mère et l'épouse soumise », éclate Sandra méchamment. « C'est toi qui lui as demandé de cuisiner, non ? » Hadrien est rentré à huit heures, à temps pour mettre les pieds sous la table. Il proteste, Sandra boude. J'essaye de lui parler de Pablito mais à nouveau il m'évite. Il fait diversion avec des compliments à Lily puis appelle : « À table ! » En criant, il arpente les pièces de la maison et l'escalier comme si nous étions cinquante. Jean-Luc a sorti du vin pour faire grand prince. Après l'apéritif à la sangria nous sommes déjà ivres sauf Sandra.

« Demain nous irons voir Roger Laboulie.

— Roger ? réagit Jean-Luc. Il était bien honteux à sa dernière course. Ses taureaux étaient si mauvais qu'ils ne voulaient pas sortir du toril. Des lapins. J'y étais ! Depuis personne ne lui achète ses bêtes, elles risquent de lui rester sur les bras. »

Selon Jean-Luc, Roger insulte le premier venu et ne quitte jamais son trou perdu du Gers. Il prétend qu'il est un pur, un ours, qu'il n'aime pas les mondanités. « C'est surtout une bonne tête de mule, oui. Je lui ai toujours dit. Mais tu vas le voir parce que tu as bon cœur. Une bonne fille. Il te faut un papa comme José. Lui aussi, une tête de mule. »

Il tape sur la cuisse de Sandra qui recule.

« Roger est le meilleur éleveur de la région. » Elle n'a pas aimé l'allusion à José, elle déteste qu'on l'évoque. Elle n'aime pas non plus qu'on la touche.

« Je ne fais pas de mauvaises bêtes. Je vais à Madrid, moi.

— Parce que tu fais des bêtes tranquilles. »

Mais Sandra ne va pas jusqu'à prendre la défense de José. Je m'attendais à ce qu'elle soit plus loyale. Nous sommes à table et entamons le thon, Lily nous toise en trempant un gros morceau de pain dans son assiette. Nathalie mange comme quatre, se resservant en pommes de terre, en salade trop moutardée. Lily la regarde avec dégoût. Sandra mange penchée sur son assiette au point que je ne vois presque plus son visage. Celui de Jean-Luc est rempli de haine, il fait tambouriner son couteau jusqu'à ce qu'Hadrien abatte son bras sur le sien. Je ne fais plus attention à la conversation, j'erre mentalement entre les bocaux de la cheminée que Michel avait saisis un soir parce que Sandra persistait à suivre ses entraînements tauromachiques. Au lieu de les lui jeter à la figure, il était parti en claquant la porte. Un bocal était tombé et s'était cassé net en deux morceaux.

Lily retourne à la cuisine pour surveiller la cuisson du soufflé. Soudain Nathalie lève les yeux de son assiette, les lèvres grasses, et me fixe avec autorité. « Tu ne leur parles pas de Pablito ?

— Quoi Pablito ? réagit Jean-Luc.

— Lis-leur ce qu'il y avait dans le journal », dit Nathalie.

Ma main tremble en tirant le bout de papier de ma poche. De quoi je me mêle ? Je n'ai plus rien à voir avec tout ça, c'est très bien ainsi. Mais je déplie la page et lis. Hadrien est à demi levé et gueule, tendu vers Jean-Luc : « Tu t'occupes de ce gosse hystérique ? » Sandra est debout entre eux et martèle : « Arrête, ce n'est pas grave. » Jean-Luc m'invective : « Qu'est-ce qui t'a pris, à toi ? »

D'un geste fluide Nathalie attrape Jean-Luc par les cheveux au niveau de la nuque et tire d'un geste sec. Son visage rougit et une veine saille de son cou. Il crie, se débat. Lorsqu'elle le lâche il fuit en claquant la porte et en la traitant de cinglée. Sandra a toujours les bras croisés. Il me semble que sa mâchoire, un peu décalée, tremble. Lily entre avec le soufflé. Elle boude parce qu'on ne la félicite pas et qu'on ne mange pas son dessert, elle n'a rien suivi de l'incident. Sandra se lève à son tour et Nathalie l'accompagne du regard avec cette inquiétante précision que j'ai déjà relevée.

Après le dîner, lorsque je l'ai cherchée, Sissi était blottie dans le panier sous les sécateurs rouillés et les gants de garage. Je l'ai prise dans mes bras, l'ai portée jusqu'à ma chambre. Elle était molle et chaude. Dans le noir mon pin semble mourir, sa branche massive s'appuie sur la nuit comme s'il se reposait. La fenêtre est ouverte sur le champ, je marche en essayant de ne pas faire craquer le parquet, pour le plaisir du silence. Les chauves-souris frôlent le lierre.

Les soirs de vacances, le four de la nuit sentait le pin. Ce soir il y a l'herbe, le foin et la bête. Les taureaux sont calmes, je les devine se mouvoir comme des poissons d'aquarium, se coucher lourdement ensemble sous les arbres. Les oiseaux ne cessent pas de piailler, les corbeaux, les piverts, les coucous avec les grenouilles. Ce sont les fêtes de Versailles. Vers minuit, Jon passe sa tête dans l'entrebâillement de ma porte. Il a traversé seul le grenier en courbant la tête pour ne pas se cogner aux poutres. Il voulait caresser Sissi. Je l'ai recouché.

Je me réveille les seins si douloureux que j'en ai le souffle coupé. Je me lève pour ouvrir la fenêtre, les alcools et la soirée m'ont assommée. Alors je les devine.

J'enfile mes baskets, traverse le grenier et descends les marches le plus légèrement possible, sors dans la nuit. Un vent subtil souffle vers l'ouest et porte leurs voix. Elles sont près des premiers barbelés qui gardent les taureaux à côté du figuier. De loin je distingue leurs silhouettes qui se font face. Je ne peux pas m'approcher sans qu'elles me surprennent, je cours donc me cacher derrière une caisse pourrie dans laquelle on range des bouteilles de désherbant et d'insecticide. De là je ne peux plus les entendre à cause de l'orientation du vent mais je les vois mieux. Elles se battent, frappant tour à tour, mais seule une évite les coups. Je suis sûre qu'il s'agit de Nathalie, bien que Sandra soit une excellente boxeuse.

Elle chancelle et riposte aussitôt. Elle est plus fébrile que son adversaire. Nathalie bouge à peine, les pieds enracinés. Soudain elle tape plusieurs fois dans le ventre de Sandra. La torero reste longtemps pliée en deux dans un silence étouffant. Je me force à rester en place. Soudain elle reprend sa respiration, pousse un cri qui me bouleverse. Alors Nathalie crache dans ses paumes qu'elle a frottées l'une contre l'autre, prend le poignet de Sandra et le tient longtemps dans ses mains. Je cours vers la maison.

Chapitre 6

Sandra frappe trois coups à ma porte. Je me remets au lit sans prendre le temps d'enlever mes baskets. Elle est en survêtement, ses chaussures sont mouillées et des brins d'herbe y restent collés. Elle me demande de la suivre. Elle a aussi réveillé Lily, Stéphane, Marc et Hadrien qui attendent dans le couloir. Elle nous emmène à la cuisine, ouvre une bouteille d'armagnac oubliée dans la cave, du 1982 scellé à la cire rouge. Elle nous sert un verre. Elle ne semble pas souffrir de son ventre que j'ai vu Nathalie marteler comme un punching-ball.

« On va boire en souvenir de José.

— Eh bien, grommelle Hadrien. Quelle assemblée de gonzesses.

— Les morts il faut boire à leur santé et les engueuler au passage de nous avoir fait ce coup-là. » Sandra lève son verre. Hadrien frappe le sien de l'index. Il a l'air soulagé, cette cérémonie de réconciliation lui fait plaisir. L'armagnac ne coule pas vers l'estomac comme un poids dont on peut localiser la descente. Il s'enflamme sur la langue avec une douceur infinie, fait léviter le corps et le lâche soudain pour qu'il tombe dans le sommeil. Lily a fermé les yeux quand ses lèvres ont touché le bord du verre. Son visage luit à cause d'un masque de beauté. Elle ne paraît en rien étonnée par cette cérémonie funéraire. Sandra a besoin de parler.

« Je dois arrêter mes conneries.

— Ce ne sont pas des conneries », conteste Lily.

Nous hochons la tête et buvons à nouveau. Les garçons regardent leurs pieds nus qu'ils n'ont pas pris le temps de chausser, ils ont envie de se recoucher.

« Et ta main ? Tu es blessée et tu as déjà du mal à tuer.

— Nathalie a appliqué une crème. En une heure, il n'y avait plus rien.

— Cette fille est une sorcière. »

Hadrien explose de rire. Sandra sourit, ses yeux brillent. On boit à nouveau. Je pense aux paumes de Nathalie enduites de la salive qu'elle a crachée avant de prendre le poignet de Sandra. « Une crème. »

« Demain on va chez Roger. » Sandra verse les dernières lampées d'armagnac.

Nous nous séparons. J'ouvre mon ordinateur pour traîner sur les nouvelles offres Netflix et à nouveau Daniel dans la fosse aux lions s'affiche, en plein écran cette fois. Je vois mieux le saint debout sur le sable, les mains ouvertes, et les lions efflanqués auxquels peut-être l'ange a donné une nourriture céleste pour qu'ils dorment ainsi en souriant, repus. Un plat en sauce. Je ne suis pas sûre mais il me semble qu'agrandie, la photo laisse paraître dans la pénombre de la fosse deux ailes immenses et une tête ébouriffée qui ressemblent à Nathalie. Un ange Netflix.

Jean-Luc n'a pas paru de la matinée. Vers midi, il a appelé Sandra après son entraînement matinal et lui a annoncé qu'il était parti pour Dax. Il avait une bonne nouvelle pour elle au sujet d'une course qui devait se tenir à San Agustín dans quatre jours, au cœur de l'Aragon. Elle était embauchée. C'était une corrida de Semaine sainte, pas rien. Il fallait partir la veille bien entendu.

« Ça se règle avec mon valet d'épée, a répondu Sandra en passant le portable à Hadrien.

— Encore une corrida bénévole ? » a-t-il gueulé avant de mettre le haut-parleur. Il arpentait la cuisine, collant sa bouche à l'appareil bien que le son fût déjà au maximum. Lorsque Jean-Luc répondait, il tenait l'appareil à distance en nous le montrant, à moi et Sandra, comme s'il en sortait une chose abjecte.

« Ce sera en fonction des recettes.

— Ben voyons. Je les connais tes corridas des faubourgs pour toreros de fond de classement.

— C'est le tremplin pour Madrid.

— Monsieur est spécialiste en tremplins maintenant. Occupe-toi d'une gamine biélorusse.

— C'est ça ou rien. Si tu y tiens, demande à Roger de faire l'*apoderado* pour Sandra. »

Sandra rayonnait : « L'Espagne ! » Même un bled à touristes, même une fête locale un peu vulgaire, elle prendrait toutes les occasions de faire face aux taureaux. Toute l'après-midi, Hadrien tente de la dissuader :

« Ce ne sera pas un public d'aficionados. Tu auras les touristes, les sessions de rattrapage des tour-operators. Les gens se lèvent après le premier *tercio* et vont boire de la Cagna ou un gin-tonic. Les touristes n'y connaissent rien, ils filment, bouffent du pop-corn et attendent la fin. Les Européens sont pires que les Asiatiques, ils se croient à l'opéra. Les Asiatiques s'emmerdent, ils ont mieux chez eux pour le sang et la violence. »

Hadrien est de mauvaise foi. Il sait que dans les villages l'atmosphère est souvent festive et bienveillante pour les toreros et que les touristes vont plutôt à Madrid.

« Il faut un début. C'est toujours l'Espagne.

— Tu as vu ce que devient Madrid ? Ce n'est plus Las Ventas d'autrefois. La San Isidro est devenue un bordel où le tout-venant enchaîne les passes devant des gradins clairsemés, avec des bêtes qui ne valent rien et une présidence somnolente. »

Hadrien est si caricatural que Sandra hausse les épaules. Inutile de discuter, il est de mauvaise humeur et ne veut pas entendre parler de course prochaine. Selon lui Sandra n'est pas prête, point. Elle doit patiemment enchaîner ses passes dans une arène de *ganadería*, avec des subalternes poussant interminablement le *carretón*. Dehors, Jon invente des trajectoires entre le jardin et la cour et tient une conversation animée avec lui-même concernant des taureaux malades et des camions qui attendent leur chargement pour l'arène. Tom veille sur lui mais de loin, évitant de s'enfoncer dans les hautes herbes. Lorsque le gamin s'éloigne trop, il l'interpelle sans succès, les pieds alignés sur la dernière ligne de cailloux comme le torero avant de franchir le premier cercle rouge. Jon finit par revenir, dans son inconscience apparente il doit avoir pitié de Tom.

Alors je m'inquiète parce que Sissi reste introuvable. Sa gamelle est encore remplie des croquettes du matin. Je heurte son corps rabougri par la fièvre en entrant dans le grenier. Elle s'est blottie contre la porte qu'elle n'a pu ouvrir. Elle a laissé des monticules beiges de vomi.

Maintenant elle est sous la couverture de mon lit et respire fort, les enfants la regardent. Jon s'est couché à côté d'elle. Tom ne cesse de parler tout en caressant Sissi : « Ce Jean-Luc, je le déteste. Si la corrida est ce que dit Sandra, je ne comprends pas qu'un homme comme lui s'en occupe. » Il pince le cou de Sissi qui ne réagit plus.

Chapitre 7

Avant d'entrer dans le village de Roger, au moment où Hadrien ralentit, des jeunes gens sortent des buissons pour jeter des pierres sur la voiture. Ils visent Sandra. « Putain », crie Hadrien en donnant un coup d'accélérateur. Je baisse instinctivement la tête. Assise à côté d'Hadrien, Sandra ne se cache pas, elle cherche les yeux dans les visages masqués par des bandanas. Une fois le danger passé je me redresse, cherchant les silhouettes des caillasseurs dans la lunette arrière. Nathalie n'a pas cessé de prendre des photos, la fenêtre ouverte.

Roger est en bottes dans son hangar, une fourche à la main au milieu des outils agricoles et des vieux fers d'élevage. Aux murs, des photos encadrées commémorent ses succès d'arènes. Il y a aussi des photos de cerfs courant avec les taureaux et d'oiseaux gobant sans crainte les mouches qui harcèlent leurs yeux. Roger gratte souvent sa chevelure foisonnante qui blanchit, son visage est marqué par les nuits courtes et les intempéries. Il serre Sandra dans ses bras, il la connaît depuis qu'elle a huit ans, la gamine fanatique de combat. Il la regarde dans le fond des yeux :

« Désolé pour l'accueil. Je ne peux pas les empêcher d'entrer la nuit, ils sont de plus en plus agressifs. Je suis seul avec mon fils. On a trop à faire pour surveiller la propriété, ce n'est pas une boîte de nuit, qu'est-ce que tu veux. Ils ont été prévenus de ton arrivée. Tiens, tu vas voir ma nouvelle arène. Ah ça paraît joli comme ça, les prés avec les pâquerettes », me dit-il en montrant la campagne d'un geste vague.

Roger ne me reconnaît pas. Pourtant je l'ai souvent vu au campo ou après les courses, Sandra toréait ses bêtes dans la région. Mais quand on quitte le *mundillo* il vous oublie vite. Je ne suis plus qu'une citadine de passage. Roger vit avec son fils, sa maîtresse est pharmacienne, elle habite à trente kilomètres d'ici. Il raconte : l'hiver au campo, qui peut supporter ça ? Il fait si froid. Ça casse, cette terre qui colle. Amoureuse, la terre. Et vivre avec du taureau de quatre ans, c'est un autre métier que les veaux. Il faut de la force physique et Roger vieillit. Il ne sort jamais du domaine, il a trop à faire. Il est las et a hâte que ses fils reprennent. Nous avons descendu un chemin ensoleillé, touché la mosaïque de la Macarena, la Vierge qui pleure et console. Oui c'est joli, le pré, les fleurs, la campagne. La nouvelle arène de Roger est barbouillée de slogans faits à la bombe rouge : « sadique », « pervers », « non à la souffrance animale ».

« Ils ont fait ça le lendemain de la dernière couche de peinture. »

Roger constate, les mains sur les hanches. Sandra passe

la main sur les graffitis et se tourne vers Nathalie : « Fais une photo. » Elle se tient droite, les mains dans le dos, la casquette bas sur le front pendant que Nathalie cherche la lumière. Elle prend plusieurs clichés sur lesquels Sandra sourit. Avec Hadrien ils font le tour de l'arène en foulant le sable du bout des pieds.

« Il est beau ton sable.

— C'est de la qualité. Il vient de Fontainebleau. »

Roger raconte ses ennuis. Le label bio lui a été retiré l'an dernier parce qu'il fait aussi du taureau de combat. Sa viande est plus saine que celle des barquettes des hypers garanties Agriculture Biologique mais c'est lui qui trinque. Il a racheté ses terres il y a vingt ans à un agriculteur qui faisait de l'intensif. Les sols étaient pleins de saloperies, les paysans mouraient trop jeunes. Cancers de l'estomac, du foie, du pancréas. C'était un désert empoisonné. Il a tout nettoyé, la terre est à nouveau saine, il n'y met que de l'amour et des granulés pour les taureaux. Roger vit de la viande des bêtes qui ne combattront pas. La corrida ne lui rapporte rien. En revanche elle lui coûte cher, mille euros par bête chaque année. « Je vais planter un saule pour qu'ils aient un coin d'ombre près de la rivière. » Roger change de sujet. « Par là-bas. » Il tend le doigt vers les pâturages.

« C'est dur Roger, avec tout ce que tu donnes… Mais ça va s'arranger. Les gens comprendront », dit Sandra. Mais Roger est amer. Qu'est-ce qu'ils peuvent comprendre, les gens ? Il faudrait qu'ils viennent ici, qu'ils voient comment ses taureaux vivent, comment la terre se repose. Mais les gens ne viennent jamais. Ils ne connaissent pas l'élevage ni les animaux. Personne ne s'intéresse à ce trou.

« Quand je vois en ville des chiens tirés en laisse, cela me rend malade. Un chien enfermé dans un appartement, obligé de pisser quand cela convient à son maître et piqué quand il ne plaît plus, cela me rend fou. Est-ce que j'empêche les gens d'avoir des chiens chez eux ? Est-ce que je demande l'abolition de la laisse ? Non.

— Montre-nous un peu tes taureaux », dit Hadrien en le poussant par les épaules. Les sentiments, ce n'est pas son truc.

Nous partons en 4 × 4, ouvrons les barrières de barbelés. Dès qu'on les a passées, il est hors de question de descendre de la voiture même à bonne distance. Bien malin celui qui prétendrait anticiper le comportement des taureaux. Je suis assise à la place du mort, Sandra et Roger sont à l'arrière du pick-up et observent les bêtes aux jumelles. Elles déroulent leurs pattes courtes avec élégance en dépit de leur masse. Elles se tournent vers nous, la douceur d'un mufle, d'un regard m'émeut, la pente pleine de pitié du cou quand le taureau remonte la tête et meugle. Les plus jeunes sont gardés dans un enclos par les plus âgés. Sandra observe une corpulence, une carrure de cornes, les taureaux qui baissent naturellement la tête en courant.

La voiture hoquette et siffle en démarrant. Hadrien jette un œil au moteur et aux freins, ça coule sous le pare-chocs. Il est couché sous la voiture et rampe en poussant sur ses pieds. Il passe son doigt sur le liquide qui perle, goûte.

« C'est le liquide de refroidissement. Ces bagnoles, toutes des gonzesses. »

La voiture cahote jusqu'au garage. Plus tard, nous buvons un Nescafé dans la cuisine en désordre. Roger explique :

« Les directeurs d'arènes sont de plus en plus exigeants. Ils disent qu'ils veulent des taureaux bien présentés mais c'est bien plus que cela, ils veulent des gravures de mode, les cornes parfaitement symétriques, des gros gabarits, de la force mais pas trop.

— Modesto avait les cornes asymétriques, dis-je.

— C'est qui ?

— Le taureau que Sandra a gracié à Málaga avant son accident. »

Mais cela n'intéresse pas Roger. Il se tourne vers Sandra : « Alors c'est Jean-Luc qui s'occupe de toi ? »

On entend à peine la torero et sa voix *recto tono* des conversations professionnelles : « Oui, c'est un bon *apoderado*, il m'a permis de faire Saint-Vincent, là je suis chez lui à l'entraînement, ça se passe bien, j'attends le prochain contrat.

— Et à Saint-Vincent, ça s'est bien passé ?

— Ça n'a pas donné, malheureusement.

— Tu sais ce qu'on dit ? Que Jean-Luc fait un forfait avec ses mauvais taureaux et une torero en bout de course, je suis désolé mais c'est ce que tu es aujourd'hui pour les gens. Il se débarrasse de ses bêtes en te faisant croire à la terre promise. C'est vraiment ce que tu veux ?

— Je ne crois pas. Jean-Luc vend bien ses taureaux à Madrid, il n'a pas besoin de moi.

— Le public peste contre ses brebis depuis deux ans. Même El Juli n'en veut pas cette année.

— Tes taureaux sont meilleurs que ceux de Jean-Luc mais il a sa clientèle, c'est un style. Moi je préfère ton style, mais il faut être bon seigneur. Il fait des taureaux qui transmettent. S'il y a trop d'aigreur entre vous, personne ne peut travailler. Je n'aime pas les disputes, cela nous fait du mal à tous. On doit rester unis.

— Ton Jean-Luc, c'est plus qu'une histoire de style. Tu sais, à la corrida d'Éauze, mes taureaux… »

Ce que l'on redoutait arrive, Roger va parler d'Éauze. On est venus pour ça après tout. Mais Sandra et Hadrien tournent plus vite leur cuillère dans le café, leurs regards flottent à la surface du bol.

« On les connaît nos bêtes, on les éduque pendant cinq ans, on les voit tous les jours, au minimum un jour sur deux dans les périodes où il y a beaucoup de travail, on ne peut jamais savoir comment ça va sortir, je le sais, mais quand même. J'avais toute une corrida pour Éauze, des bêtes bien présentées, plus lourdes que d'habitude mais braves. C'est Jean-Luc qui s'occupait de cette feria, de l'accueil des bêtes, du toril. Je ne sais pas pourquoi d'ailleurs, il avait dû remplacer quelqu'un au dernier moment. Il se débrouille toujours pour faire les intérimaires et trouver une place alors que tout le monde se méfie de lui. »

Nous savions déjà ce que Roger allait nous dire : les taureaux qui ne sortent pas, ou font demi-tour, se lancent contre les planches comme des suicidaires en cherchant la sortie et poussent des gémissements à fendre l'âme. L'un s'est cassé la patte en courant, il est resté dans l'arène cinq affreuses minutes à essayer de marcher, le genou brisé se dérobant sous lui. Les gens indignés vociféraient. Les six taureaux se sont planqués l'un après l'autre. Un gâchis terrible, dégoûtant.

« Il n'y avait rien à reprocher à mes animaux. Ils avaient la masse, la présentation, de belles proportions, une course parfaite. Au pâturage ils étaient vaillants. Dieu sait pourquoi dans l'arène ils étaient épuisés. Depuis plus personne ne m'adresse la parole, même les amis. À la fin de la corrida les gens se détournaient de moi, ils regardaient le bout de leurs souliers. Je suis rentré seul et j'ai pensé toute la nuit, qu'est-ce qui s'est passé ? J'avais observé les bêtes jusqu'à ce qu'elles montent dans le camion, veillé à chaque détail. Le lendemain de la course, je suis allé aux arènes et j'ai supplié le palefrenier de me montrer les *chiqueras*, les cellules où l'on enferme les taureaux avant la corrida. »

Il précise pour moi, le rat des villes qui n'y connaît rien.

« Non, m'a-t-il dit, ils n'étaient pas là mais dans la courette qui flanque les arènes pour que les sponsors puissent voir les bêtes avec champagne, talons hauts et tout le tintouin. "Montre-moi la courette", je lui ai dit. On est entrés dans un four. Les taureaux sont restés trois jours à se battre sous des planches de tôle en pleine canicule, dans un espace exigu, parce que là-dedans ils étaient visibles pour les sponsors. J'ai pris la température, il faisait cinquante degrés. Dans les restaurants chics, ils servent la viande cuite à soixante, c'est la mode en ville. La viande cuit des heures. Trois jours à cinquante. Ils étaient cuits, mes taureaux. J'ai regardé le tuyau d'arrosage. Il ne marchait pas. Demande au gars qui m'a montré les lieux : pas une goutte d'eau ne sortait. Les bêtes étaient paniquées et déshydratées.

« La seule chose que les taureaux supportent difficilement c'est la chaleur. Le froid, l'angoisse, l'attente… ils tiennent. Mais la chaleur et le bruit les tuent. Ces cons, ils avaient sorti les pétards et le spectacle pyrotechnique comme à Pampelune. Quand mes taureaux sont entrés dans l'arène, ils étaient cuits vivants. Tu me diras, peut-être que je suis paranoïaque. Mais Jean-Luc l'a fait exprès. Tu crois que j'élève des bêtes pendant cinq années, que je les nourris, les soigne et veille chaque jour que Dieu fait, que je les observe et les aime pour voir ça ? Déjà assister à leur départ dans le camion qui les emmène au toril, c'est un crève-cœur. Mais si elles ne donnent rien dans l'arène… Heh. »

Roger se gratte la tête en baissant les yeux. Nous comprenons tous que Sandra est dans une situation impossible.

« Pablito vient en Europe cette saison », ajoute-t-il. Hadrien hoche la tête et Sandra réagit : « Grand bien lui fasse. » Ils restent comme ça, les coudes sur la table, les mains autour de leur bol, ils aspirent le café du bout des lèvres bien qu'il soit déjà froid. En revenant des toilettes je surprends Roger s'adressant à Hadrien : « Il y a quelque chose en elle qui s'est éteint. » Nous n'échangeons pas un mot en traversant le Gers en sens inverse. Je ne pense plus qu'à Sissi, si je la retrouverai vivante.

Jon a couru vers nous lorsque nous sommes arrivés à Maujesque parce que la chatte avait encore vomi et se cachait sous le four, même Tom de son long bras n'avait pu l'en sortir. Je me suis allongée sur les tomettes poisseuses, j'ai glissé ma main sous le petit corps et l'ai fait glisser vers moi. Les enfants se sont penchés, la gorge serrée. Nous l'avons couchée sur mon lit à nouveau. Cette fois nous savions qu'elle ne s'échapperait plus.

L'après-midi je suis allée dans le fond de la maison pour retrouver l'odeur d'humidité et de fosse septique, l'obscurité de nos pensées enfantines. J'ai entendu des pas furtifs sur le palier de l'étage. Le parquet a grincé, puis une voix est montée que je ne connaissais pas suivie d'un dialogue dont je n'entendais que des bribes. La voix plus forte était autoritaire. Cela se passait devant la chambre des enfants.

J'avais vu Jon jouer dehors avec Lily qui tentait de le distraire de son inquiétude pour Sissi, seul Tom était dans la chambre. Je l'ai entendu repousser sa chaise. Je me suis cachée sous l'escalier. C'était Nathalie que Tom suivait. Je savais ce qu'elle allait faire. Elle emmenait Tom dans les hautes herbes pour qu'il n'ait plus peur, elle allait apaiser ses lions comme l'ange de Daniel pour qu'il puisse enfin se reposer. Elle avait pris son revolver, j'en étais sûre. Je suis retournée à ma chambre, j'ai trouvé Sissi sur mon lit couchée contre Jon qui la caressait.

C'est le soir, Tom coupe des tomates pour Lily qui fait des tartes. Il tient le couteau fermement en appuyant l'index sur la tranche. Il l'aidera à terminer le repas. Lily le regarde faire comme si elle ne le reconnaissait pas. Les yeux de Tom sont étirés et languides, sa mâchoire est de pierre. Nathalie fume à la fenêtre, Sandra est près d'elle. Elles ne se parlent pas mais admirent ensemble la campagne. Tom lève les yeux et dévisage sa mère. Puis il tranche la tomate d'un coup sec, les veines de ses mains transparentes s'irisent.

« Et toi alors, interpelle Sandra en se tournant vers Lily, le coude sur l'embrasure de la fenêtre, quand descendras-tu enfin dans la fosse avec Nathalie ? »

Lily interloquée dévisage Sandra pendant que le rire de l'ange-elfe nous cingle.

Chapitre 8

Au petit matin j'ai déposé Sissi chez un vétérinaire de Mont-de-Marsan pour qu'elle se fasse examiner. Il a fallu l'abandonner sur la table froide comme un établi de boucher. La chatte s'est laissé faire sans un mouvement pour se réchauffer ou se coucher mieux. Quand la porte s'est fermée sur elle après que j'ai expliqué la situation à l'assistant, elle était encore dans la position que son corps avait prise quand il l'avait installée.

À Maujesque, Jean-Luc et Sandra s'interpellent dans la cuisine. Il pose une cafetière italienne rouillée sur la plaque, elle est en jogging, prête à courir. Il va être huit heures. « Ne me remercie pas pour ce que je fais pour toi, surtout », ironise-t-il. Ils continuent à s'invectiver sans faire attention à moi.

« Je vais toréer en Espagne, mais on ne va pas faire semblant. J'ai reçu les jets de pierre et les insultes en arrivant chez Roger, sache que je n'ai pas peur de toi. Je peux aussi ne pas aller dans l'arène parce que je n'en ai pas envie.

— Encore un caprice. Il n'avait pas tort, José, tu es une

sacrée chieuse. Le directeur de San Agustín est un ami, il fait déjà de la publicité pour cette course. Il croit en toi. Tu n'as pas les moyens d'être arrogante. S'il y avait plus de confiance de ta part, ça marcherait mieux. »

Je les laisse se disputer. Au pire de leur relation, jamais José n'a parlé aussi familièrement à Sandra. Il avait le respect du matador et s'adressait à elle avec la gravité et l'affectivité andalouses, parlait de son cœur, de ses sentiments, de sa mélancolie. J'ai trouvé de vieux cigarillos de Simone en fouillant dans un tiroir de commode, je fume dans mon lit comme ma grand-mère, en faisant des trous dans le drap avec les cendres. Je lis et rêvasse. Je suivrai Sandra en Espagne parce que je n'ai rien d'autre à faire. Lily a décidé de rentrer à Mont-de-Marsan avec les enfants, elle craint les dépenses d'hôtellerie et les vacances touchent à leur fin.

Plus tard, à la clinique vétérinaire, la jeune femme m'a annoncé que Sissi avait une tumeur incurable aux reins. Elle devait mourir dans les prochains jours. Je pouvais la faire piquer aujourd'hui ou lui donner des antidouleurs chaque jour en injection.

« Mais hier, madame, elle avait envie de jouir du monde entier. » Mon cœur dégringolait des marches sans fin.

« Ce type de tumeur est asymptomatique jusqu'à la limite critique. »

J'ai pensé à mon père. Il était mort et ressuscité comme dans les supplices antiques, inlassablement. À mesure que ses nerfs pelaient et mettaient à nu sa sensibilité il était plus affûté, lucide, intelligent et peut-être fou. Il renaissait malgré les diagnostics, agacé de notre inquiétude car il ne se rappelait pas avoir manqué mourir. Que peut le corps ? Celui de mon père gagnait en puissance à mesure qu'il s'atrophiait, se concentrait sur les zones de plus en plus réduites capables de recevoir des informations nerveuses. Sur le ring qu'était son lit d'hôpital il pourfendait la machine hospitalière, l'ambition des médecins, la négligence des infirmières, il abattait les puissants de leurs trônes d'une phrase, direct du droit, se relevait, crochet pour les radiologues qui n'avaient pas pratiqué le bon examen, les ambulanciers qui le ramenaient nu de l'hôpital, ses jambes de paralytique grelottant sur la chaise en fer, renversé sur le côté, le visage défait par l'inconfort et la fatigue. Dans ce dépouillement lent de sa pudeur, dans cette lente abdication il inventait une vie plus riche et étrange. Il écoutait les infirmières mal payées, riait et faisait rire pendant qu'on le lavait, changeait, déshabillait, manipulait, poussait, tirait, soulevait, écartait, pendant qu'on parlait de lui comme d'une masse et d'une étendue, comme un récipient de liquides et de solides nauséabonds dont il fallait équilibrer les flux, et plus il était proche de la mort plus il était joyeux, jusqu'à ce qu'il dise un jour : « J'en ai un peu assez. »

Ce jour-là je me souviens bien qu'il frottait son pouce contre la première phalange de son index, c'est ainsi qu'il caressait la paume de notre main quand nous la lui donnions gamines ou notre tête quand on se couchait contre lui. Je lui avais amené Sissi cachée au fond de mon sac. Il m'engueulait, la trouvait maigre et triste. Je ne pensais qu'à ne pas me faire prendre par l'infirmière.

Je l'ai tué comme il me l'a demandé. Pendant trente ans

Lily et moi avons eu de notre père le sang de ses poumons, sa salive, son vomi, ses crachats rouges puis noirs, sa nudité. Après sa mort nous avons reçu sa paire d'Adidas, chacune une chaussure. Et moi Sissi, parce que Lily avait déjà assez à faire avec ses enfants. Des héritières. De vraies filles à papa. Des filles qui ont tué leur père. Lorsque je l'ai avoué à Sandra elle a mis ses mains sur mes épaules comme un parrain devant son catéchumène le jour de l'alternative. Elle m'a examinée comme elle avait sondé Lily la veille de son mariage en la prenant à part : « Es-tu heureuse ? » Mon père avait été le torero et le taureau. Plus tard elle m'a offert un poignard au manche de cuivre tatoué qu'un Indien lui avait donné en Bolivie. Je lui avais rendu dix centimes, on ne s'échange pas des lames comme ça.

J'ai tué mon père mais mon chat, je ne suis pas prête. Il ne me demande rien. J'ai acheté les antidouleurs et l'ai ramené à la maison. Ma chambre est une pièce mortuaire. Jon entre sur la pointe des pieds, apporte des fleurs. Tom passe pour caresser Sissi ou rester près d'elle. Il ouvre les fenêtres, elle manque d'air, dit-il. Il les ferme quand les tondeuses des voisins se mettent à ronfler. Long printemps. Sissi respire difficilement mais arrive encore à se soulever pour ajuster sa position. Jon lui propose de l'eau d'une voix douce. Jon veut la prendre dans ses bras et l'emmener avec lui.

Sandra et Hadrien sont partis vers sept heures pour la soirée du Rotary avec Jean-Luc. Marc et Stéphane en ont profité pour sortir avec des amis sur la côte à Mimizan. Lily s'est couchée à l'heure des enfants. Je n'avais pas le courage de rester près de Sissi. J'ai attendu seule le retour de Sandra en guettant les souris qui se carapataient contre les murs, je pensais à Sissi qui n'avait plus la force de leur courir après, à ma lâcheté et à moi, vautrée dans un fauteuil défoncé du salon, fumant les derniers cigarillos du paquet de ma grand-mère.

Vers onze heures la lumière des phares a balayé la pièce, j'ai entendu une voiture se garer puis des allées et venues nerveuses dans la cuisine, le grincement d'un placard, l'eau coulant du robinet de l'évier. J'imaginais que Sandra était rentrée tôt. Dans le couloir, les pas ont ralenti. J'ai levé les yeux vers un visage que je n'ai pas reconnu tout de suite tant il était différent dans la pénombre de celui auquel j'étais habituée. C'était Hadrien. Ses yeux étaient particulièrement étroits, je n'apercevais que deux segments noirs. Sa bouche restait close, son nez a laissé échapper un soupir. Je l'ai trouvé beau comme je l'avais trouvé beau en Espagne, à Sanlúcar de Barrameda.

« Tu es seul ? lui ai-je demandé.

— Il vaut mieux. »

Il est resté debout et j'ai allumé une lampe près du canapé pour que l'ambiance soit moins sépulcrale. « Sandra reviendra plus tard du Rotary avec Jean-Luc », a dit Hadrien. Je lui ai proposé un cigarillo et nous avons fumé à la fenêtre, la douceur des arbres dans la clarté lunaire était terrible, il manquait les stridulations estivales des grillons à ma nostalgie.

Hadrien a raconté qu'après son discours aux membres du club sur le retour de Sandra, sa résurrection, Jean-Luc l'avait pris à part, la mine hypocritement marrie. Ce n'était pas sa faute mais il ne pouvait pas honorer sa promesse et lui accorder les emplacements pour la feria de Mont-de-Marsan. Hadrien avait pété les plombs, tirant les nappes des tables du cocktail, renversant les bols de Curly et de cacahuètes, les bouteilles de vin et les verres. Nul besoin de l'immobiliser, il était parti de lui-même, laissant la salle en vrac.

« Un imprévu, qu'est-ce qu'il a dit ? Un impondérable. Mais moi, j'ai déjà fait mes stocks. J'aurais pu le tuer, cela ne m'aurait fait ni chaud ni froid. Je vais à San Agustín mais ensuite, je te laisse Sandra. À Saint-Vincent elle aurait pu être plus secouée, elle a eu de la chance. Devant un vilain taureau, elle se fera prendre. Elle ne veut pas triompher, elle veut en finir. Et toi Moineau ? Comme d'habitude tu ne la lâcheras pas ? C'est quoi ta vie, au juste ? »

Je ne peux plus retenir mes larmes à cause de Sissi. La lune s'approche de nous, c'est un galet énorme et métallique. Les étoiles sont des clous brillants. Pourquoi pas un peu de brume, de vague ? Tout est si net. Il me parle durement :

« Après la mort de ma mère un chat nous a réclamé à manger tous les jours avant de disparaître du jour au lendemain. Après celle de mon père, un chevreuil a rôdé pendant trois mois autour de ma maison puis je ne l'ai plus vu. Les animaux viennent et partent. Il faudra bien laisser Sissi s'en aller. »

Qui aurai-je après dans ma vie ? Si tout le monde

s'échappe comme le gardon retournant à l'eau ? « On dirait que Sandra court après la mort, murmuré-je.

— Oui, elle court après la mort. »

Il me presse soudain, enlaçant mes épaules, nous regardons la lune rougir et je suis bien contre lui bien qu'il soit si méchant. Des pneus crissent sur le gravier de l'autre côté de la maison, c'est le retour de la torero. À travers les vitres nous la voyons sortir de la voiture, Jean-Luc la suit à quelques mètres, il n'a aucune envie de se retrouver nez à nez avec Hadrien dont il imagine qu'il a l'intention de lui casser la gueule. Nous écoutons leurs pas dans la cuisine, ils sont à leur tour sur le seuil du salon. Sandra parle avec précipitation :

« Le cartel de la corrida de San Agustín est sorti. Je vais toréer avec Pablito.

— C'est un enfant, dit Hadrien.

— Et alors ?

— Et alors, San Agustín, maintenant Pablito. C'est à se demander ce que tu veux vraiment. »

Pendant que Sandra et Jean-Luc échangent à voix basse, Hadrien me prend la main comme il l'a fait trois ans auparavant. Cette fois il ne la lâche pas. « Rejoins-moi. » Sandra ne s'aperçoit de rien. Il sort, plus tard je le suis. Je monte les escaliers de la cuisine, m'arrête devant sa chambre mais n'entre pas.

Le lendemain matin Stéphane et Marc complètement torchés dorment couchés contre la porte de la cuisine qu'Hadrien a fermée à clé la veille, blottis l'un contre l'autre comme deux chiens. Sandra en tenue d'entraînement, prête à courir dix kilomètres, leur balance un seau d'eau pour les réveiller. Sans un mot elle tourne les talons et part à petites foulées vers la route. Je la regarde depuis ma fenêtre en fumant et souris.

Chapitre 9

Je rêvassais dans le hamac en face des taureaux quand Lily et Nathalie ont traversé la cour au milieu de l'après-midi, de retour de promenade. Elles sont montées dans la maison, leurs cris et leurs exclamations résonnaient par les fenêtres. Le rugissement du sèche-cheveux en surchauffe et les éclats de voix en évoquaient de plus anciens, j'étais joyeuse.

Plus tard dans le salon Lily me raconte. Nathalie est apparue au petit matin au pied de son lit. Elle a exigé qu'elle la suive. « Je ne pouvais pas faire autrement. Ma colère était tombée. Elle a dû me jeter un sort. » Elles ont traversé le village et marché jusqu'à l'étang où Nathalie a proposé qu'elles se baignent. Lily a protesté que l'eau n'était pas saine mais l'ange s'est mise en sous-vêtements. « Elle a un joli corps sous ses habits de randonneuse. Je crois qu'elle m'a poussée mais je n'en suis pas sûre. À vrai dire, je ne sais pas comment je me suis retrouvée dans l'eau à mon tour. »

Elles ont nagé jusqu'aux roseaux et sont entrées dans une grotte où les enfants se cachent l'été pour avoir de la fraîcheur. Nathalie a pris la main de Lily et l'a posée sur les parois visqueuses. « Je ne ressentais plus de haine. Tout était bien. »

Après le dîner elle s'est assise dans le fauteuil près de la fenêtre du salon. Peu avant sa mort notre grand-mère avait fait tapisser deux sièges en tissu satiné bleu ciel et deux autres en cuir rouge framboise, ce qui donnait à l'ensemble un côté boudoir et bar à hôtesses. Le fauteuil dans lequel Lily s'est installée est défoncé et troué aux accoudoirs. Sur la table qui le flanque il y a encore le téléphone avec lequel Simone composait plusieurs heures par jour les numéros de son carnet.

Hadrien et Marc enseignaient les règles de la belote à Tom dans la cuisine, leurs exclamations nous parvenaient. Stéphane faisait des tours de magie à Jon assis aux pieds de Lily. Sandra et moi regardions Stéphane multiplier les balles en mousse entre ses doigts, faire sortir les cartes à jouer de sa chemise et jaillir les pièces de monnaie des poches. Jon tapait du pied et son visage se congestionnait. Sandra était absorbée dans ses pensées. Hadrien ne lui avait pas adressé la parole de la journée, il ne l'avait même pas accompagnée à l'entraînement. Nathalie a proposé d'emmener Jon au lit, nous sommes restées seules Lily, Sandra et moi.

Je sais quand Lily voit, j'étais près d'elle la première fois. Nous étions couchées dans un champ de maïs grillé en plein été, mâchions de l'herbe sans rien dire, nageant en imagination avec les nuages. Lily a parlé d'une voix plus grave et bizarrement modulée. Tout ce qu'elle disait s'est avéré lorsque Sandra et moi l'avons ensuite fébrilement vérifié, et tout ce qu'elle annonçait nous concernant s'est produit.

Lorsque Lily voit, ses yeux se ferment, elle sourit. C'est un sourire qui ressemble aux visages des saints qui emmènent la Vierge au ciel, elle a soudain les joues très rouges et montre ses incisives. Lily s'est penchée vers Sandra, sa voix était distincte : « Il y a un taureau avec toi. » Il était question d'une bête qui tuait Sandra et qu'elle laissait faire. Ses cornes étaient de formes différentes. Il avait une cicatrice à l'œil et une toison épaisse lui cachait le visage. Ses pattes arrière écartées, le buste en avant, il s'adressait à Sandra qui ne l'entendait pas.

La torero écoutait. Je me suis rendu compte que Nathalie était près de la fenêtre. Comme chaque fois qu'elle entrait dans une pièce, je ne l'avais pas vue arriver. D'ailleurs elle prenait moins garde de dissimuler le caractère surnaturel de ses apparitions. « Eh bien, il fallait seulement que tu prennes un bain », a dit Sandra avec une pointe de mauvaise humeur. Elle avait su l'aventure de l'étang et tentait de dissimuler le trouble que suscitaient en elle les mots de ma sœur. La voyante est restée silencieuse dans le fauteuil, les épaules couvertes d'un châle à franges et les genoux serrés sagement. Elle a ramassé ses cheveux en chignon, la mèche blanche s'en échappait.

« Quand allons-nous à l'océan ? » a dit soudain Nathalie. Sa voix était altérée, plus neutre et traînante. Dans le contre-jour elle était une aura noire, ses cheveux seuls semblaient comme gravés en taille blanche sur l'éblouissement du soleil. J'ai compris que l'ange allait bientôt partir. Quand nous sommes sorties du salon Lily m'a tirée par le bras et poussée sous l'escalier qui montait aux chambres : « Quand je regarde Nathalie, il n'y a qu'un halo. Ce n'est pas comme si je ne voyais pas. Je vois, mais ce n'est rien. Cela ne m'est jamais arrivé. C'est un esprit peut-être ?

— Et moi ? Tu n'as rien dit sur moi.

— Toi je t'ai vue enceinte, c'est dire comme je peux me tromper ! »

Je me suis demandé de quoi j'avais l'air, enceinte. Si elle était convaincue de s'être trompée c'est que dans sa vision j'étais ridicule, comme les toreros malmenés par les taureaux. Lorsque les hommes maîtrisent leur affaire ils sont dignes et impérieux. On pense vraiment qu'ils sont plus lourds que la bête. Quand ils sont attrapés ils ont l'air de chiffons. Moi enceinte, on verrait à quel point je ne maîtrise rien dans ma vie. C'est cela que Lily a vu.

Sissi va mourir. Je l'ai portée dans la chambre des enfants qui se sont réveillés. Tom m'a aidée à joindre les lits. J'ai laissé les frères somnoler de tristesse. Je n'ai personne avec qui dormir et mes seins lèvent sous mon chemisier bien que je ne pense qu'à mon chat qui meurt. Après tout, c'est le printemps pour tous les êtres vivants. J'ai traversé la maison sans allumer une lumière. J'ai monté l'étroit escalier jusqu'aux chambres de service. J'ai ouvert par erreur la chambre des deux banderilleros, ils dormaient l'un contre l'autre, Stéphane ronflait. Hadrien était dans la chambre à côté. Il était couché sous le drap, la couverture était tombée. Je me suis déshabillée. Je me suis glissée contre lui, j'ai commencé à respirer sa peau à l'endroit du dos, de la nuque, des reins. J'ai collé mes seins à ses omoplates. Il a attrapé ma main et l'a tenue fort contre sa poitrine.

Chapitre 10

« Aucun homme ne t'a proposé de te faire un enfant ? » demande Hadrien. J'ai mon nez dans les poils de son ventre, je fais rouler entre mes doigts ses châtaignes au goût exquis. On a ouvert les fenêtres, la fraîcheur du lilas nous enveloppe. « Dieu merci, non. » On accorde trop de prix à la passion. Je suis heureuse. Hadrien manque de cheveux et une cicatrice le marque à l'aine. « Je me suis pas mal embrouillé quand j'étais jeune. » Je parle aux balles d'Hadrien pour ne pas être émue de sa nudité exhibée pour moi. Avec des taureaux ? Pas seulement. Je me tourne vers lui. Même en colère ses yeux rient. Ses mains passent sur moi comme des ailes. Il pourrait me tuer, avec des mains pareilles. Elles sont menaçantes quand elles m'enlacent. Mains-capes. J'ai souvent vu Hadrien dans l'arène, tenant le *carretón* pour Sandra ou faisant quelques passes. Il a le corps douloureux des danseurs qui guérissent dès leur collant enfilé, en position face au miroir.

« Sandra exige que je présente mes excuses à Jean-

Luc pour la soirée du Rotary, sinon il ne veut plus de moi dans la cuadrilla.

— Des excuses ? Dieu t'en garde.

— Jean-Luc peut faire un carton avec Pablito.

— Sandra va toréer avec un garçon de quinze ans ? »

Hadrien caresse mon corps sans répondre mais je pense à autre chose.

« Ce taureau que Lily a vu hier, c'est Modesto. Depuis qu'elle l'a gracié, elle n'arrive plus à tuer droit, propre, honnête. À Borgo, elle s'y est reprise à cinq fois. Qui peut supporter ce spectacle ? Elle a peur et en a honte. »

Mais Sandra ne se rend compte de rien, elle ne veut pas associer ce fiasco à Modesto. Elle ne voit pas ce qu'il lui a fait. Je continue d'exposer mon point de vue. Modesto était une bête pas comme les autres. Évidemment elle n'était pas digne de le tuer. Personne ne l'était. Mais on n'accorde pas la grâce sans accepter d'être battu. C'est Modesto qui a gagné, il avait plus de génie qu'elle. Et je ne sais pas si Sandra l'a reconnu, si elle a honoré l'adversaire comme il se devait.

La porte de la chambre grince et s'entrouvre, je rabats vivement le drap sur moi. Jon nous regarde comme si la situation était parfaitement normale : « Sissi, elle respire presque plus. » J'essaie de le gronder de faire ainsi irruption mais suis au désespoir. « C'est Tom qui savait où tu étais. » Il s'enfuit dans l'escalier.

Les enfants sont autour de Sissi, elle souffre trop à présent. « Il faut l'emmener à l'hôpital, il faut la sauver », dit

Jon. La queue de Sissi repose dans ses paumes ouvertes. Je tente de le convaincre. « Elle aura trop peur loin de nous. »

Sissi a fini par s'endormir, un peu de bave s'est collée au drap. « Il faut l'aider à mourir, dit Hadrien debout derrière les enfants.

— Tom va le faire. »

Nathalie est soudainement dans l'angle de la chambre, cette fois son apparition me remplit de colère. « Qu'elle sauve donc mon chat si elle est si habile. » Mais Tom lui obéit, passant sa main dans ses cheveux d'un geste adolescent, il nous congédie.

« Qu'est-ce qu'il fait Tom ? » demande Jon. Personne ne lui répond. Tom a fait ce que j'ai fait pour mon père. Il est un être humain maintenant. Il sort de la chambre, la boule de poils inerte dans les bras. Il dépose le cadavre dans les bras de Jon puis dans les miens, enfin dans ceux de Nathalie. Sandra lui donnera un couteau comme elle m'en a donné un. Nathalie me rend Sissi, elle prend la main de Jon et l'emmène ramasser des fleurs pour le cercueil. Je pleure en caressant la douce fourrure du petit être qui refroidit. Jon a jeté des pâquerettes, des coquelicots, tulipes et jonquilles dans une caisse de vin vermoulue. Tom y installe le corps. Nathalie répète, comme la veille après la vision de Lily : « Allons à l'océan. » Sa voix est métallique, plus tout à fait humaine. « Oh oui ! L'océan », reprennent les enfants. Je réponds que nous irons avant de partir pour l'Espagne. Nous enterrons Sissi sous un arbre.

Hadrien charge le matériel dans le coffre du break de la cuadrilla en vue du voyage vers San Agustín. Je laisserai ma voiture à Maujesque et embarquerai avec eux et Nathalie. Les enfants plantent des herbes et des fleurs sur la tombe de Sissi qu'on a enterrée sous le magnolia. Jean-Luc n'a pas reparu. Nathalie s'est couchée sur une chaise au soleil, elle ne s'occupe plus du jardin. Rien ne l'intéresse. Je cherche les maillots de bain, trouve des deux-pièces à fleurs pour Lily et moi, Tom et Jon resteront en caleçon. Sandra a donné à Tom un bracelet avec des perles rouges et des médailles de la Vierge qu'il tourne avec fierté sur son bras.

Le soir Hadrien déclare à Sandra dans la cuisine, alors que les enfants sont à table : « J'ai appelé Jean-Luc et lui ai présenté mes excuses. Il financera l'ensemble du voyage en Espagne pour tout le monde. En échange je me barre. Je ferai San Agustín et rentrerai ensuite en France, tu ne me demanderas plus rien. » Il sort sans attendre son reste. Sandra sourit aux enfants inquiets. Je ne lui pose aucune question lorsqu'il se couche contre moi. Je voudrais qu'on ne se quitte plus.

Chapitre 11

Nathalie va partir. Elle fume à la fenêtre, attendant l'océan. J'imagine comment elle s'en ira. Me demandera-t-elle de la déposer à une gare ou même sur la route ? Je la vois bien faire du stop. Un ange auto-stoppeur. Mais elle ne dit rien, me regarde préparer les sandwiches et les sacs de plage avec une sévérité que je ne lui connais pas. Elle est absente, un pied déjà au ciel.

J'ai reçu par la poste une nouvelle carte Sim, je l'ai introduite dans le Nokia qui recharge dans la cuisine. Je l'ai toisé avec suspicion car j'étais enfin heureuse, ces derniers jours, sans téléphone. Quand il s'est allumé, j'ai retourné une casserole dessus pour ne plus le voir et me suis mise à la préparation du pique-nique. Nous sommes partis à onze heures avec les sandwiches, les paquets de chips et de Petit-Beurre, les bouteilles d'eau et le parasol sous lequel Lily s'est allongée et a dormi sur son ventre rebondi, sa main dans celle de Jon. Lily est superbe en deux-pièces années cinquante, les fesses galbées dans la large culotte et les seins offerts dans une brassière à petits boutons. Elle porte bien le chapeau de paille. Elle a peint ses ongles en orangé comme je n'ai jamais su le faire, sans déborder.

Dans les années quatre-vingt Contis était un bourg de Far West avec une mairie, une poste, un bar PMU qui proposait un plat unique et des boutiques de claquettes. La ville est devenue une plage californienne avec ses bars qui servent des fish bowls, des assiettes végétariennes et des cheesecakes. Les boutiques vendent des robes et des bijoux qui viennent du Mexique et de Colombie, les jeunes traînent leurs planches de surf, leurs raquettes et leurs serviettes vers les dunes. Ce qui ne change pas c'est le vent, la chaleur, l'odeur continue des pins, l'infini de la plage et l'océan.

J'ai observé la fin de mon corps de jeune femme. Bientôt je ne pourrai plus montrer mes cuisses. Puis ce seront les genoux, les bras, le décolleté. Je sais que je n'en aurai plus envie. Lily pourra toujours se dénuder parce que son corps est un théâtre. Moi, je n'ai rien à montrer. Quand je me mettrai nue ce sera chez moi, tranquille, en buvant un cocktail bien chargé. Je sortirai chastement couverte de lin et de matières transparentes, d'imprimés orientaux, je serai une cliente qui se préoccupe des matières des vêtements, ce sera suggestif et beau. On ne me dira plus : « Cela se porte aussi bien avec des talons qu'avec des baskets, sur un mode décontracté. » L'hiver je ferai comme Sandra, en pantalon de cheval et veste cintrée, engoncée dans un chemisier jusqu'au cou.

Tom était dans les vagues avec un bodyboard que Nathalie avait piqué sur la plage, « vas-y », lui avait-elle dit.

L'eau était froide, je me suis baignée en criant et sautant de joie, la main dans celle de Jon qui criait « du nerf ! » en tirant sur mon bras – l'eau transparente charriait ses algues molles, Lily avançait derrière nous, cérémonieuse et douillette. L'eau se rabattait dans un fracas d'écume. Il y a eu soudain un mur, puis l'étonnante douceur et le silence quand j'ai plongé en murmurant : « Tu n'auras pas ma peur. » Nathalie avait pris Jon par la main pour l'emmener nager. « Je veux me baigner avec les sangliers », criait-il en courant sur la plage. Ils avaient bientôt été à l'endroit où des végétaux ressemblant à de longues épines flottaient, formant une authentique toison de bête dans laquelle Jon pataugeait puis sautait sans lâcher Nathalie. Elle était restée habillée en chemise bleue et short blanc.

Plus tard, Jon était seul sur une serviette et somnolait sous le parasol. J'avais dormi couchée contre lui, il me caressait les cheveux distraitement. Lily et Tom nageaient loin derrière les rouleaux de vagues. Nathalie vaquait au bord de l'eau, elle s'accroupissait pour ramasser des coquillages. J'ai couru vers elle. Elle s'est retournée, c'était un autre visage. J'ai avancé sur la plage en suivant l'écume, pensant la voir de dos, j'étais détrompée chaque fois au moment de la héler.

Je me suis souvenue que je n'avais pas vu Jon depuis longtemps, qu'il ne pouvait pas être avec Lily et Tom dans les rouleaux. Je me suis mise à courir, pensant maintenant à lui, à son slip de bain à rayures, à sa casquette – la portait-il ou non ? –, à son râteau, et à la possibilité que Nathalie soit partie avec lui. Je suis tombée dans le sable devant un groupe de jeunes gens qui écoutaient du rap et fumaient. « Ça va madame ? » Je me suis expliquée confusément. Deux d'entre eux se sont levés et ont couru chacun dans une direction. Je me suis arrêtée face à la mer, pensant soudain à la noyade. L'un des jeunes hommes qui s'étaient levés pour m'aider revenait vers moi, tenant Jon par la main. Il l'avait trouvé assis plus loin dans le sable.

« Mais que faisais-tu ?

— Je regardais les sangliers. »

Il montrait l'océan du doigt. Une baïne emmenait au large la flaque d'épines dans laquelle il s'était baigné. Je l'ai interrogé :

« Où est Nathalie ?

— Elle est partie voyons. »

Lorsque nous sommes retournés à notre place, le sac de Nathalie n'était plus sous le parasol ni ses chaussures bateau. D'elle, il ne restait rien. « Laisse tomber », ai-je dit à Lily qui s'apprêtait à appeler les numéros d'urgence. Avec Tom nous sommes restés à regarder l'horizon. Comment part un ange ? En disparaissant de la vue des humains, en se fondant dans un élément naturel, l'eau ou l'air, en traversant la frontière qui sépare le monde visible de l'invisible ? Cette frontière est-elle difficile à franchir, fait-elle vieillir ou mûrir, est-ce une épreuve, et celle-ci est-elle réservée aux anges aguerris qui ont mérité du royaume des esprits ? Nous sommes rentrés silencieux, je me posais ces questions.

Les enfants dorment la bouche ouverte, parfois secoués par les nids-de-poule de la route. Les poings de Jon sont serrés comme ceux d'un nouveau-né. Lorsqu'il les ouvre, ils libèrent des amas d'épines noires. À notre retour, Sandra ne s'étonne pas de la disparition de Nathalie, elle demande seulement où est son appareil photo. « C'est moi qui l'ai, dit Jon. Nathalie me l'a donné. » Il trottine vers sa chambre et rapporte l'appareil. C'est un argentique. Sandra me demande de développer la pellicule dès que je le pourrai. Tom se plaint : « Maman, je veux aller en Espagne. Je ne veux pas rentrer maintenant. » Lily réfléchit parce que Jean-Luc paye mais aussi parce qu'elle ressent une tristesse, une nostalgie de son art. Alors je la persuade avec des phrases grandiloquentes pour la faire rire :

« Lily, allons où il y a de la survie pour nous. On va enfin parler d'amour qui fait mal, de retrouvailles, de passion humiliante, d'envie de mourir. À Mont-de-Marsan on voit le flamenco en juillet dans une salle polyvalente surchauffée et sur grand écran parce que c'est moins cher, au milieu des pins, des routes de sable, du désert. On va aux arènes comme des sauvages. On a l'air de pas grand-chose et pourtant on crie qu'on n'a rien à voir avec les châteaux de la Loire, *La Joconde* et Versailles, qu'on est du côté de la mort, de l'angoisse et de l'animal. On veut être colonisés, dans notre Far West landais, et personne ne veut de nous. Sandra a choisi. Elle a voulu l'élégance, le raffinement, la culture, la beauté. Évidemment, le torero français passera toujours pour un plouc en Espagne. Il va à Barbastro et ne se sent plus de joie, c'est la promesse de la gloire. Peu importe. Il est à trois cents kilomètres de Madrid. Plus il s'éloigne de la frontière natale, plus il est torero. Tu dois aller en Espagne. »

Lily accepte de finir les vacances avec nous aux frais de Jean-Luc. Le soir je me serre contre Hadrien, celui que mon cœur aime. Maintenant, plus rien ne peut m'arriver. J'ai envie d'oublier le Nokia à Maujesque, car on ne se séparera jamais, Hadrien et moi. Mais comme je commence à connaître la vie, je le glisse quand même dans ma valise.

SÉVILLE

Chapitre 1

Pendant les vacances ainsi que les mercredis nous regardions longtemps la télévision dans la cuisine pendant que Régine passait la serpillière sur les tomettes cramoisies, toutes fenêtres ouvertes. Plus tard dans l'après-midi Sandra s'entraînait derrière la maison avec un torchon et une épée en bois, elle provoquait les chiens de berger de ma grand-mère qui, prudents, la jaugeaient de loin et aboyaient.

Lily et moi mettions des lunettes de soleil en plastique et jouions à Starsky et Hutch. J'étais le blond. Le rêve de ma vie était de porter des bottes, des lunettes de soleil et d'aller à moto. Avec Lily nous avons aussi fantasmé sur les États-Unis et la statue de la Liberté, les burgers et le café dans des chopes en carton. Je n'ai jamais voyagé et ne parle pas un mot d'anglais. Je n'ai pas de moto, j'adopterai un chaton en rentrant à Bordeaux. Mais Lily et moi savons très bien l'espagnol grâce à l'école publique.

À l'hôtel Los Pirineos de San Agustín, la literie est confortable, les douches sont propres et l'accueil chaleureux. Le Wi-Fi est gratuit et le salon dispose d'une bibliothèque. La télévision est installée dans toutes les chambres. C'est surtout l'établissement le moins cher de la ville, trente-sept euros la chambre et cinq euros par lit supplémentaire. Tout cela est vanté sur le site internet.

J'ai fait moi-même la réservation par téléphone, c'est moi qui suis chargée de rendre des comptes à Jean-Luc sur les dépenses. Les propriétaires de la maison d'hôtes ne sont ni pour ni contre avoir une torero chez eux, ils sont contents d'avoir des clients. J'ai pris cinq chambres : une petite pour moi et Jon, Lily qui a besoin de dormir, Sandra. Une grande pour Tom, Stéphane et Marc. La dernière pour mon amoureux. La veille d'une corrida Hadrien dort toujours seul, comme les toreros. Il couche avec la mort. J'aurais préféré que nous dormions ensemble. Jean-Luc paye, j'ai donc promis aux enfants que nous viderions le minibar. La perspective les enthousiasme.

Cinq heures séparaient Saint-Vincent de San Agustín près de Huesca en Aragon. Sandra et sa cuadrilla roulaient ensemble, Hadrien au volant. Avec Lily et les deux enfants nous suivions dans ma Peugeot. « C'est quand l'Espagne ? » répétait Jon alors que nous soulevions encore la poussière des sables landais. C'était le dimanche des Rameaux, les paroissiens attendaient sur les parvis, des palmes à la main, entourant le prêtre dans sa robe blanche et violette. Les Pyrénées ont surgi quelque part après Tartas, je me gonflais de joie à mesure que nous allions vers le col. Ah ! Étais-je vraiment de la même matière que ces monstres obscurs, de la même densité que la roche, l'herbe, les chardons et les morts qui les engraissent ? Qu'est-ce que je passais, moi, avec mon souffle au cœur et mes dépressions, après les Vandales et les Wisigoths, les musulmans, les bandits aragonais et basques, les pèlerins de Compostelle, les juifs et les résistants ? Et à mesure que nous grimpions je criais « mon amour, mon amour » à l'adresse de la route qui tombait sous nos pieds jusqu'à Somport. J'ai proposé :

« On ne paiera pas le tunnel. On continuera de monter.

— Yes », a réagi Tom.

Nous écoutions du flamenco et Lily à côté de moi tournait ses poignets et tapait dans ses mains. Elle admirait aussi le paysage aride, cela faisait des années qu'elle n'avait pas dansé ni vu loin. Elle a ouvert la fenêtre et les enfants ont protesté, la fraîcheur les a transis d'un coup. Lily seule pourrait écouter du flamenco pendant des heures, elle supporte cette plainte continuelle. Même Sandra se lasse.

Lily petite présentait son spectacle d'école sur l'estrade à côté des arènes après que le maire complètement ivre avait commenté la corrida, le son de la sono au maximum, entouré de ses adjoints au garde-à-vous, distribuant bons et mauvais points pendant qu'on commençait d'écorcher les taureaux à la boucherie et que les matadors sortaient, portés en triomphe par la porte d'honneur ou par-derrière lorsqu'ils étaient défaits. La péroraison du maire vantait le génie municipal dans le choix des *figuras* et des élevages. Lily dansait dans sa robe rouge avec ses camarades, le visage changé par le chignon que Régine avait tiré et pétrifié à la laque dans des cris stridents, ainsi que par le maquillage excessif sur les joues et la bouche.

Nous approchions du col, nous quittions notre désert

artificiel, allions à la capitale. Lily psalmodiait avec le chanteur. Jon a murmuré du fond de la voiture : « Moins fort maman. » « Change la musique, a ajouté Tom sans lever les yeux de la Nintendo. Jon va se sentir mal. Moi aussi d'ailleurs. »

Mais Jon a vu Frida Kahlo dans les nuages avec ses fleurs sur la tête et tracé des formes sur la vitre. « Qu'est-ce que tu m'énerves », répétait-il même après que sa mère eut éteint la musique. Tout le monde a mangé beaucoup de chips barbecue, de KitKat, de Dragibus et de crocodiles. Je ne cessais de penser à Nathalie, à ce qu'elle glissait dans ses poches, à ses cheveux d'argent, à la plage de Contis. Même si elle n'était plus là, il était certain que nous n'en avions pas fini avec elle.

Les arènes de San Agustín consistent dans des gradins démontables et une piste de sable tapissée de banderoles au nom des associations taurines de la région. Pendant la feria les femmes s'habillent en robe de soie chamarrée et les hommes en pantalon court de velours noir et gilet. Avant la corrida il y a un spectacle plus moderne, des deux-chevaux rouges et jaunes tournent dans l'arène et présentent au public la reine de beauté de la ville, debout dans une voiture, flanquée de ses dauphines en robe rouge et boléro. Ce n'est pas de la grande tauromachie mais Sandra s'en moque.

Nous sommes arrivés vers vingt heures, les rues étaient pleines de monde. Nous avons garé les voitures au parking de Los Pirineos. Sandra est sortie dîner au restaurant avec les garçons. J'ai acheté des sandwiches pendant que Lily installait les enfants dans les chambres. Ils ont mangé en tailleur sur les lits puis se sont couchés, Tom dans le lit de camp de la grande chambre en attendant les banderilleros, Jon seul dans le lit où je le rejoindrais. Avec Lily nous nous allongeons tel un vieux couple l'une à côté de l'autre dans sa chambre, ouvrons nos sandwiches et sodas.

« C'est de ma faute si Jon est comme ça ? me dit-elle la bouche pleine, rattrapant du bout des lèvres un morceau de tomate. Qu'est-ce que je lui ai fait ? Quand les gens m'agressent dans la rue en me disant que je l'élève mal, je suis infoutue de rien dire. Au fond je suis persuadée que c'est ma faute. Il ira à l'hôpital, puis je trouverai une institution. Je devrai me séparer de lui, et personne ne peut comprendre à quel point cela m'arrache le cœur. »

On s'enfile une demi-bouteille de mauvais rouge achetée à la patronne de la maison d'hôtes dans des verres en plastique. « Tu couches avec Hadrien ?

— Et alors ?

— C'est une bonne idée.

— Demain je l'accompagne au tirage au sort des taureaux. » J'élude les questions, je déteste parler de ces sujets avec elle. Lily répète que c'est une bonne idée et rejoint la chambre où dorment les garçons, elle veut s'endormir contre Tom. C'était bien la peine que je lui prenne une chambre. Moi je veux veiller tard.

J'erre dans les rues grises de San Agustín, croise les familles qui rentrent chez elles, les jeunes assis sur les murets d'où la vallée dégringole et descends vers la ville basse par des escaliers malodorants. Je longe des façades aux couleurs gaies au bord de la rivière. J'espère croiser Nathalie, la trouver accroupie dans un coin, fouillant le sol. Je bois des bières, seule en terrasse. En rentrant au détour d'une rue la cathédrale me surplombe, navire de ponce qui donne le vertige. Plus tard je me couche contre Jon enroulé dans son drap telle une momie, respirant à peine. Je tire sur le linge comme si je défaisais des bandelettes, son visage rosit. Je m'endors en lui tournant le dos.

Chapitre 2

Quand je me suis réveillée j'étais seule. Lily était déjà sortie, je ne l'avais pas entendue exfiltrer Jon de la chambre. Tom était assis dans le hall, devant la réception, sous une affiche pour une exposition Picasso à Bilbao, les jambes écartées et insolentes, affichant son oisiveté. Il était habillé tout en noir, des Nike au tee-shirt AC/DC. J'allais retrouver Hadrien pour le tirage au sort de la corrida dans les enclos à côté des arènes. Tom m'a suivie, nous avons marché. Il y avait peu de monde dans les rues, la ville dormait encore.

Jean-Luc était déjà sur la plate-forme au-dessus des taureaux en compagnie des représentants des associations et des cuadrillas des matadors Pablito et El Pequeño. Hadrien se tenait à distance, isolé. Les vétérinaires étaient déjà passés pour le dernier contrôle. Nous entendions les taureaux mugir et nous sommes approchés de l'escalier. Un jeune garçon en Barbour et bottes, la mèche collée au front, l'a descendu à toute allure. En arrivant à notre hauteur il a levé la tête et m'a barré le passage : « Pas de femme », a-t-il dit en espagnol, laissant Tom passer sous son bras. J'ai protesté que c'était mon neveu, il avait quinze ans et moins de poils que moi sur le corps, je pouvais le suivre.

« Que les hommes », a insisté le garçon dans un français sans accent. Il s'est tourné vers Jean-Luc qui d'en haut a approuvé d'un signe de tête, feignant de ne pas me reconnaître.

Tom est monté sur la passerelle, a rejoint Hadrien. Une dizaine d'hommes étaient présents mais seuls Hadrien et Jean-Luc représentaient Sandra. Ils ont longtemps regardé les bêtes en les montrant du doigt pour constituer les paires. Puis Jean-Luc a sorti les feuilles de papier à cigarette et un stylo-bille. J'ai fait le tour du *ruedo* en attendant la fin de l'affaire.

« Tu ne sais pas monter un escalier ? Tu as mal à la jambe ? »

Hadrien avait dévalé les marches et couru pour me rattraper. Il semblait hors de lui.

« On ne m'a pas laissée monter. Parle-moi sur un autre ton.

— La prochaine fois je leur pète les genoux. Il n'y a que des mecs à Jean-Luc là-dessus, que des Français qui parlent espagnol comme des vaches. Chez Isabel Cortés, ça ne se passerait pas comme ça. Tu imagines, une femme qui ne peut pas voir les taureaux ! Elle en passerait un à la carabine. »

Il me tirait par le coude pour que je marche plus vite et me faisait mal tout en racontant ce qui s'était passé sur la passerelle. Les mots sortaient de sa bouche comme des balles de mitraillette. Jean-Luc avait truqué le tirage avec la complicité du président de la corrida, pensant qu'Hadrien ne s'en apercevrait pas, d'abord en formant les paires puis au moment de choisir les papiers dans la casquette du président. « Il est l'*apoderado* de Pablito ? » C'est ce qu'Hadrien a demandé à son voisin, pensant plaisanter. L'autre lui a dit le plus sérieusement du monde : « Tu ne savais pas ? » Hadrien s'est senti mal. Jean-Luc a tiré les papiers pour Sandra puis Pablito, dans l'ordre d'ancienneté. Pablito a eu les deux petits *castaños* musclés et râblés, les meilleurs. « J'ai fait comme si de rien n'était, sinon j'aurais pu le tuer. Mais on s'en fout. Il n'y a jamais de succès pour les tricheurs. On ne sait jamais ce qui peut arriver avec un taureau. Souviens-toi de ça, toi », a dit Hadrien en se tournant vers Tom qui n'avait rien demandé.

Nous avons marché en silence. Je savais qu'il n'y avait rien à faire. Lorsque nous sommes rentrés, Lily pleurait dans la salle du petit déjeuner. Jon était assis sur une chaise au pied de l'escalier, il mangeait un Sneakers. Ses mains et son pull étaient maculés de chocolat. La police était intervenue pendant leur sortie pour une histoire de trottoir sur lequel Lily voulait qu'il marche droit. Il s'était mis en colère. « Calme-toi Jon, calme », chuchotait Lily à son oreille. Il se tordait sur le macadam comme cela pouvait lui arriver. Des passants avaient alerté la police.

Hadrien a secoué les bras comme s'il cherchait à ressusciter Lily, postillonnant d'émotion. Sa faconde alimentait sa rage :

« Dans les arènes il y a peut-être plein de connards mais

pas des fascistes qui enverraient les enfants comme Jon en camp de concentration. C'est quoi ces gens qui veulent leur confort, leur bien-être ? Qui mettent des boîtiers à leurs chiens pour les électrocuter quand ils aboient ? Je les méprise. » J'ai pensé au tirage au sort, à Pablito et à Sandra : « Je vais emmener Jon à la course. On va arrêter de l'emmerder avec les lignes droites. Une arène, ça devrait lui plaire.

— Jon à la corrida ? Tu es folle, m'a dit Lily. Et s'il panique ?

— Ce sera mon problème, pas le tien. Tu verras. Tom ira se balader en ville, tu boiras une bière en terrasse. »

Dans le couloir de l'étage, la femme de ménage se signe, elle a aperçu Sandra devant son miroir s'habillant en torero pour la course. Avec Hadrien nous avons poussé la porte de la matador : « Je ne veux rien savoir sur les taureaux, a-t-elle anticipé sans se retourner. Je n'ai pas besoin de savoir. Je prends ce qu'on me donne. » Inutile de lui raconter des histoires de triche, elle n'y croit pas. La triche c'est du destin. Tout est du destin. Tout doit arriver.

« OK, a dit Hadrien en se plantant un cure-dents entre les molaires. Il y a autre chose, quand même. Pablito a tiré les meilleurs taureaux. » Sandra l'a regardé, j'ai craint son visage douloureux. Elle a soupiré : « Ça non plus, je ne veux pas le savoir. »

Jon a marché vers les arènes en déambulant à quelques mètres de moi comme à son habitude. Il allait en arabesques et revenait quand je l'appelais, il déviait de sa route en s'inclinant comme si ma voix l'avait délicatement harponné.

L'arène était à moitié pleine, il pleuvait et l'horizon était encombré de nuages sombres. Sur le parking en face, les chauffeurs des cars de touristes et des guides déguisés en costume espagnol de pacotille fumaient une clope comme les croque-morts attendant en costume étriqué la fin des messes d'enterrement. Dans le ciel cela charbonnait au nord, j'étais sûre d'avoir entendu l'orage. Les touristes chinois s'asseyaient en groupes distincts sur les gradins, les appareils photo autour du cou, ils se filmaient dans l'arène avec des perches. Les touristes européens étaient silencieux, ils demandaient à leurs voisins de s'asseoir et de se taire. Les aficionados du cru faisaient semblant de ne pas comprendre l'anglais, ils restaient debout en commentant, les pieds dans les épluchures et les papiers sales, achetaient du gin-tonic et de la bière dont les verres passaient au-dessus des têtes. Ils étaient tous rassemblés dans la partie au soleil en haut, celle des places bon marché.

Quand ils sont entrés tous les trois, El Pequeño, Sandra et Pablito, les gens ont crié de joie en faisant résonner le silence du reste des gradins. Le petit gabarit du béat Pablito, ses rondeurs aux joues et aux cuisses ont suscité immédiatement la sympathie. Il avait une bouille d'acteur de série humoristique américaine. Il a été longuement applaudi, ses sourires pleins de jovialité enchantaient. À côté, Sandra, hâve et trop maigre, était une figure funeste.

Jon gobait les cacahuètes décortiquées que je lui tendais

et regardais les chevaux et les garçons d'arène arroser la piste. Ses yeux noirs clignaient à cause du soleil, ses longs cheveux lui arrivaient au cou. Puis il observa les cigares, les verres de bière, les cacahuètes grillées ; les bras nus des femmes, leurs lèvres rouges, leurs chignons sophistiqués, talons et cigarette, le rouge sur les dents ; les hommes exhibant leur montre plaquée or et la gourmette en secouant les bras, la chemise ouverte sur la médaille de baptême et les poils entre les clavicules ; les cheveux gominés, les mocassins, les costumes, les conversations animées entre petits groupes d'amis. Il refusa de s'asseoir quand commença la première faena.

Un torero peut être brave, élégant, raffiné, il peut tout comprendre au taureau, il peut même être un génie d'audace et donner jusqu'à la dernière breloque de son habit dans le combat, s'il tue mal il ne sera jamais considéré comme un bon matador et le public le méprisera. Il aura raison. Un torero médiocre aux fers est un mauvais torero. Pourquoi certains savent tuer et pas les autres ? Ce n'est pas une question de force ni de détermination. Il y a ceux qui toréent par esthétique, d'autres qui toréent par métaphysique et ce n'est pas du tout la même chose. Les premiers ont plus de mal, c'est certain. Ce sont des danseurs, des artistes. Les autres sont des tueurs, c'est leur vocation de s'exclure de la société humaine. Ce sont les saints patrons du personnel des abattoirs, les plus petits des plus petits auxquels il ne reste plus, pour survivre dans la société des hommes, que la tâche de donner la mort à la chaîne.

El Pequeño, le premier torero de l'après-midi et le plus

ancien, était de la famille des artistes : il lui a fallu quatre épées pour achever le premier taureau dont les poumons se vidaient dans le sable. Il s'est assis contre les planches pour le regarder mourir en l'applaudissant de deux mains lentes avec une désinvolture qui a révolté. Il a été longuement sifflé et l'ombre lui a fait une bronca d'enfer. Les touristes se sont levés en petits groupes et sont sortis, écœurés.

Son deuxième taureau s'est relevé trois fois après l'estocade, chargeant El Pequeño qui s'enfuyait. Son péon a achevé la bête en lui sectionnant la moelle épinière, il a roulé sur le dos, les pattes en l'air. Lorsque le taureau s'est écroulé, le public s'est levé de soulagement et a applaudi la bête emportée par les claquements des fouets. Jon tapait dans ses mains de toutes ses forces en suivant le rythme collectif, la bouche entrouverte pour prendre le filet d'air dont il avait besoin, les yeux sur le taureau qui disparaissait.

« Je vais faire fondre les arènes. Ils ne pourront plus le tuer », a-t-il dit alors de sa voix claire.

Les taureaux de Sandra ont bien chargé aux piques, ils étaient vaillants et continus dans la charge, sans nervosité. Mais Sandra était si tendue sur les étoffes que ses poignets étaient rigides, ses coudes se tendaient anxieusement pour écarter le taureau, l'emmenant loin d'elle. Elle se penchait comme si ses intestins la faisaient souffrir. Puis elle n'a su qu'accompagner la trajectoire du taureau sans plus l'orienter. Elle l'a pris de profil et, se rapprochant de lui, après son passage, elle s'est laissé couvrir de son sang, tactique trompeuse des toreros qui doutent. Hadrien, penché au-dessus de la barrière, grondait :

« Croise-toi. Baisse la main. Détends le bras, emmène-le loin, en profondeur, casse sa course. Ralentis. »

Alors Sandra s'est arrêtée et a regardé longuement le taureau, il avait une mine d'enfant ahuri. Elle a baissé la muleta, tendu la main comme à un oiseau qui veut becqueter. Puis elle a tourné le dos au taureau et elle a marché vers les planches.

Les murmures de colère sont montés à l'ombre pendant qu'Hadrien lui passait l'épée. Elle a tué la bête comme si elle se débarrassait d'elle. Derrière nous un éleveur français grognait qu'au moins elle aurait pu faire quelque chose avec ce taureau-là, que l'animal en avait encore sous la pédale. Il n'avait pas lâché deux jours un troupeau de deux cents têtes de bétail dans le Gers pour voir ça.

« Je l'aime bien la petite, hein, ce n'est pas la question. Mais pardon, elle n'est pas au niveau. »

Il a continué à grommeler en nous flanquant malgré lui des coups de pied dans le dos. La matador a pris son deuxième taureau à genoux, de face à la sortie du toril, *a puerta gayola*, et a dévié sa course. Le taureau a dessiné une oblique parfaite. En se redressant, elle a trébuché, Stéphane s'est avancé vers la bête, l'attirant à lui, le temps que la torero reprenne ses appuis. Sandra a montré quelques belles véroniques en faisant glisser le drap sur le visage de la bête comme la sainte femme sur son homme-dieu, épousant le rythme du taureau. Nous avons eu l'espoir que la suite serait plus belle encore. Mais la bête s'est épuisée aux piques. Elle n'a pas répondu davantage aux invitations de Sandra et s'est laissé tuer sans même relever la tête.

Jon, toujours debout, plongeait dans le silence qui accompagnait un enchaînement difficile, tournait la tête vers les protestations ou les approbations qui montaient soudain, les insultes, les bons mots. Il levait les bras comme un chef dirigeant une symphonie que lui seul entendait ou pointait le doigt vers une couleur, un petit drame comme il y en a tant dans les corridas, un banderillero perdant sa chaussure, le taureau tentant de rentrer au toril, le torero glacé de peur. Après le second de Sandra, il m'a pris la main et ne l'a plus lâchée.

Les *castaños* joueurs qui suivaient étaient excellents et mettaient Pablito en valeur. Le gamin interpellait le taureau, ployait sa taille à l'excès, crispait les joues sur ses lèvres retroussées, caricaturant la virilité face au beau visage de l'animal meuglant. Depuis le *callejón*, Jean-Luc lançait des interjections au garçon. « Il était où, celui-là, quand Sandra toréait ? » me suis-je dit. Nulle part. Pour le gamin, en revanche, Jean-Luc était réapparu. Il lui criait des conseils avec une agitation démonstrative, interpellait les garçons de la cuadrilla qui l'écoutaient. Pablito a pris son second taureau avec une passe changée, citant le taureau à droite pour, balançant la cape d'avant en arrière contre son flanc et l'arrêtant soudain dans son dos, dévier au dernier moment la charge à gauche. L'animal a effleuré les fesses du matador. C'était une passe spectaculaire. « Olé », a crié l'arène. Pablito allait en volte-face, se retournant toujours de profil et bravant le taureau dans des attitudes de défi. Son âge excusait les excès, le public applaudissait. Sa tauromachie plaisait. Il exagérait la grimace désagréable qu'on voyait depuis peu aux jeunes matadors. Il poussait trop loin la bête qui tirait la langue et demandait la mort. Il l'a provoquée jusqu'à ce que l'ombre, en haut, se soulève. Alors il l'a tuée d'une épée foudroyante. À la fin de la corrida de jolies filles à jupe courte et gilet noir, gros nœud rouge dans les cheveux, ont posé avec les toreros. Derrière Pablito porté en triomphe sur les épaules de deux gars costauds, Jean-Luc serrait des mains et saluait.

J'ai dévalé les gradins en bousculant les gens qui se rapprochaient des portes, ai sauté dans le *callejón*. Sandra devait sortir par l'arrière du côté des chevaux. À l'ombre de la cour elle attendait que le monde massé autour de sa voiture, de l'autre côté du mur blanchi, se disperse. Des mains rares se sont tendues vers elle, elle les a ignorées. Sur le sol elle dessinait des formes du bout de sa *zapatilla* dont le nœud de soie était défait. Quand Stéphane lui a fait signe, elle s'est glissée par la porte en baissant la tête et a trotté vers la voiture. Elle y est entrée sans un regard pour les femmes qui lui tendaient des photos à dédicacer.

Une heure plus tard Jean-Luc s'est pointé à Los Pirineos. Hadrien l'a empêché de monter chez Sandra en l'invectivant : « Je peux savoir ce que tu foutais dans l'arène pendant qu'elle essayait de faire quelque chose des taureaux que tu lui as laissés ? C'est Pablito ton protégé ? Sandra, le faire-valoir ? »

La femme de chambre qui s'était signée le matin était à la réception et suivait la scène avec passion. Lorsque Sandra était rentrée, elle l'avait embrassée en tenant son visage dans ses mains. « Ce n'est pas un métier pour une jolie petite comme toi. » Pendant qu'Hadrien menaçait Jean-Luc, Sandra descendait l'escalier, en pantalon noir et chemise blanche, chaussée d'espadrilles. Les cheveux mouillés sur la nuque, elle avait dix ans de plus. Elle avait perdu au moins trois kilos pendant la course.

« Tu veux me parler ?

— S'il y a un remplacement à Madrid ou ailleurs, il sera pour toi. Mais tu n'es pas la seule dans le circuit.

— Apparemment. Les remplacements seront pour Pablito. C'est lui qui aura la San Isidro, qui aura Séville.

— Sur le circuit européen c'est moi qui m'occupe de lui, en effet. Il m'a fait confiance. » Il était content d'évoquer sa conquête malgré la colère de Sandra.

« Sur le circuit européen, a répété Sandra pensivement. Et dans l'arène ?

— C'est grâce à lui qu'il y avait du monde ce soir. Il faut des noms pour faire venir les gens. Pablito a rempli les gradins. Tu n'as pas les moyens de te plaindre. Au moins tu as bien tué. La prochaine fois, c'est toi qui vas à Madrid. »

Alors Hadrien a saisi Jean-Luc par le bras comme il m'avait attrapée le matin en quittant les enclos. Il l'a entraîné vers le trottoir et frappé au visage. Jean-Luc n'a pas eu la présence d'esprit de se baisser ou de lever le coude, il est parti un peu en arrière sans tomber pour autant. Son nez saignait abondamment mais un calme irréel régnait. Jean-Luc a chancelé, la main sur le visage. Il est parti vers sa voiture d'où un homme est sorti pour venir à son secours.

Chapitre 3

Le ciel est soudain obscur, une pluie fine se met à tomber en franges implacables. C'est la nuit avant la nuit. Hadrien nous emmène dans le seul lieu de flamenco et de tauromachie de San Agustín, trois salles sombres formant un bar à quelques mètres avant la sortie de la ville, au bord d'une route départementale fréquentée. Lily a laissé Jon à Tom. Nous suivons la cuadrilla qui longe les murs des rues étroites, nous formons un cortège aussi gai qu'un enterrement. Nous croisons des groupes de jeunes fêtards ou d'alcooliques solitaires. Dans cet endroit les tables sont des tonneaux, on peut chuchoter dans des alcôves décorées comme des chapelles d'arènes, avec des croix, des statues et des ex-voto. Nous nous mettons à la première table près de la porte, restons debout comme des soldats sauf Sandra juchée sur un haut tabouret en fer.

« Avec les garçons on ne pourra pas continuer comme ça. Toi non plus, dit Hadrien à Sandra. On doit vivre. »

Stéphane et Marc baissent la tête et creusent des lignes dans le bois de la table avec des cure-dents qu'ils ont d'abord extraits de leur sachet de papier. « Les garçons doivent être payés.

— Dès que je le serai moi-même, je vous paierai. »

Elle évite de croiser le regard de ses employés et ne cesse de se tourner vers le comptoir derrière lequel le patron essuie lentement des fonds de verre à pied. Il apporte les bières, la tortilla et le jambon qu'Hadrien a commandés en arrivant. Il est d'une humeur noire, pour la première fois il engueule Sandra en public, je me sens humiliée pour elle :

« Tu n'as même pas parlé aux picadors avant la course, ça ne se fait pas. Et dans l'arène tu n'as donné d'indication à personne. Tu n'écoutais pas ce que Stéphane et Marc te criaient. Tu laisses les picadors vriller le dos des taureaux pendant que les gens s'époumonent de rage. Le public déteste ça. Et puis tu ne sens pas la bête, tu ne fais même pas l'effort. Tu as failli te faire prendre en attendant le premier, assise contre la barrière comme une idiote. Il rêvait de t'y clouer, le bougre. On fait ça avec les braves mais pas avec ce bétail. Tu sais quoi ? On dirait que tu veux te suicider. »

Stéphane et Marc sont gênés, leur tête s'enfonce dans les épaules.

« Hadrien, fous-lui la paix. Elle est fatiguée, elle aussi. Laisse-la manger, dit Marc. *À chaque jour suffit sa peine.*

— Ça c'est l'Évangile », dit Stéphane en levant un doigt qui reste dressé. Lily aussi esquisse une protestation mais Stéphane ne lui en laisse pas le temps. Il s'exclame, la tête tournée : « Sánchez est là. » Nous suivons son geste qui désigne l'alcôve la plus exiguë du bar. Le matador vétéran et sa cuadrilla, trois hommes d'âge mûr qui le suivent depuis ses débuts, sont assis à côté de la porte des toilettes autour d'un guéridon.

Sánchez, l'homme qui n'a pas voulu tuer le taureau qui a précipité Sandra dans ce gouffre sans fond, le bâtard débordé par l'animal retors rentré au toril avec sa compagnie de castrés, est à quelques mètres de nous. Gitan de Jerez de la Frontera, le torero le plus original de la tauromachie est connu pour ses phases maniaco-dépressives. Arrogant ou généreux, suicidaire ou lumineux, il a exaspéré tous les imprésarios du métier. Sa carrière a suivi les aléas de son psychisme. Pourtant nul ne danse comme lui, nul n'a autant de grâce. Au moment de son mariage avec une chanteuse de flamenco d'une famille de Jerez, il était une star. Il toréait cent cinquante corridas par an. Il était usé jusqu'à l'os. Il lui aurait fallu moins de contrats pour déployer sa sensibilité mais fouetté par sa femme il allait de corrida sublime en course désastreuse. Estrella, son épouse, continuait sa carrière en chantant de la variété aux États-Unis avec succès, c'était une machine de guerre. À trente ans, il n'avait plus qu'une poignée d'engagements par an. Quand il ne pouvait rien faire avec un taureau, il le tuait fissa sans risquer d'ennuyer les spectateurs. Il ne ratait jamais sa mise à mort. « J'ai le respect du taureau et de moi-même. » Il déployait sa cape devant les gens qui lui hurlaient dessus quand elle sortait propre et fraîche comme le linge tiré du fil. « Les taureaux ne donnaient rien. » Les éleveurs étaient furieux. Sánchez reprochait à sa femme de prostituer son talent à l'industrie de la musique. Ils ont fini par divorcer.

Sandra salue Sánchez. Il se lève et lui demande chaleureusement des nouvelles de sa santé, il répète qu'il est heureux de la revoir dans le circuit. Il parle fort, exige qu'elle lui montre sa cicatrice au ventre, elle lève un peu son pull noir puis nous fait signe d'approcher. Sánchez semble content d'avoir de la compagnie. Nous nous installons avec eux. Le torero cache son crâne dégarni en rabattant ses cheveux en arrière sous une couche de gel. Sa peau est grumeleuse, ses yeux sont trop écartés du nez et son visage ressemble à celui d'une taupe. Sa laideur est sympathique. Le gin l'a échauffé dans un sens joyeux.

Une femme se met à danser, le patron monte la musique, nous sommes bien. Hadrien raconte la corrida avec animation et Sánchez hurle en français : « Pablito lé pétit bébé tou-eur » avec des mimiques qui font rire Sandra. Nous buvons tous du gin-tonic, puis du vin, j'en prends trop. Sánchez parle en resservant les verres à peine vides. Il a le sens des discours excessifs et sentimentaux, c'est l'une des raisons pour lesquelles les journalistes le recherchent :

« En Europe ils n'en ont rien à faire de ton envie. Ils veulent des jolis toreros qui portent bien les couleurs de l'habit de lumières. Moi je suis laid, je ressemble à Maître Yoda, je ne porte que du violet qui me va très mal. Ces derniers temps le public européen apprécie le style dépressif, José Tomás l'ascète, le Savonarole qui laisse son corps à l'hôtel. C'est ce qu'il a dit ! *Dejo el cuerpo en el hotel.* Le stoïcisme suicidaire. Mais moi quand je vais aux toros je veux voir le corps du torero, qu'il soit un artiste. José Tomás s'entraîne devant un miroir. Je l'aime bien, hein, ce n'est pas la question. Mais tout est dit, devant un miroir ! José est devenu le Christ quand toute l'arène d'Aguascalientes a donné son sang pour lui après sa blessure. Moi, mon corps, je ne le laisse pas à l'hôtel. Je ne suis pas un ange. En Europe on ne veut pas voir qu'un taureau est un animal sauvage. Plus personne ne veut se battre pour quelque chose qui le fasse décoller de terre. Petit matérialisme. Alors tout le monde s'assassine en silence. Les gosses se tuent dans des toilettes de lycée, ils se lynchent dans des bois, ils se terrorisent. Et les bêtes, ils les laissent s'exterminer dans des hangars et filment. Les mêmes deviendront vegan et se feront euthanasier dans une chambre avec vue sur un lac suisse. J'ai eu une vie horrible en Europe mais depuis trois ans, je voyage. Il faut aller en Amérique du Sud. »

Marc et Stéphane somnolent sur leur verre, Lily leur donne des coups de coude. Sandra écoute Sánchez et ses yeux brûlent.

« Je vais au Pérou. Je torée là-bas maintenant. Je prends tout, les bleds paumés, Macusani, 4 315 mètres d'altitude, la place la plus haute du monde. Faut avoir du poumon pour monter là-haut. Ce n'est pas une question de nicotine ou d'alcool, crois-moi. C'est tout dans la poitrine, dans le désir. Moi j'ai envie. Le public s'installe dans les gradins trois heures avant le début de la corrida. Ils mangent, boivent et rigolent. Les arènes sont remplies, il n'y a pas un souffle d'air entre deux spectateurs. Une mer de gens jusqu'au ciel. Ils m'ont donné le Scapulaire d'Or l'an dernier, leur décoration maximum en l'honneur de la Mamita inmaculada. Là-bas ils respectent un taureau qui charge et un torero qui dépose sa peau sur les cornes, ils ont le cœur rempli de tendresse. Ils s'en foutent des jolies gueules. Tu es moche, c'est la preuve que tu as souffert. On porte ses malheurs sur la tête. Ceux qui viennent encore nous voir en Europe sont des gens qui ne comprennent pas, qui ne nous ressemblent pas. Ils veulent de l'esthétique, ils ont une idée de la tauromachie. Et maintenant, ils ont même une idée de ce qui est bon ou pas pour les bêtes. Rien ne leur plaît, ni le taureau, ni le matador, ni le picador. Il faut voir l'*afición* en Amérique, Sandrita, les gens qui t'embrassent, te sourient, t'encouragent, te lancent des cadeaux. Elle danse bien. »

Une femme d'une cinquantaine d'années danse à présent avec deux hommes près du comptoir, le patron a monté le son. Elle porte une jupe de flamenco et un boléro, ses cheveux cuivrés tombent jusqu'à ses fesses. Pendant que Sánchez parle, Lily et moi enchaînons les gin-tonics et les vodkas.

Si l'on savait vraiment de quoi notre corps est capable, les effets que ses torsions et ses étirements peuvent avoir sur nos pensées et nos affections, nous serions tout autres, si proches des animaux. Mais le péché originel nous interdit d'habiter un corps. On l'occupe comme une citadelle, comme un campement provisoire, comme une tente dans le désert. Le péché nous fait croire que l'âme est ailleurs. Le Christ a voulu nous délivrer de cela mais il s'est raté à cause des chrétiens. J'étais assise sur les toilettes du bar en développant cette argumentation. La porte ne fermait pas, Lily l'a soudain ouverte en manquant tomber sur mes genoux et j'ai éclaté de rire.

« Tu es complètement torchée.

— Mille pardons », ai-je répondu en la saluant jusqu'à terre, le pantalon sur les chevilles. Je suis ivre en effet, de chaleur et de gin, de joie aussi parce que Sánchez me plaît. Lorsque je retourne à table Sánchez parle encore et l'ambiance est moins gaie :

« Ton Jean-Luc a sa star, il se fiche de toi. Les *apoderados* font des choix. Tous les remplacements, tous les contrats seront pour Pablito, ne te fais pas d'illusions, *torero*. Pablito c'est le nouveau Roca Rey, c'est ce qui se dit en Amérique. »

Sandra écoute, un peu tassée sur son *tinto* auquel elle ne touche pas, je pense que je me coucherai bientôt près d'Hadrien. Nous rentrons. La musique nous parvient à peine engagés dans la rue de l'hôtel. « Ce n'est pas commun, Queen un soir de feria », dit Lily amusée. C'est Freddie Mercury martelant *Another one bites the dust* et des voix qui se superposent à certains moments : « Hey ! Hey ! » Nous approchons, comprenant que cela vient de Los Pirineos, de nos chambres exactement, au deuxième étage sur la rue. « Merde ! La chambre de Jon », s'exclame Lily. Et la mienne. « C'est Nathalie », me dis-je. Les voix décalées de Tom et Jon tombent du balcon à nos pieds et s'amplifient, s'échappant vers la ville, le large. « Another one bites the dust, hey ! Hey ! » La fenêtre est allumée, nous apercevons les ombres des garçons, Tom qui tient le téléphone en agitant le bras et Jon qui tourne sur lui-même comme un derviche, ombre extatique, la tête penchée. La réceptionniste nous prie d'intervenir auprès des enfants qu'elle n'arrive pas à joindre au téléphone, ils ne répondent pas. Elle n'a pas le droit de quitter son poste la nuit et plusieurs clients se sont plaints. « Maman, je ne pouvais pas arrêter. Regarde Jon ! Il danse ! » s'exclame Tom en ouvrant la porte. Pas de Nathalie. L'adrénaline descend, je m'assoie pour ne pas tomber. « Sur du rock ! » Jon continue de tourner en nage, les yeux fermés, poings serrés, répétant ces mots magiques dont il ignore tout mais dont il connaît l'âme : « Euh Nozer baït ze deust. » *Hey ! Hey !* Il s'endort avec le casque de Tom sur les oreilles, serrant le lecteur MP3, pendant que son frère lisse ses mèches humides sur ses tempes. « Demain je vais te faire écouter plein de choses », déclare-t-il, absorbé.

Plus tard Hadrien ouvre les volets sur les néons du vidéoclub en face de l'hôtel. Je retrouve mon amant, il m'a manqué, je n'ai plus l'âge de passer des nuits seule. La vie est trop courte à présent. Elle s'est soudainement raccourcie. Jusqu'à quarante ans, je l'avais devant moi. « Tu m'as manqué. » Un grand oiseau passe dans le ciel, une sorte de héron, il s'ouvre en quatre traits de khôl sur les nuages enroulés comme de la réglisse. Hadrien sourit avec ses chicots, du chiendent, son sourire pasolinien. Quand il sort de la salle de bains je griffonne dans un cahier piqué à Lord. C'est un cahier rose. J'ai déjà rempli un vert à Saint-Vincent, il est corné et sali au fond de mon sac de voyage. « Qu'est-ce que tu fais ?

— Je gribouille.

— C'est marrant. Tu les mets dans un drôle d'état, tes cahiers. » Il les montre du doigt, en vrac et froissés dans ma valise ouverte sur le lit. « Ils furent jolis », dis-je avec la joie d'Attila.

Chapitre 4

S'il existait une drogue capable de foudroyer le corps comme la mort nous tombe dessus, et de nous donner la gaieté parfaite, celle qui nous débarrasserait de toute identité et de l'histoire, il n'y aurait plus de mystique. Tous les mystiques ont cherché le vin qui n'existe pas. Je le sais, moi aussi je l'ai cherché. C'est celui dont j'ai besoin, c'est ce qu'il faut à mon corps, ce n'est pas un désir, c'est une nécessité.

Je n'ai jamais eu de chance avec les drogues, elles ne me font rien, en tout cas pas ce que j'espère. Le vin a toujours un relent de fruits vomis et me rend plus triste encore. Le gin, la vodka sont trop lourds et éphémères. Tous les alcools ont un fond de pourriture. Seuls les vins de la rive gauche de la Garonne libèrent leur fumée d'encens, de cierge et montent un peu au-dessus de la terre. Mais combien ça coûte de s'enivrer au très vieux saint-julien, au saint-estèphe, au pessac-léognan ? C'est Lord qui m'a fait boire des purs jus de temps et je ne payais pas l'addition. Ensuite on ne peut rien boire d'autre, peut-être seulement de l'armagnac, celui qu'on piquait dans les placards de Maujesque. Oui l'armagnac seul peut t'envoyer direct au ciel, embaumé dans un berceau de bois odorant, de feuilles et de champignon, la tête dans de la mangue. Je ne sens plus mon cœur battre, il ne court plus après la vie pour essayer de commencer quoi que ce soit. Enfin, c'est fini.

Je suis à genoux devant la cuvette des toilettes et m'accuse d'avoir bu des alcools dégueulasses. Mon procès se passe mal. Je suis une pauvre fille mélancolique, sans ambition. Hadrien dort sur le dos, les bras en croix, et ronfle. J'y vois un mauvais présage, je le réveille pour qu'il m'engueule, cela ne manque pas, il est plus atrabilaire encore que la veille. Je m'enfuis, je vais manger des croissants fourrés de marmelade à la terrasse d'un café après avoir acheté les journaux. La presse ne parle que du phénomène mexicain, Pablito le nouveau Roca Rey. Je suis assise en face de l'église, le porche est du douzième siècle, en bas gît un bloc de HLM orange. Le café est le seul ouvert à cette heure matinale. Sandra me rejoint, puis Hadrien.

Venant du centre-ville, Sánchez fait irruption devant nous comme par hasard, habillé en polo et jeans Ralph Lauren, gominé et peigné au cheveu près. Je n'avais jamais remarqué le strabisme de son œil gauche. Comment fait-il dans l'arène avec un œil qui se barre ? Il n'a pourtant jamais eu d'accident grave contrairement au pirate Padilla encorné à l'œil. « Hé hé », fait Hadrien en levant les yeux vers lui. Après quelques politesses Sánchez demande s'il peut s'asseoir avec nous. Sandra tire une chaise, Hadrien fait la tête.

Personne n'a rien à se dire après la soirée de la veille. Sánchez a l'air plus petit et âgé, sa figure de rongeur est toute renfrognée. On voit bien ses deux golfes dégarnis, la gomina tente de maintenir une sorte de vague sur le haut du crâne. Il a le corps d'un homme de soixante ans malgré son maintien et sa distinction.

Sánchez raconte qu'il torée à Séville le dimanche de Pâques. Ce seront ses vingt ans d'alternative, les organisateurs ont trouvé bon de lui faire cet honneur parce qu'il est un gars de la région et qu'ils espèrent faire venir ses fans mais Sánchez ne se fait pas d'illusions, c'est une sorte de tournée d'adieu, de *despedida*, un hommage avant le grand oubli. Il est déprimé, il ne veut pas jouer la comédie du retour, du type qui s'accroche.

« Je n'ai plus rien à dire dans l'arène. Viens toréer dimanche avec moi. »

Sandra sourit : « Tu m'invites chez toi ?

— Non, aux arènes de Séville. Tu sauteras. »

Autour de la table le silence est d'abord perplexe. Hadrien est tendu en avant, il dévisage Sandra qui évite son regard. Les deux garçons se balancent, enfoncés dans leur chaise. Sánchez continue, ne s'adressant plus qu'à sa collègue. Elle pourrait sauter dans l'arène et toréer son taureau comme les gosses faisaient autrefois pour se faire valoir à la grande époque, les enfants des rues qui cherchaient la reconnaissance du monde.

« Les gamins oui, pas les toreros confirmés. » Un peu de salive d'Hadrien constelle la table de larmes brillantes. « C'est de la folie. »

Évidemment ça ne se fait plus du tout, acquiesce Sánchez. On ne voit pas de gamin sauter dans les arènes depuis les années quatre-vingt. C'est interdit. Et puis un torero, ça ne s'est jamais fait. Et pourquoi finalement ? La situation n'a-t-elle pas changé ? Sandra n'a-t-elle pas besoin de retrouver les émotions du début de sa carrière, la spontanéité du gamin qui veut se faire une place ?

« C'est le système qui t'a mise dans ce marasme, c'est l'industrie qui ne veut plus de toi. Alors il faut forcer le système. »

Un torero qui saute dans l'arène pour prendre son taureau à un autre ? « Ce sera surtout la fin de sa carrière, grommelle Hadrien. Personne ne lui pardonnerait. Tout cela n'a aucun sens.

— Mais je te l'ai dit. Après San Agustín, je ne m'occupe plus de toi.

— Ce n'est pas la même chose. » Sánchez ne s'adresse qu'à Sandra. « Cette fois c'est moi qui t'invite à prendre mon taureau. Ce n'est pas une usurpation, disons que c'est un partage. Les toreros doivent laisser leurs collègues qui le souhaitent faire quelques passes avec leur taureau avant la faena. Moi je t'en donne un. Et alors ? C'est mon taureau, après tout.

— Mais ce serait la fin pour moi. Retourner à Séville », laisse-t-elle échapper. Son visage s'est obscurci d'excitation. Hadrien ne la quitte pas des yeux, excédé : « Et y crever, cette fois ! »

« Et puis il n'y a pas qu'ici, pas que l'Europe. Peut-être que des gens comme toi et moi n'ont plus rien à faire ici, dit Sánchez d'un air mélancolique.

— Comment tu peux écouter des conneries pareilles ? » éclate Hadrien.

Sánchez se lève, la surface d'abord mousseuse de son café a terni : « Tu me tiens au courant ? » Il hésite avant de prendre la tasse qu'il boit cul sec. « Tu ne vas pas me croire mais j'y pense à deux fois avant de boire du café à présent. Cela me ronge l'estomac. J'attends ton appel. » Il se tourne vers Marc et Stéphane : « Et vous, vous voulez faire un tour dans mon Aston Martin ? Elle est garée pas loin. »

Stéphane se lève d'un bond et se ravise devant le visage d'Hadrien. Marc se rassoit en se caressant les cuisses pour se donner une contenance. « C'est comme tu veux.

— Allez-y. »

Marc et Stéphane rattrapent Sánchez et bavardent avec lui sur les caractéristiques de la voiture de sport ébène à l'intérieur cuir couleur carotte, « avec juste la place à l'arrière, dit Sánchez, pour deux mannequins aux jambes pas trop longues ».

« Tu ne peux pas prendre ce cinglé au sérieux », dit Hadrien. Il a du mal à retrouver une respiration normale, la conversation a réveillé une anxiété incontrôlable.

« Je veux y aller. Je veux triompher.

— Tu es folle. La corrida est un art avec ses codes, on ne fait pas n'importe quoi. Et pourquoi Sánchez ferait cela ? Parce qu'il a trop bu hier soir, qu'il a une lubie de *drama queen* ? Il ne te laissera jamais lui prendre un taureau. Il est lunatique, imprévisible. Demain il aura oublié sa promesse. Et quand bien même il te laisserait, ce serait une folie. Mais si tu veux en finir, vas-y.

— Séville. »

Plus sa volonté le martèle, plus son corps fond d'effroi à la perspective de la fraude. Elle est ratatinée sur sa chaise et se balance d'avant en arrière comme un enfant hyperactif. Hadrien répète que Sánchez est une planche pourrie, on ne peut pas lui faire confiance, et Sandra conteste de sa voix trop douce :

« C'est un bon torero. Il est lucide et il a raison. Si je continue comme ça je vais dans le mur. »

Hadrien joue à faire tourner une cuillère sur son pouce. Comment a-t-il pu gâcher tant de temps pour elle, dépenser cette énergie, sa vie même, pour qu'elle accorde du crédit à un tocard comme Sánchez ? Ce type était un mégalomane, un Gitan de ses deux.

« La vérité c'est que tu as la frousse, que tu n'y crois plus. Tu cherches un moyen de jeter l'éponge. »

Sandra secoue la tête. Hadrien déblatère et elle est moins disposée à changer d'avis. Elle a toujours été ainsi, obstinée. Lily ne dit rien. Alors je me lance. Sans croiser le regard d'Hadrien je dis qu'il faut saisir l'offre de Sánchez, qu'il n'y a aucun avenir pour Sandra entre Pablito et Jean-Luc, que tout le monde veut l'oublier. « Des conneries », répète Hadrien. Il se lève, sa chaise tombe. Les gens se retournent, une dame porte la main à son cœur. Je crains qu'il ait un malaise mais il jette un billet de cinquante euros sur la table dans un geste absurde et part.

Sandra regarde Lily. « Et toi ? Qu'en penses-tu ? » Lily pense que j'ai raison, que Sandra n'arrivera à rien si elle continue à toréer comme ça, qu'elle est vide.

« Qu'est-ce que tu as vu à mon sujet, la dernière fois ? » la presse Sandra comme si elle l'avait oublié. Lily n'aime pas parler de ses anciennes visions, elle n'a pas confiance dans les souvenirs. Elle choisit lentement ses mots : « Un taureau grand, avec une cicatrice au flanc, les cornes dépareillées, une barbe, et d'énormes couilles, dit-elle en boutade parce qu'elle s'est exécutée de mauvais gré. Et tu sais ce que j'interprète.

— Que c'est Modesto.

— Il t'a enlevé l'envie. Après tu as eu peur parce qu'il était encore vivant. Tu aurais dû être fière et heureuse. Mais ce taureau, tu l'as haï. Modesto t'a tété le sang. Ensuite l'accident est arrivé parce que ton taureau s'est retourné trop vite. Il ne pouvait pas se retourner comme ça, il était lourd, il avait les pattes de devant fragiles. J'y ai beaucoup pensé. Maintenant je sais. C'est Modesto qui le poussait à te tuer.

— Je lui ai sauvé la vie et il me tue à petit feu. Non seulement j'ai failli mourir mais je ne ressens plus rien, je suis devenue incapable de tuer.

— Tu ne lui as pas sauvé la vie. C'est lui qui se l'est sauvée. » Sandra me lance un regard d'orage, je n'avais pas à intervenir. Elle ajoute : « Sánchez habite à côté de l'élevage d'Isabel Cortés.

— Je sais, fait Sandra sèchement. Il faut que j'aille à Séville et voie Modesto.

— Un torero rend toujours visite aux bêtes qu'il gracie. C'est basique. »

Sánchez est déjà sur la route vers l'Andalousie lorsque

Sandra l'appelle pour l'informer qu'elle accepte son offre, que nous prendrons la route et comptons sur son hospitalité. « Nous sommes huit », annonce-t-elle seulement. J'envoie un texto à Hadrien pour le prévenir que nous irons toutes les trois à Séville. Hadrien n'est pas encore rentré à Los Pirineos lorsque nous en partons, il ne me répond pas, je suis de nouveau abandonnée.

Je prends le volant du break et confie à Lily la Peugeot pour les trois cent quatre-vingt-seize kilomètres d'autoroute de Saragosse à Madrid, puis par l'autoroute d'Estrémadure jusqu'à Badajoz, arrivée à Séville par le pont Cristo de la Expiración selon Waze. Avant le départ, je donne le Nokia à Lily sous prétexte que je n'ai pas de sac à main. Je ne veux pas être tentée de regarder mon téléphone en conduisant. Nous passons trois heures et demie sur la route, avec casse-croûte au large de Madrid sur une aire de pique-nique, les yeux vers le ciel. Nos sandwiches baguette cognent contre la cordillère. Dans la voiture de Lily, Tom fait écouter les Rolling Stones à Jon qui, les poings serrés, bouge en rythme, les yeux clos, et chante en yaourt. *No satisfaction, no satisfaction.* « Tatie, Jon adore la bonne musique », jubile Tom enfin débarrassé de Mozart et de l'opéra baroque. Dans le break Stéphane tonitrue du Joe Dassin et Marc lit des poèmes de García Lorca dans une édition qu'il a achetée pour un euro chez un brocanteur de San Agustín. Il psalmodie dans son espagnol approximatif : « *Ay ! Amor que se fue por el aire !* Saviez-vous que Dalí et García Lorca étaient fous amoureux ? » Sandra parle de Sánchez, de son mariage avec Estrella, de leur rupture, de sa carrière. « Tu n'as pas de nouvelles d'Hadrien ? » Je suis à bout de forces. « Eh ! » fait-elle en donnant un coup de menton, le regard hautain vers les montagnes du nord de Séville.

« *Ay ! Amor que se fue y no vino !* »

Les garçons roupillent, j'allume la radio. Il en sort la *Lambada*, un tube de l'année 1989 qui a grésillé sur les postes du monde entier pendant que Nimeño II essayait de guérir dans une clinique de rééducation. Alain Montcouquiol en parle dans un livre sur son frère que j'ai lu plusieurs fois. Il y avait les corps libres et sensuels sur l'écran de télévision de l'hôpital face aux barreaux qu'était devenu le lit de Christian. Sandra s'est enfin endormie, je lutte contre le sommeil. La chanson me donne le cafard. Je pense à Nathalie, je la vois soudain devant moi nageant avec des sangliers, je la vois vraiment. Je donne un coup de volant, une femme au bord de la route me suit des yeux. Elle reste dans le rétroviseur quelques secondes. Mon cœur bat. Personne ne s'est réveillé.

Chapitre 5

« On va causer, a commencé Sánchez en restant debout face au professeur. C'est quoi votre titre ? Professeur des universités ?

— Maître de conférences en cultures hispaniques. »

Le professeur s'était levé à l'entrée de Sánchez tout en chassant les miettes de *croqueta* de son pantalon. C'était la première fois qu'il s'intéressait à la tauromachie dans son rapport à la danse, a-t-il expliqué. La mère de Sánchez lui a servi à ras bord un verre de porto puis à nous, sagement assis en brochette sur le canapé mordoré. Nous venions à peine d'arriver.

« Si vous vous intéressez à nous, c'est que nous sommes déjà morts, a déclaré Sánchez avec la solennité qu'il donnait à la moindre phrase.

— Je ne crois pas. Pas du tout. » Le maître de conférences semblait désarmé. Sánchez bombait le torse sous sa chemise immaculée. C'était la première fois que je lui découvrais une beauté si intimidante. Il était élégant, le col ouvert sur ses médailles en or, les mains manucurées. Il portait un pantalon de coton parfaitement repassé et des chaussons de luxe. Il avait ménagé son entrée de manière à nous surprendre tous. Il a invité le professeur à s'asseoir, il se tenait seul debout au milieu du salon. Nous nous mettions insensiblement dans la position des spectateurs au théâtre car Sánchez allait parler. Le professeur était venu aussi pour cela, pour le style théâtral de Sánchez qui ne voulait pas qu'il soit déçu.

« Nous sommes devenus des sauvages aux yeux de la bourgeoisie, comme avant nous les paysans, les bergers, les ouvriers. Pour elle nous sommes des reliquats puants du franquisme. Vous vous rendez compte, moi un franquiste ? Les parents de ma mère que vous voyez là étaient à Auschwitz avec trois de leurs enfants qui y sont morts. Déportation des Gitans. Eh bien ici en Espagne, il n'y a plus que les anciennes familles, les aristocrates qui s'intéressent à nous, et tous ceux qui dépendent des grandes propriétés. Les derniers aristos et les derniers prolos. »

Sánchez a fait un geste large qui présentait la foule des garçons d'arènes et d'écurie, les employés des *ganaderías*, les mayoraux, vétérinaires, chauffeurs et toute la sociabilité que suscite la présence d'un *toro bravo* dans un pré espagnol.

« Nous sommes les nouveaux barbares. Quand la corrida sera abolie, vous organiserez des colloques, des gens intelligents proposeront des interprétations savantes de notre prétendue cruauté. Et je ne parle pas seulement de celle des toreros, des imprésarios, des *apoderados*. Je parle des gens qui sont allés aux taureaux pendant des siècles, les ouvriers, les couturières, les artisans, les commerçants, les pauvres, et qui ont aimé ça. Vous essaierez de l'expliquer par la culture rurale, les problèmes économiques, la rusticité des mœurs. Le peuple aura encore une fois été écrasé et la bourgeoisie récupérera sa culture pour en faire des chromos, des livres savants et des films pour la télévision. Je ne parle pas de vous particulièrement, vous avez l'air sympathique. Vous voulez savoir comment elle était, l'après-midi de ce taureau-ci ? Il a un nom, comme vous voyez. C'est Benedictus. »

Nous avons tous contemplé la tête énorme du taureau brun suspendu au-dessus de la cheminée. L'universitaire était peu loquace. Finalement Sánchez n'a pas raconté les exploits de Benedictus, il nous a conduits au hangar dans lequel il s'entraînait et nous l'avons suivi, Lily, moi-même et les enfants. Il n'y avait aucune fenêtre. Sánchez a allumé la lumière, a pris la muleta et fait une démonstration de toreo de salon, la main à la taille. Parfois une ampoule défaillait. Aucun miroir n'était accroché dans la salle. Rosa était assise sur une chaise pliante dans un coin de la pièce. Comme chaque jour, elle suivait les mouvements de bras de Sánchez en tournant lentement le buste. Tom s'est assis à côté d'elle et l'a regardée danser. Sánchez a donné quelques explications en même temps qu'il suivait la cape : « Je m'entraîne dans un espace clos, sans soleil, sans nature, rien, pour ne pas être distrait et me concentrer sur le geste. Comme les yogis. »

Depuis son divorce Sánchez vit avec sa mère dans une maison des années soixante-dix aux murs jaunes, typique de l'architecture balnéaire des environs de Málaga. La piscine est devant la maison, la terrasse est protégée par deux arcades et une baie vitrée. Le tout est pavé de grands carreaux faciles à nettoyer, on peut faire le tour de la maison en claquettes, le gazon est tondu comme un terrain de golf. À l'intérieur un bassin est entretenu l'hiver pour y nager. Sur le côté de la maison, le barbecue.

Nous étions arrivés vers six heures. La mère de Sánchez nous avait tendu une petite main autoritaire sur le seuil de sa maison. « Il y a un professeur pour Rafael. » Elle nous avait ordonné de nous asseoir au salon. Le spécialiste des cultures populaires de l'université de Salamanque était arrivé dans l'après-midi, c'était un homme plutôt jeune, corpulent et impressionné. La mère lui avait servi des *croquetas* au jambon qu'il avait toutes mangées en attendant Sánchez qui se faisait désirer. « Il est gourmand, le savant », avait ajouté Rosa à notre intention, enchantée.

Maintenant l'universitaire a pris congé, la mère du torero nous montre nos chambres avec un raffinement distant. C'est une femme remarquablement petite, maquillée comme si elle s'apprêtait à monter sur scène en robe longue et pieds nus. Ses deux prunelles brunes scintillent dans le noir. Le salon est sombre et saturé de souvenirs de spectacles, de meubles à franges à l'odeur de moisi, de robes de flamenco, de photos, de figurines de toreros en porcelaine peinte, de luminaires volumineux et éblouissants, d'appliques en forme de cascades de larmes et de lampes en cylindres pailletés. La maison est un agencement de pièces étroites, chacune a son crucifix et son bénitier.

Ma chambre donne sur l'arrière de la maison qui consiste en une étendue de gazon. À deux cents mètres la bâtisse voisine ressemble trait pour trait à celle de Sánchez. J'observe une femme qui en sort pour arroser les pots sur sa terrasse, elle est en short, son mari dort sur une chaise à bascule comme un cow-boy. Après les poivrons farcis du dîner je m'allonge sur le lit de ma chambre. Lily dormira dans un lit double avec Jon, Tom avec Stéphane et Marc. Petit il dormait souvent avec les banderilleros, ils faisaient des batailles d'eau et de traversins. Derrière la cloison j'entends la télé que Tom regarde dans le salon. Il traîne, touche des objets. J'imagine qu'il ausculte les photos de Sánchez dans l'arène, de sa femme, de sa mère dans les années soixante en pleine gloire. Elle était une danseuse connue et une personnalité de la communauté tzigane. Je m'endors la lumière allumée.

Au petit matin la mère de Sánchez a trouvé Jon arrosant le tapis du salon avec un verre. Il lui a expliqué qu'il faisait pousser les motifs de fleurs, elle a ri. Elle nous raconte cela en servant le café du petit déjeuner à la cuisine, elle avait donné un arrosoir à Jon pour qu'il s'occupe plutôt du gazon. Lily multiplie les excuses, propose de passer un séchoir sur le tapis, « mais voyons quelle idée », dit Rosa, soudain nous ne voyons plus que les longues mains épuisées de Lily qui cache son visage et sanglote. Elle est ridicule et bouleversante. « Mais de quoi vous plaignez-vous ? » Rosa est brutale face à Lily, elle ne cherche pas à la consoler. « Sa maladie, c'est l'expression de ce qui manque à tous aujourd'hui, se tenir à distance du monde, ne pas craindre la solitude, ne pas dépendre du regard des autres, dire l'amour et la haine mélangés, la beauté et la mort ensemble. Il donne du prix à toute chose, votre gosse. Il en souffre pour que nous, nous nous éveillions un peu, nous n'oubliions pas complètement la poésie, les poètes et les artistes. Quant à celui-ci, il est beau mais sombre. » Elle désigne Tom attablé avec nous. « Il fait de la musique ? »

Lily répond que non, elle ne pleure plus. Rosa s'assoit à côté de Tom, elle lui dit que son époque est dure, que les femmes sont exigeantes avec les hommes. Elles ont raison bien sûr. Elle comprend qu'Estrella ait quitté Sánchez par exemple. Sánchez était impossible à vivre. Estrella est bonne, elle vient quand même le voir, elle respecte son ex-belle-mère. Mais il y a tant de femmes qui ne veulent plus aimer. Elles pensent que les hommes doivent payer pour tout ce qu'ils leur ont fait subir. Elles oublient que les hommes sont allés à la guerre, sont morts, ont été humiliés par leurs pères. C'est l'humanité qui souffre. Oui les hommes sont souvent faibles, lâches et puérils. Ils nous désirent souvent comme des animaux. Mais ils sont aussi capables d'aimer. Si les hommes et les femmes se haïssent, ce sera la fin de l'humanité. C'est tout.

Tom écoute, il doit se demander en quoi tout cela le concerne. Il suit des yeux les mains de la danseuse qu'elle déploie devant lui en parlant. Elle tient deux discours, celui sur les femmes, celui de ses mains qui passionne Tom davantage.

« Moi j'aime les hommes mais ce sont eux qui me fuient.

Pourtant je ne leur veux que du bien, me dis-je. *Ay! Amor que se fue por el aire!* »

Sandra et Sánchez parlent dans le salon à mi-voix. Je sais que Sandra lui explique qu'elle doit aller chez Isabel Cortés voir Modesto. Je devine aussi que Sánchez s'engage à l'y emmener car il comprend ces choses-là. Mais ils ne parlent pas de la corrida du dimanche à Séville, du projet de Sánchez, de la folie de Sandra. Nous sommes mardi saint, le temps de la Passion n'a pas vraiment commencé. Sánchez pourrait-il changer d'avis? Pourquoi Sandra ne lui demande-t-elle rien? Nous sommes ici comme pour des vacances ou un séjour et je me moque pas mal d'être en vacances. Sandra m'évite, elle ne veut pas que je lui pose des questions. Elle fait de longues courses à pied dans la campagne et s'entraîne au toreo dans le hangar de Sánchez. Stéphane et Marc profitent de la disparition d'Hadrien pour s'amuser comme des gamins. Ils ont trouvé un nid de couleuvres dans une grange qui s'écroule à la sortie du village et les attrapent, certaines font près d'un mètre cinquante. Ils les relâchent dans la nature. Ils en rapportent une qu'ils montrent aux enfants, enroulée autour du bras de Marc:

« Je vous présente un professeur spécialiste de la corrida, il vient interviewer les deux génies des banderilles, Marc et Stéphane. »

Ils font parler la couleuvre dont la tête se tend soudain vers Tom. Jon rit d'effroi et fuit. Tom s'approche de la bête et demande à la prendre à son tour. Les garçons enroulent le serpent gigantesque autour du cou de Tom. Il glisse sa main sous le cuir bleuâtre du cou pour en soutenir la tête. Tom à la couleuvre me sourit en montrant ses dents. Alors que je l'admire, Sandra en nage, de retour de la course, me saisit par le bras et murmure à mon oreille : « Ne me parle plus jamais d'Hadrien. »

Chapitre 6

Tous les matins, les taureaux d'Isabel Cortés courent à travers les milliers d'hectares de la propriété, guidés par les bœufs dont les cloches tintinnabulent et que poursuivent une dizaine de chevaux blancs à la crinière tressée. Ils vont boire à la rivière qui traverse la propriété. Les cavaliers en costume clair les hèlent et les encouragent, une perche à la main. À leur passage la terre tremble et le vacarme résonne quelques secondes, puis à nouveau c'est le vent dans la forêt et les oiseaux qui ne se taisent jamais. C'est pourquoi, dans l'arène, les taureaux d'Isabel ne tombent ni ne trébuchent, c'est en tout cas ce qu'elle affirme dans un sifflement de dents à ses voisins lorsqu'elle assiste à une course où les taureaux choient en avant ou glissent :

« C'est pourtant simple. Si on veut qu'un taureau coure, il faut le faire courir. Il faut lui donner de l'endurance. Sinon, eh ! ce n'est pas un taureau de combat. »

L'hacienda d'Isabel Cortés compte trois mille hectares et près de deux mille têtes de bétail. Elle remonte au début du dix-neuvième siècle. C'est le seul motif de fierté de cette famille d'aristocrates réputée pour avoir plus de titres de noblesse que le roi. Ils emploient des dizaines de personnes, ont autant de chevaux et une brigade de voitures tout-terrain. Le public basque et français aime les taureaux d'Isabel, ils sont sauvages comme l'ancien bétail de Navarre.

Ils étaient souvent présentés dans les années quatre-vingt-dix à la corrida du dimanche à Mont-de-Marsan. Lorsque Sandra était petite, elle rêvait d'affronter un taureau d'Isabel Cortés parce qu'ils escaladaient les planches, fonçaient à tout-va et pouvaient se montrer d'une brutalité féroce. On voyait dans les taureaux d'Isabel ces bêtes à l'ancienne qu'il fallait longuement châtier pour leur apprendre à baisser la tête et tenir la charge. Le torero qui savait les prendre était un sorcier.

À Málaga, Sandra avait été une sorcière avec Modesto. Il le lui avait bien rendu. Après la corrida il avait flotté longtemps sur les gradins un calme étrange, les gens descendaient en flux vers les portes. Tout le monde avait en tête la force sensuelle qui avait défoncé le caparaçon d'un cheval avant de terminer en coulant, coup de tête après coup de tête, jusqu'au toril. La cape s'était effacée pour qu'il pénètre dans le noir où l'on avait soigné ses blessures. Ce calme sur l'arène n'était pas serein. Il y avait en suspens, avec l'émotion d'avoir assisté à des noces, l'inquiétude que fait naître le premier grondement de l'orage. Mais Modesto, de retour à la *finca*, s'était vite remis, on lui destinait déjà un lot de vaches à saillir.

Nous sommes partis vers neuf heures avec Sánchez, Lily et Sandra. Lily est montée en voiture au dernier moment.

« La maman de Sánchez garde Jon. Quelle gentille femme quand même, elle dit que mon marmot est poétique. » La mère de Sánchez a secoué la main jusqu'au moment où la Jeep a tourné sur la route. Je me suis demandé comment Lily comptait sauver la propreté de sa robe ravissante et de ses ballerines mais elle a haussé les épaules.

« Pff... Dans un élevage de taureaux on passe son temps en voiture. »

Sánchez avait téléphoné à Isabel qu'il connaissait bien. Elle se tenait devant sa propriété, le brushing et la couleur impeccables, triple rangée de perles, pantalon de lin et chemise rayée rose et blanc, Timberland aux pieds. Isabel est la bête noire des professionnels de la tauromachie. Peu de toreros sont invités à s'entraîner chez elle. Elle n'aime pas les matadors qui font des jolies choses, elle préfère ceux qui mettent en valeur les bêtes. Elle s'est fait une réputation de puriste. La corrida, c'est le taureau d'abord. Elle déteste la pique qui retire de la force au fauve. Elle n'a aucun respect pour la tauromachie de Sánchez par exemple, pour elle c'est un sautilleur mais ils ont un lien de parenté, elle le traite comme un enfant dont elle connaît bien la famille. Et puis l'homme lui plaît parce qu'il n'a jamais essayé de prétendre à plus qu'il ne pouvait. Elle l'appelle Sanchito et lui demande des nouvelles de Rosa puis serre chaleureusement la main de Sandra :

« Je ne vous ai jamais vue toréer, je le regrette. Vous venez saluer Modesto ? Il n'est jamais trop tard. Il va bien. Nous avons testé ses premiers veaux, des trois ans, ils sont magnifiques. L'un est retourné sept fois à la pique. Et lui, il est torero ? »

Elle passe la main sur la joue de Tom qui rougit. Isabel aime aussi les jeunes garçons.

« Non, il préfère la danse, raille Sandra.

— Et la corrida ? » Son aplomb moqueur fait rougir Tom.

« Non. Je suis végétarien.

— Ah ah ! Vegétarien ! dit Isabel en s'exclamant si fort que les ouvriers, passant par là avec des fourches, nous observent. On n'exploite pas les animaux ! Vous savez, c'est ce qu'ils disent, les vegan. » Elle se tourne vers moi comme si j'étais à convaincre :

« Mais la vie c'est l'exploitation. L'amour c'est l'exploitation. On s'exploite les uns les autres. Les réserves naturelles exploitent la beauté des animaux, le bien qu'ils nous font en nous donnant le spectacle de la nature sauvage, on exploite l'amour d'un homme et on se fait exploiter en retour, tu exploites ta mère, j'exploite mon fils parce qu'il est costaud et m'aide sur la propriété. C'est la vie, voilà tout. Derrière vos histoires de bien-être animal il y a une réalité : personne ne veut plus vivre avec les animaux. Les gens veulent être seuls avec des peluches vivantes domestiquées. *Et la domestication comme ça, c'est la barbarie* », dit-elle en français. Son accent est drôle mais elle pince l'oreille de Tom qui baisse la tête, vexé. Isabel hèle une voiture dont le mayoral descend. Les taureaux les plus proches nous ont déjà repérés.

Le mayoral nous conduit en pick-up à travers la *finca.*

Dans les prairies, des bébés suivent leur mère et se mettent entre leurs pattes pour les forcer à s'arrêter. Ils se pendent à leurs pis et tètent voracement comme s'ils allaient les leur arracher. À peine stables, ils chargent déjà les boxers qui les cherchent. Ils sont batailleurs vingt heures après que leur mère a sucé les poches fœtales collées à leur dos. Soudain un mouvement venu de l'ouest s'accélère, des taureaux d'un an se pourchassent, se chargent et se mordillent dans une débandade joyeuse et effrayante. Ruades, cabrioles, beuglements, galopades. Les plaintes éternelles nous suivent à mesure que nous progressons vers le pré où se trouvent les taureaux retraités.

« Modesto ! rigole le mayoral. À la dernière période de monte il a perdu cent kilos. C'était la grande excitation. Là il est calme, les vaches sont mères. » Il accélère et le vent s'engouffre dans la voiture. « Parfois il se met tout au fond du pré, dans ce cas on aura du mal à le voir. Il cherche l'ombre comme un petit vieux. »

La voiture s'arrête près d'un barbelé. Il est là Modesto, je le reconnais à ses cornes, entouré de jeunes taureaux qui l'agacent en se cognant à ses flancs dans un champ de lavande. Nous n'entrons pas dans le pré en voiture, nous le voyons bien à l'œil nu. Il lui a poussé sur le menton de longs cheveux noirs. Sandra soupire :

« Je pensais qu'Isabel l'avait escagassé.

— Un taureau gracié est un taureau gracié, on ne les tue pas, ce serait un déshonneur. » Le mayoral n'apprécie pas la remarque de Sandra.

« Il a eu combien de petits ?

— Une vingtaine. Et Hadrien, où est-il ? *Dónde ?* »

Hadrien est connu dans toutes les grandes *ganaderías* espagnoles.

« Il est à Mont-de-Marsan, il a du travail.

— Du travail ! s'exclame le mayoral en ouvrant les bras. Venir me voir, ça, c'est vraiment du travail. »

Je prends Sandra en photo avec Modesto au second plan, c'est la première fois que je la photographie depuis l'accident. Elle fait la tête. Lorsque nous avons fini elle signale qu'elle veut rentrer. Le mayoral remonte en voiture. Mais Lily montre Modesto du doigt :

« Va lui demander de te rendre ce qu'il t'a pris, jeune fille. »

Lily a parlé avec autorité et Sandra obéit. Elle marche seule cette fois vers les barbelés pendant que nous l'attendons dans la voiture.

Modesto s'est mis en branle. Il vient vers elle, suivi des taurillons qui l'agacent. Il avance jusqu'au barbelé et, poussant son mufle vers le ciel, laisse échapper un gémissement. Sandra s'accroupit pour mettre son visage à sa hauteur. Les cornes dépareillées de l'animal s'abaissent et remontent, superbes, elles ont l'élégance de l'espèce. Il meugle, tendu vers elle. Sandra écoute, ses lèvres bougent. Elle se redresse enfin, essuie son visage avec les manches de son tee-shirt. Elle puise dans le sac en jute, jette des granulés aux petits qui s'excitent entre les pattes du vieux taureau. Elle se détourne, lui aussi retourne à l'ombre des vieux arbres, elle revient vers la voiture. « *All shall be well* », dit Lily quand le pick-up vrombit. Sandra regarde vers les prés, elle ne commente pas.

Plus tard, en sortant de la *ganadería* sous la chaleur de midi après qu'Isabel nous a fait boire du xérès, nous croisons une Jeep entrant chez Isabel. Le chauffeur nous dévisage de loin. Au moment où les voitures sont au même niveau, son visage se fige. Je reconnais Jean-Luc. Lui aussi fait une drôle de tête. Sánchez accélère. Derrière Jean-Luc des passagers sont assis, deux ou trois. Parmi eux se trouve Pablito.

Chapitre 7

C'est le soir et je pleure sur mon lit de jeune fille. Ce n'est pourtant pas mon premier chagrin d'amour mais je ne grandis pas. J'ai toujours quinze ans. Je fais face à une affiche format XXL, l'une des premières corridas de Sánchez à Jerez. Sur ma table de nuit un carafon tend aimablement son bec verseur décoré de fleurettes roses, un verre de la même décoration le complète. La mère de Sánchez glisse dans le couloir en traînant ses pantoufles, elle murmure quelque chose et Sánchez depuis sa chambre lui répond d'un ton bourru.

En rentrant de la *ganadería* Cortés nous avons fait un repas somptueux, des poivrons grillés à l'huile d'olive et un riz à l'encre de seiche, un fondant à l'orange imbibé de jus de fruit et d'alcool. La mère de Sánchez est une cuisinière de génie. On n'a pas trop causé. Je n'ai aucune nouvelle d'Hadrien ni de personne. J'essaie de l'appeler avec le Nokia, je lui envoie des textos en appuyant plusieurs fois sur les larges touches. Est-il rentré à Mont-de-Marsan ? Est-il encore en Espagne ? Je ne peux pas croire qu'il me laisse.

Chaque message reste sans réponse. En fermant les rideaux de percale j'aperçois une voiture garée sur le bas-côté de la route, une Land Rover, les phares allumés. Il y a du mouvement à l'intérieur de l'habitacle. Je pense à Nathalie.

Le lendemain mes yeux gonflés n'échappent pas à Lily : « Laisse tomber Hadrien. On n'a plus l'âge de s'abîmer les yeux à cause des mecs. » Elle ajoute que je suis ridicule, trop vieille pour ces drames. « C'est l'hôpital qui se moque de la charité », me dis-je. Bien sûr que j'ai toujours l'âge, bien sûr que mon amoureux me manque. Je savais que je ne devais pas prendre ce Nokia. Tout est de sa faute. Si je ne l'avais pas, j'aurais la paix.

Je dors jusqu'à midi. J'ai trois messages sur le répondeur, des mecs qui veulent me parler parce qu'ils ont échangé avec moi sur un site. Je n'ai jamais échangé avec personne sur un site. Robert, Dany et Olaf. Ils veulent poursuivre la conversation qu'ils ont trouvée agréable par écrit mais dommage, je ne réponds pas. Cinq minutes après, ça sonne, je décroche, le type au bout du fil s'appelle Max et m'a trouvée cool. C'est quoi, ce site ? C'est coco.fr, dit le type surpris, on a échangé ce matin, Max, tu te rappelles ? « Non, quelqu'un a pris mon identité et vous a donné mon numéro, mais je ne suis pas intéressée par les conversations érotiques. » Le type raccroche. Le suivant, Christophe, a la voix enveloppante d'un quinquagénaire qui aime séduire. Je lui demande de bien vouloir écrire sur le site qu'il n'est pas nécessaire de me contacter, je ne suis pas intéressée. « C'est dommage, tu as une jolie voix. » Le type qui m'a piqué mon smartphone a dû bien se marrer. A-t-il mis les numéros de Lord et des autres sur coco ? Je ris en y pensant. Je ne suis plus triste. J'aurais pu faire la conversation à Christophe, finalement. Il était gentil. Tout le monde a besoin de parler. Moi non plus, je ne supporte plus d'être seule.

Le lendemain matin, jeudi saint, pendant que Sandra s'entraîne avec Sánchez dans le hangar, le téléphone sonne à nouveau mais c'est Jean-Luc qui laisse un message. Il sait que je suis en Espagne avec Sandra et exige des explications. Il me dit qu'il ne paiera aucune facture au-delà de San Agustín, ni pour nous bien entendu ni pour elle. « Et ce n'est pas comme si elle pouvait se permettre de faire la tournée des grands ducs. » Il nous recommande de rentrer au plus vite et à moi de surveiller les caprices de mon amie. « Elle part en vrille. » Isabel Cortés a dû lui confirmer que nous avions rendu visite à Modesto. Pendant que les vociférations de Jean-Luc sortent du Nokia, Sánchez distribue ses conseils à Sandra :

« Tu sauteras après les picadors. Tu n'auras qu'une chance. Si tu es mauvaise, le public ne voudra pas de toi pour le second. Ouvre la poitrine, écarte le coude. Fais venir le taureau tout près de toi, ne le laisse pas aller où il veut. Ramène-le contre ta taille, là, contre le pubis. »

J'observe Sánchez. Est-ce qu'il offrira vraiment sa corrida à Sandra ? Elle n'a aucun doute. Je me souviens de ce qu'Hadrien a dit avant de claquer la porte : « une lubie de diva ». Sánchez corrige la torero, chacun de ses gestes, sa posture qui exprime son envie. Je ne peux m'empêcher de le trouver sincère. Tom aussi ausculte les gestes des deux toreros, je le surprends qui déplie un coude, gonfle la poitrine, tourne un regard. Depuis que nous sommes chez Sánchez il ne marche plus de la même manière. Il imite le torero andalou, ils ont à peu près la même taille et la même stature. Les épaules roulées vers l'arrière, le menton un peu haut, Tom déploie ses bras. Lily entre dans le hangar.

Personne ne l'a d'abord remarquée. Puis nous nous sommes tournés vers elle parce que Jon effrayé la regardait. Lily avançait vers nous, noyée dans une ample robe noire qui traînait dans la poussière. Elle n'a pas pleuré en racontant l'attaque violente dans laquelle Jeff venait d'être pris au Mali alors qu'il conduisait le camion vers le campement de l'armée. Il y avait eu trois morts brûlés vifs et cinq blessés. Jeff n'était plus en danger mais souffrait d'un traumatisme crânien. Il allait être rapatrié à l'hôpital militaire de Percy dans les heures qui venaient. Dans la voix de Lily la détermination sourdait de la détresse, intransigeante comme le regard de la voyante.

« Ce sera fini, les missions, la peur. Il n'y retournera plus, dit Lily. Et nous aurons une autre vie. » Elle prendrait l'avion depuis Séville, l'armée payait le voyage. « Peux-tu me conduire à l'aéroport ? » répète-t-elle en me regardant. Jon a caché son visage dans la robe de sa mère. Sandra me fait signe et s'approche de Lily. Toutes les trois nous sommes serrées les unes contre les autres, nos visages mouillés, formant notre conversation enfin parfaite.

« Moi je ne rentre pas », déclare Tom. Nous n'avons pas tout de suite reconnu sa voix. Elle avait mué soudain, se stabilisant dans les graves, une voix suave de ténor. Il se tient à l'écart, les bras croisés, un pied en avant. Lily a crié.

« Papa ira mieux. Il ne va pas mourir. Je veux rester avec tatie. Je rentrerai en stop. » Sa mère se met à pleurer doucement, le visage dans ses mains. Alors Tom s'approche d'elle et sans la toucher lui parle : « Papa ira bien. Laisse-moi vivre maintenant. » Il s'agenouille près de Jon et lui parle de loin. Je promets :

« Je le ramènerai en voiture après Séville. Il sera au lycée lundi matin. »

Lily abandonne parce qu'elle ne sait pas quoi dire devant cet homme qui n'est plus tout à fait son fils. Tom ne fait pas un pas pour la prendre dans ses bras, l'embrasser, parce qu'il sait qu'il ne peut rien pour elle, qu'il doit la laisser partir. À l'aéroport, au moment de dire au revoir à Jon, Tom lui donne son iPod et son casque : « Tiens, je t'ai fait une playlist pour danser. » Jon fourre le tout dans son sac à dos. « Maman ! Maman ! J'ai de la musique ! » crie-t-il quand ils s'éloignent l'un et l'autre vers les contrôles de sécurité.

Tom et moi rentrons seuls. Nous écoutons du flamenco dans la voiture, il a le sourire de sa mère. « Je croyais que tu n'aimais pas le flamenco.

— Non j'aime bien, se défend-il en haussant les épaules. Et Hadrien ? Où est-il ?

— Je n'en sais rien. Il s'est débiné, dis-je.

— *Right*, dit seulement Tom.

Lorsque nous rentrons dans la propriété de Sánchez, je remarque que la Land Rover de la veille est toujours garée sur le bas-côté, un peu plus loin cette fois. Deux hommes fument, adossés au coffre. Je les suis du regard dans le rétroviseur. Ils rentrent dans la voiture et démarrent.

Chapitre 8

Nous avons garé la Peugeot près du Guadalquivir et avons erré Tom et moi dans Séville, plus tard, ce même soir du jeudi saint. J'espérais encore rencontrer Nathalie. Les touristes étaient attablés mais les Sévillans étaient dans les rues, ils sortaient des églises et suivaient les processions. Jésus avait lavé les pieds de ses disciples, il avait partagé du pain et du vin avec eux. Il était parti prier au jardin des Oliviers et bientôt Judas allait le trahir. En sortant du restaurant j'ai cru voir Nathalie dans un jeune homme en mocassins, en costume à revers et cravate. Les petites filles étaient en robe noire ou blanche à dentelles, les femmes en grand deuil, certaines portaient la mantille. Est-ce qu'Hadrien s'était glissé dans une antique et pauvre maison sévillane, dans le quartier de Triana ? Tom l'avait pensé, il avait couru, sûr de lui, jusqu'au fond de l'impasse sans trouver personne. Nous avons appelé en vain vers les fenêtres closes.

« Au fond c'est toi qui laisses partir tout le monde. C'est pour ça qu'Hadrien a pris le large, m'a reproché Tom.

— Tu m'emmerdes », ai-je lancé.

Des gens attendaient devant un théâtre de poche, des jeunes qui ne croyaient pas en Dieu habillés en jeans et baskets, pas de deuil, pas de mocassins, pas de dentelles. Jeudi saint, à Séville, un théâtre était ouvert. Nous nous devions d'y aller. Le texte était en français, il s'agissait d'une pièce fameuse de Cocteau sous-titrée en espagnol. J'ai poussé Tom dans le théâtre :

« Tant pis pour toi », ai-je persiflé.

Une femme portant un pull Mickey extra-large et un jeans étroit (on voyait son string quand elle se penchait), son beau visage en pleurs, tentait de parler au téléphone à son amant qui l'avait quittée. Elle ne voulait pas lui en vouloir, elle ne voulait pas être aigrie ni qu'il la plaigne, ni que l'indifférence se change en pitié, c'eût été le point de non-retour, alors elle prenait sur elle :

« Mon chéri, mon amour, je peux encore t'appeler ainsi, n'est-ce pas, tu peux me laisser au moins cela, mais non tu n'es pas lâche, c'est moi... Je savais... Je m'attendais... C'était inévitable. »

Et puis vient le moment où elle hurle parce qu'elle souffre comme un chien maltraité (comme celui de l'amant, resté chez elle, qui ne mange plus, ne bouge plus, n'aboie plus), parce que pendant des années elle a dormi avec cet homme, enfoui son visage dans l'aisselle de cet homme, mêlé ses jambes aux siennes. Ce n'est pas qu'elle est particulièrement revendicatrice, c'est qu'on lui a arraché des organes, des muscles, des nerfs, la peau, on l'a coupée de sa source vitale, débranchée.

« La vérité, c'est que tout le monde déteste les femmes, sauf certains hommes qui vont aux putes, quelques sociaux-démocrates qui bandent mal et des Justes anonymes. Surtout pas les hommes qui disent aimer les femmes », me suis-je dit parce que cette pièce me faisait penser à Hadrien.

Après le spectacle nous buvons au café en face du théâtre. Une margarita cul sec. J'imagine mes pommettes couperosées, mon visage en feu. « Un manhattan s'il vous plaît. » Tom boit du cidre.

« On dirait que tu t'en fous, que tu ne souffres pas. Que ça ne te fait pas de mal. La disparition de Nathalie, celle d'Hadrien, me harcèle-t-il, désinhibé par l'alcool.

— Petit con, va. Tu te trouves normal, toi, avec tes phobies et tes tocs ? Adolescent névrosé. »

C'est tout ce que je trouve à lui dire. Je lui raconte que quand j'ai de l'argent je vais me faire masser dans un établissement chinois par un colosse chauve que ses clients surnomment Kim Kong. Écraser serait plus juste. Il me pétrit l'abdomen, l'estomac, le foie, les intestins, la vessie, il finit en enfonçant son poing dans le sternum jusqu'à ce que je commence à mourir. À ce moment précis, je me sens aimée. Je me dis que Kim Kong m'aime plus qu'aucun homme avec qui j'ai fait l'amour. Il relève le poing, je me tourne sur le ventre, il attrape bras et épaules, tire et me désarticule jusqu'à ce que j'étouffe un cri. Il peut me tuer, cela ferait juste un petit craquement. C'est magnifique d'être calé sous un corps qui peut tuer et n'en fait rien. Mais comment dire cela à Tom ?

Où m'enterrerait-on ? me demandé-je en regardant Tom boire son troisième cidre. Ce serait un sacré emmerdement pour Lily, de trouver un endroit et de payer tout ce bordel. Je voudrais qu'on me brûle *rapido presto*, et qu'on me dissémine dans le premier caniveau. On a une tombe quand on a une famille ou une vie. Je lève les yeux, je suis accroupie dans un terrain constructible, derrière une benne. Tom m'attend sur le trottoir. Je me suis essuyée avec une feuille d'ortie, c'est sûr. Je brûle. Nous repartons en nous soutenant l'un l'autre.

Il fait terriblement doux dans la nuit où nous marchons. Un océan monte et descend comme une pluie de pétales. Le silence infini de mon corps m'effraie et le monde s'enroule en moi. Jouissance. Tom et moi nous tenons par la main. À tous les coins de rue surgit un cierge flottant au-dessus des baldaquins portés à dos d'homme qu'enveloppent les chants et les voix des fidèles, des femmes en mantille et des hommes en costume. « Attention ! » crie Tom. Je lève les yeux vers les statues brinquebalantes. Tom crie parce qu'au-dessus de nous elle est apparue triomphale, à la limite de l'arrogance, Nathalie sans fard à l'état naturel. Elle est au-dessus de nous, sur le baldaquin de bois verni. Elle a les cheveux bouclés en pétard, les yeux fendus, elle rit en laissant voir ses dents blanches et courtes. Son visage est ovale, ses mains ouvertes. Elle branle un peu sur les épaules des porteurs, à côté de saint Luc amorti portant son Évangile, le taureau couché sur ses pattes arrière. Elle est un ange de bois peint. Le taureau regarde Luc et l'Ange, ses ailes mordorées déployées entre eux. Il porte une cicatrice au flanc droit et a le regard consentant de Modesto. La procession avance, Luc, l'Ange et le taureau s'éloignent. Daniel, l'ange de Dieu et le lion. Sandra, Nathalie, Modesto. Tom et moi exultons comme deux idiots et partons dans le sens inverse en nous faufilant. Je sais maintenant qu'Hadrien va revenir. « Tu vois, à quoi bon faire des drames », dit Tom. Il me prend par la taille comme un vieux copain.

Sur le chemin du retour la Land Rover que j'ai aperçue sur le bas-côté de la route, devant la maison de Sánchez, nous a suivis en gardant toujours une distance de dix mètres depuis le Guadalquivir. Une voiture nous séparait. Je n'arrivais pas à distinguer les visages des hommes, le conducteur et son passager. Lorsque nous sommes arrivés le véhicule a disparu en nous dépassant brusquement. Je n'ai pas pu dormir.

Chapitre 9

L'histoire qui circule sur internet n'est pas tout à fait exacte. Il est vrai qu'Hadrien a arrêté la voiture de Pablito au niveau d'une usine désaffectée en menaçant le chauffeur avec un revolver. Trois amis du valet d'épée, des petits trafiquants sévillans qui avaient une ancienne dette envers lui, l'ont aidé à tenir en respect la cuadrilla de Pablito pendant qu'Hadrien prenait le volant à la place de Jean-Luc. L'*apoderado* n'en menait pas large, il suppliait Hadrien de le laisser partir, il avait des problèmes cardiaques. Pablito est resté concentré au fond de la voiture, il a ordonné à ses hommes de rester calmes. Les trois banderilleros assis à l'arrière n'ont pas bronché. C'est l'avantage des toreros sud-américains, ils ont l'habitude.

« Tout va très bien. On va seulement faire une partie de cartes », a dit Hadrien. Il a sorti son jeu de tarot.

Contrairement à ce qui a été colporté, Hadrien ne les a plus menacés. Il a posé le flingue sur la plage avant de la voiture. Il a regardé Pablito et ses hommes l'un après l'autre, a distribué les cartes et dit : « Nous sommes d'accord que personne ne veut d'ennuis. On va essayer de faire connaissance, pour ça rien de mieux qu'un petit tarot. » À ce moment-là Jean-Luc a tenté de se saisir du flingue en se ruant vers le pare-brise. Les acolytes d'Hadrien qui surveillaient Jean-Luc par la portière ouverte ont tiré. Jean-Luc a hurlé, le pied en sang. Hadrien a roulé en trombe jusqu'à l'hôpital.

Jean-Luc a choisi de ne pas porter plainte. À l'hôpital, quelques jours après l'opération, il a même demandé à voir Hadrien. Ils ont causé, ils ont tout mis sur la table. Ils ont bu.

« Tu vois, j'ai quand même quelque chose de torero après tout, a dit Jean-Luc.

— Il fallait que tu te fasses tirer dessus. »

En allant le voir en prison j'ai demandé à Hadrien comment il avait obtenu son arme. C'était un Taurus Raging Bull. Il a raconté à la police qu'il l'avait acquis auprès d'un ami et n'a rien voulu me dire d'autre. J'aime à penser qu'il l'a ramassé quelque part où Nathalie l'avait laissé pour lui, en retournant la poche de son imperméable, au moment de passer pour la énième fois de ce monde à l'autre.

J'avais marché vers les arènes de la Maestranza en tenant fort la main de Tom, me rappelant chaque seconde de l'accident de Sandra. Nous étions assis tout en haut et admirions l'élégance sévillane. Aucune arène n'est plus chic que Séville pendant la Semaine sainte. Les hommes portent costume sombre, chemise blanche et mocassins, les femmes sont en robe de soirée, parfumées et volubiles. Autour de la présidence, les membres de la Maestranza occupent des gradins réservés à leur famille depuis le Moyen Âge. Les arcades au rechampi jaune d'or sont d'un raffinement oriental. Sur l'ocre satiné du sable de l'arène se dessine à la perfection la paupière mi-close de la *sombra*. Les garçons d'arène sont habillés en polo rouge, casquette grise et pantalon bleu. Tout cela plaisait à Tom. Les éventails en pleine activité vibrionnaient tel un insecte impertinent, tournant follement autour des étamines sur lesquelles les hommes traçaient les cercles rituels à la chaux.

Il y a eu un long cri de trompette et la porte s'est ouverte sur la caverne d'où sont sortis les toreros. On les découvrait l'un après l'autre, avançant en ligne le bras en écharpe dans le capote éblouissant, petites victimes colorées de l'insecte qui applaudissait, déjà hors de lui, affamé de soleil et de vérité. Mais après quelques secondes les yeux éblouis n'ont pas manqué de remarquer qu'il en manquait un.

« Il y a Sánchez, oui, je le reconnais bien. Et Lope de la Frontera. Mais le gamin, Pablito ? »

J'ai d'abord pensé, comme mes voisins, qu'il avait eu un accident de voiture ou qu'il s'était trompé de chemin. C'était la première fois qu'il venait en Europe, peut-être était-ce aussi le cas pour sa cuadrilla, il suffisait d'une erreur à un carrefour pour être en retard ou d'un embouteillage. On avait déjà vu des voitures poussiéreuses arriver en trombe devant les arènes, livrant des toreros débraillés, en nage et en retard.

Mais il n'y a pas eu d'annonce de la présidence ni d'explication. Dans le *callejón* personne ne manifestait d'inquiétude. Sandra était accoudée aux planches à l'écart des cuadrillas du jour, elle fixait intensément la piste. Des journalistes et des gens du milieu l'avaient saluée, elle avait serré des mains. En jeans, chemise et gilet de soie, elle avait l'allure d'un apprenti torero qui vient s'instruire chez la concurrence. Elle n'avait pas toréé depuis longtemps, on la pensait en convalescence et bientôt retraitée. À Séville on gardait un triste souvenir de son accident.

À son premier taureau Sánchez était heureux, il toréait comme un jeune homme qui doit faire ses preuves. Son habit couleur Orangina jurait avec les bas roses, les planches rouges et le sable appétissant comme un jaune d'œuf. Il en mettait plein la vue. C'était l'enfant du pays. Malgré ses frasques, il était adulé. Il tournait sur lui-même en tapant des mains comme dans un *tablao*, il était à nouveau le danseur matador des nuits andalouses, citait le taureau de loin et s'en approchait avec des pas glissés le long d'une diagonale exagérément longue. Les gens retrouvaient le Sánchez de ses jeunes années, audacieux, fantaisiste, ne craignant pas le ridicule. Les Sévillans aimaient passionnément la fête, ils étaient les seuls à applaudir les picadors quand ils étaient bons, à bondir de joie aux banderilles bien placées, et bien sûr à louer le taureau dès qu'il se montrait *bravo*. N'ayant que les meilleurs matadors, ils faisaient tout pour qu'ils se sentent aimés. L'orchestre a joué, à grand renfort de castagnettes.

Quand il a monté le cheval du picador pour piquer lui-même son taureau, je n'ai plus cru que Sánchez laisserait Sandra prendre le suivant. L'animal était superbe, d'une seule poussée et revenait chaque fois plus fort se jeter contre le flanc du cheval qui trébuchait. À la muleta Sánchez toréait les cornes contre la poitrine, retirant la cape dès le passage de l'animal pour se tourner. Le mouvement était voluptueux et vif. L'épée a pinché et pénétré aux trois quarts, suffisamment pour que la bête s'effondre. Sánchez l'a accompagnée dans sa courte agonie, lui faisant face, la main vers elle comme une bénédiction. Il lui parlait à voix basse.

L'arène s'est mise debout pour l'applaudir, les bouquets sont tombés, venant de nulle part, les mouchoirs parfumés. Sánchez aime les cadeaux, il envoyait des baisers aux dames et renvoyait leur chapeau aux messieurs, il était à nouveau le grand torero virtuose et sensible. Il ne jeta pas un regard à Sandra. Il l'avait oubliée.

Le succès de Sánchez avait agacé Lope. Il a hélé fort son taureau dès qu'il a bondi hors du toril comme un boulet. La bête a défoncé deux *burladeros* sur son passage. Les gars de la cuadrilla ont eu juste le temps de sauter pour se cacher et tout le monde a ri. Lope n'a pas pu faire grand-chose avec son monstre mais il a été applaudi pour la sobriété de ses passes. Les gens ont commencé à commenter l'absence de Pablito et n'ont pas été attentifs à la mise à mort. Un murmure inhabituel a occupé le temps d'attente de la bête qui revenait à Pablito. Les regards se tournaient vers la présidence, cette fois on attendait une annonce. Les rumeurs circulaient.

Pablito n'était ni dans le *callejón* ni au *patio de caballos*. On avait vu sa voiture quitter l'hôtel et s'engager dans la bonne direction. L'hôtel n'était pas loin, il n'y avait aucune raison qu'il se soit perdu. Les spectateurs descendaient des gradins pour chercher des informations car la présidence ne s'exprimait toujours pas. Un homme s'est présenté au milieu de l'arène portant une pancarte annonçant un animal de six cent trente kilos. La porte du toril s'est ouverte, il y a eu des exclamations de surprise. Un taureau crème en est sorti, regardant distraitement autour de lui. Sánchez s'est glissé derrière un *burladero*, ses hommes ont présenté leur cape à la bête qui a chargé.

« C'est Sánchez qui prend le taureau de Pablito. Il se passe quelque chose », disaient les femmes en se tapotant le bras du bout de leur éventail.

Dans le *callejón* on allait et venait au téléphone. Dans le *burladero* de la presse, l'agitation était à son comble. Près de nous quelqu'un a dit que le directeur des arènes était parti à la rencontre de Pablito en faisant le chemin vers l'hôtel. Cela arrive, les toreros pris de frayeur au dernier moment. Littéralement morts de peur. Mieux vaut ça que de paniquer dans l'arène, surtout à Séville. Chacun y allait de son commentaire, de son anecdote. Les gens se regardaient en soupirant :

« Tant pis, ce sera un *mano a mano* Sánchez et Lope de Frontera. »

Sánchez caressait le sable avec sa cape, assis sur l'*estribo*, les jambes écartées et le bras négligemment posé sur le genou. Le taureau est passé. Le torero a perdu l'équilibre et s'est levé à temps pour se replacer en saisissant la cape de l'autre main, cette fois le dos au centre de l'arène. Il a enchaîné une belle suite de véroniques et terminé sous les vivats. Le taureau était noble et chargeait avec douceur. Pendant les piques Sánchez a bu et craché, il regardait la bête comme un homme qui a encore faim. Le taureau est retourné quatre fois au picador avec chaque fois plus d'élan. Les gens se sont levés pour exprimer leur admiration. L'animal était ardent, indifférent à la douleur. Sánchez voulait un autre triomphe. Il ne laisserait ni ce taureau, ni le suivant.

Sandra était toujours accoudée à la palissade, elle a posé son menton sur ses mains jointes. Sánchez a demandé les banderilles à son valet d'épée, il s'est dressé sur la pointe des pieds et, au moment d'interpeller le taureau, il a baissé lentement les bras et fait un demi-tour flamenco sur lui-même. Il cherchait Sandra des yeux et lui a tendu les bâtons. Elle n'a eu qu'à appuyer les deux mains sur les planches et sauter par-dessus.

Une longue seconde est passée avant qu'une vague bruyante déferle sur le sable. Sandra avait déjà couru au centre de l'arène d'où elle appelait le taureau.

« Hé hé hey, *toro !* »

Elle courait en demi-cercle pendant que le taureau chargeait. Elle a planté les tiges colorées entre les vertèbres. Les gens étaient debout, les femmes agitaient leur éventail et les hommes criaient, les mains en porte-voix.

« Mais qui es-tu, toi ? Où est Pablito ? »

On n'avait pas vu de gamin sauter ainsi dans l'arène depuis les années quatre-vingt, quand le circuit taurin s'était industrialisé. « Une fille ! » disaient les gens. Une fille à queue-de-cheval, en chemise et jeans. Je ne l'avais pas vue si belle depuis ses débuts. Elle courait à nouveau vers le taureau, le hélant, elle s'arrêtait pour le laisser plonger vers elle. Cette fois elle a roulé sur le dos de la bête après avoir planté droit les banderilles. Elle est retombée sur ses pieds comme un razeteur qui se joue de la vie. « Olé ! » Puis elle a pris la muleta et marché lentement vers le centre de l'arène pendant que les péons distrayaient le taureau avec un morceau de cape ou un simple jeu de doigts. Le taureau tendait vers eux sa tête d'enfant. J'ai compris qu'elle toréerait jusqu'au bout, qu'elle dominait la lune de sable. Tom et moi étions assis haut dans l'arène, au soleil, enviant la mère de Sánchez. Il suffisait de se pencher pour la voir à pic, au deuxième rang sous la présidence. Elle portait des lunettes noires et s'éventait activement avec une chose spectaculaire à franges. La fanfare rutilante a commencé à jouer. Nous étions heureux.

Peut-être sera-t-il ainsi, le dernier torero, me suis-je dit. Il ira un jour aux arènes les cheveux en bataille, les poches crevées, bien après que les spectacles taurins auront été interdits, les écoles de tauromachie fermées et les *plazas* aménagées en centres culturels. Bien après que les terres où les taureaux et les hommes vivaient auront été rachetées et pillées. Le dernier taureau de l'espèce *bravo* sera présenté aux curieux et aux conservateurs de raretés, pour l'occasion on couvrira la piste du sable des courses anciennes. Un homme bondira soudain par-dessus les planches parce que, face à la bête qui meuglera à quelques pas de lui, bavera en frappant les planches et pissera lourdement, les naseaux dilatés entre ses yeux opaques, il aura au cœur le souvenir de son humanité, le désir de confronter la férocité de l'animal à la sienne, la cruauté innocente à la pulsion de mort humaine pour changer l'affreuse passion de son âme en tendresse, et en beauté l'angoisse de conserver sa vie. Il voudra palper l'espace qui lie et sépare animaux et hommes, celui que personne ne voudra plus voir, que plus personne ne voudra représenter dans le cercle du rite parce que les êtres vivants se haïront, parce que l'orgueil aura asséché la terre des taureaux, l'eau de leurs rivières, l'ombre de leurs abris pour en faire un lieu stérile et dur comme un cœur d'homme.

Les lumières électriques se sont allumées, il était sept heures. L'habit de Sánchez brillait comme des braises, les capes rouges s'enflammaient, l'arène entière prenait feu. Les gens se pressaient autour de lui. On exigeait des explications. Trois policiers sont entrés pour interpeller Sandra alors qu'elle terminait son tour de piste. Elle a été menottée sans heurt. Pablito est entré à son tour dans l'arène, le bras en écharpe dans sa cape, le visage fermé, encadré de ses banderilleros.

ÉPILOGUE

Sandra à la narratrice

Hola ma sœur,

Je fais une belle saison. J'ai beaucoup de contrats, je vais dans les plus belles places. Après le Mexique, j'irai au Venezuela. Les éleveurs et le public m'accueillent comme une déesse. Au Pérou, les gamins me couraient après pour me toucher ou me faire des cadeaux. Je les ai fait toréer dans un terrain vague. Les femmes m'acclament et cherchent à me toucher à la sortie des arènes. Elles viennent aussi chercher de la viande qu'on découpe et distribue à la sortie des arènes, les gens sont si pauvres. Elles hurlent à tue-tête : « Torero ! Torero ! » Personne ne m'a jamais accordé ce vivat en Europe.

Mexico est un autre monde. On ne me veut pas de mal, on m'aime comme je suis. À la Monumental il n'y a ni homme ni femme. Dans l'arène, je suis un être humain qui peut mourir. En Europe, je suis un pantin avec trop de seins et de fesses qui doit faire ce que le public pense qu'il faut faire. Sánchez avait raison. Les aficionados européens ont une idée sur tout. Certains matadors européens qui viennent en Amérique ont peur, ils se barricadent dans leurs hôtels, rentrent dans leur voiture aussitôt la corrida finie pour que le public qui se presse contre leurs fenêtres ne leur arrache pas des passementeries. Ils ne rencontrent pas les gens.

J'ai une nouvelle cuadrilla avec des gars très jeunes, pas techniques mais passionnés. Ils ont du respect pour la hiérarchie et m'accompagneraient au bout du monde, même en France, c'est dire. Lorsque j'aurai les sous je ferai venir Marc et Stéphane, ils me manquent.

Je pense souvent à ce qu'Hadrien a fait pour moi, c'est une folie qu'il a payée trop cher. Peut-être voulait-il emmerder les gens qui lui ont pourri la vie avant de quitter la carrière. Pour humilier Jean-Luc, c'est sûr. Aussi parce qu'il connaît trop bien les toreros. S'il n'y avait pas eu les taureaux de Pablito, Sánchez ne m'aurait jamais laissée sauter. Il était de bonne foi, mais un torero dans l'arène ne la quitte que le combat terminé. Sánchez ne me regardait plus après son premier taureau, je n'existais plus. S'il m'a laissé celui de Pablito, c'est parce qu'il a eu peur de mal le toréer et de gâcher la belle impression de son premier. Après tout, il lui en restait deux.

Si Hadrien t'emmerde trop, je lui dirai deux mots. Vous n'aurez peut-être pas d'enfant mais vous serez heureux. Tout ira bien. Suerte.

La narratrice à Sandra

Maestro,

Tu nous manques. Je suis heureuse pour toi. Je n'irai pas en Amérique, j'ai trop peur de l'avion. J'attends ton retour après la saison. Hadrien en aura fini avec la prison demain. Il vient vivre à Bordeaux avec moi. Et après tout, Lily m'a vue enceinte… Je lui ai rendu visite toutes les semaines au parloir. Il a fait cela parce qu'il ne voulait pas continuer dans la tauromachie sans toi. Tu voulais Séville, c'était le destin. Il fallait lui donner un coup de pouce. Rien n'est plus légitime qu'un torero qui veut Séville. Tu sais que Pablito a été blessé à Pampelune ? À force de faire le kamikaze dans l'arène, il est soigné dans une clinique à New York pour des fractures multiples aux cervicales.

J'ai peur que la corrida soit bientôt en Amérique ce qu'elle est devenue dans certains endroits en Europe, ou qu'on l'abolisse dans la certitude d'être du côté de la morale. Je crois que la morale me dégoûte de plus en plus. Tu sais que je n'aime pas toujours aller aux arènes. Mais il faut que je reconnaisse une chose, Maestro. Quand tu as enroulé le taureau dans le leurre j'ai vu le voile de la vie, le mouvement qui donne l'illusion du danger ou du bonheur, celui qui finira par se retirer pour révéler la vérité de la mort. J'ai vu l'idée de la corrida et que tu étais un grand torero. Les pieds serrés et immobiles, inclinée vers la bête de tout ton poids, tu lui parlais, l'enlaçais de ta voix qui mimait la virilité. Mais ta mince silhouette qui sautait, c'était la mère qui donne la mort en mettant au monde. Tu vas encore me traiter d'intellectuelle et tu auras raison.

Ce que tu n'as pas vu, c'était Lope de la Frontera furieux qui interpellait les gens : « Qui appelle la police ? Qui nous protège ? » Le public était debout et ne se rasseyait pas, il te mangeait des yeux. Il se passait enfin quelque chose. Beaucoup n'avaient jamais vu de gamin sauter dans l'arène pour tenter sa chance, peu avaient le souvenir des morts de faim et de rêve.

Jean-Luc n'a plus grand-chose à faire maintenant, il nous harcèle sur son loyer qu'il trouve trop élevé. Il n'a pas vendu de taureau cette année, il va sans doute renoncer à l'élevage. Il faudra que nous trouvions un nouveau locataire ou que nous vendions Maujesque. Lily et Jeff ne se quittent plus. Jeff a renoncé aux missions de terrain et donne des formations à la caserne. Il s'occupe beaucoup de Jon. Tom s'est opposé à ce que son frère aille en institution à plein temps. Lily a retrouvé toutes ses facultés, elle prétend même qu'elles se sont affinées. Sa réputation grandit. Tom s'est mis à la danse classique. J'ai repris un chat, il s'appelle Paquiri. Marc et Stéphane se sont recyclés dans la restauration à Nîmes en attendant que tu les appelles. Ne les oublie pas. Ils ne travailleraient pour personne d'autre que toi.

P.-S. : J'ai fait développer les photos argentiques de Nathalie. Elles sont sorties noires. Le patron a dit qu'il n'en comprenait pas la raison, jamais rien de tel n'est arrivé dans sa carrière. Il semblait sincère. Mais sur toutes il y a une ombre blanche, un triangle qui se prolonge en deux traits et évoque une vulve ou des cornes, très effilées. Le plus étrange, lorsqu'on observe bien les clichés à la lumière, c'est que l'ombre semble battre par à-coups vifs, comme une méduse.

REMERCIEMENTS

Ce livre n'aurait pas été possible sans le soutien de Wladimir, Thomas, Josie, Fernand, Annie, Claude, Valérie ni les conseils de Fanny, Andrea, Alice, Maud et Marie, Florence et Maurice. Il doit son existence à Jean-Marie Laclavetine, mon éditeur, que je remercie de tout cœur. Je remercie enfin toute l'équipe des correcteurs des Éditions Gallimard pour leur vigilance, leur disponibilité, leur goût de la précision et leur sens de la langue.

GLOSSAIRE

Apoderado : Représente le torero et administre ses affaires.

Banderilleros (ou *peones*) : Ils plantent les banderilles par paires au niveau du garrot du taureau. Les banderilles sont des bâtons ornés de bandes multicolores.

Burladero : Abri de planches situé en avant de la barrière et permettant l'accès au *callejón*.

Cabestros : Taureaux castrés servant à encadrer les taureaux de combat dans certaines circonstances, en élevage ou dans l'arène.

Callejón : Couloir séparant la barrière des gradins.

Capote : De soie rose et de percale jaune, le *capote* sert au torero dans les deux premières phases de la corrida, aux *peones* pendant toute la course.

Carretón : Chariot d'entraînement à la tauromachie.

Cartel : Affiche annonçant le programme de la corrida.

Castaño : Robe composée d'un mélange de rouge et de noir.

Chiqueros : Enclos dans lesquels sont enfermés les taureaux avant les courses, dont l'ensemble forme le *toril.*

Citer (de *citar* : appeler) : Provoquer la charge de l'animal, de la voix ou du geste.

Costume de lumières (*Traje de luces*) : Costume de lumières du torero. Se compose d'un gilet (*chaleco*), d'une veste (*chaquetilla*), d'une culotte (*taleguilla*), d'une ceinture de soie (*faja*).

Cuadrilla : Ensemble des assistants du torero, *banderilleros* et picadors.

Espontaneo : Individu étranger à la corrida qui saute en piste pour combattre le taureau.

Estribo : Banc étroit peint en blanc qui court le long de la barrière, à l'intérieur de l'arène.

Faena : Désigne la troisième phase du combat que livre l'homme avec muleta et épée.

Ganaderia : Domaine où sont élevés des taureaux de combat.

Lidia : Déroulement du combat.

Mayoral : Bouvier-chef. C'est lui qui accompagne les taureaux de l'élevage aux arènes.

Montera : Coiffure du torero.

Mozo de espadas : Valet d'épée.

Muleta : Tissu rouge utilisé par le torero pendant la *faena*.

Mundillo : Désigne le « petit monde » de la tauromachie.

Negro zaino : Robe noir mat, sans reflet.

Patio de caballos : Cour où se tiennent les chevaux, à l'arrière de l'arène.

Peña : Association de soutien.

Picadors : À cheval, ils attendent la charge du taureau et le piquent.

Puntilla : Lame d'une quinzaine de centimètres qui permet d'achever l'animal à terre après l'estocade.

Rejon : Tauromachie à cheval.

Rejoneador, ora : Qui pratique la tauromachie à cheval.

Sol, Sombra : Désigne les deux parties de l'arène, au soleil et à l'ombre, à l'heure où commence la corrida. Les places *sol y sombra* passeront du soleil à l'ombre. Les places à l'ombre sont plus chères.

Tablao : Établissement de flamenco.

Tercio : La corrida s'organise en trois temps (*tercios*) : le *tercio* de la pique, le *tercio* des banderilles, le *tercio* de la *faena.*

Toril : Ensemble des *chiqueros.*

Zapatillas : Chaussons de torero.

La plupart de ces définitions sont issues de *L'heure de la corrida* de Claude Pelletier, coll. « Découvertes Gallimard » n° 144, Gallimard, 1992.

Composition : IGS-CP à L'Isle-d'Espagnac (16).
Achevé d'imprimer sur Roto-Page
par l'Imprimerie Floch
à Mayenne, le 17 janvier 2023.
Dépôt légal : janvier 2023.
Numéro d'imprimeur : 101853.
ISBN 978-2-07-294067-5 / Imprimé en France.

379280